흙의 약속

자전적 소설

목차

프롤로그 ··· 4

흙의 기억 ·· 12

이해할 수 없는 아버지의 세계 ································ 20

도라지 귀신 ·· 36

시작된 나의 세계 ·· 48

흙이 부르는 소리 ·· 69

결단과 수습 ·· 94

혁신으로 피어나는 새싹 ·· 124

승승가도 ·· 136

기로 ··· 169

참된 의미 ·· 191

흙에 남은 약속 ·· 215

프롤로그

문득 새벽잠에서 깨어났다. 몇 시나 됐을까. 눈을 비비고 휴대폰 시계를 보니 아직 다섯 시도 되지 않은 때였다. 다시 잠을 청하기엔 이미 정신이 말똥말똥해져 있었다. 별다른 이유는 없었다. 그저 눈이 떠졌고, 더 누워 있자니 가슴 언저리가 답답해왔다.

결국 자리에서 일어나 주섬주섬 옷을 꺼내 입었다. 항상 입던 공장의 작업복 바지와 헐거운 셔츠, 그리고 마루 구석에 놓인 구두. 하지만 오늘은 구두가 아닌, 운동화를 신고 싶었다.

마당 한켠 처마 밑에는 아버지가 쓰시던 농기구들이 조용히 기대 서 있었다. 삽과 괭이는 흙먼지를 뒤집어쓴 채 주인을 기다리고 있었다. 그 옆으로 아버지가 신으시던 진흙 묻은 장화 한 켤레도 가지런히 놓여 있었다. 며칠째 주인을 기다리고 있는 저 장화를 보니 마음속 깊은 곳이 아려왔다.

동이 틀락 말락 하는 시간, 마당에는 어슴푸레한 새벽빛이 내려앉아 있었다. 축축한 공기, 새벽 공기는 제법 서늘했고, 숨을 쉴 때마다 찬 이슬 내음이 코끝을 간질였다. 입김이 희미하게 피어올랐다.

하늘을 올려다보니 군데군데 새벽별이 희미하게 빛나고 있었다. 멀리 보이는 산 능선으로 옅은 안개가 하얗게 피어 있었다. 어스름 속에 산의 윤곽이 희미하게 드러났다가 사라지기를 반복했다. 산. 아버지는 저 멀리 보이는 지리산을 늘 살아 있는 존재처럼 대하곤 하셨다. 산이 내려주는 맑은 물과 공기에 감사해야 땅도 보답한다며, 입버릇처럼 말씀하시던 아버지의 모습.

멀리 마을 어귀 쪽 어디선가 개가 낮게 두어 번 짖는 소리가 들렸다. 아직은 온 세상이 깊이 잠든 시간이었다. 미리 알람을 맞춰 둔 것도 아닌데, 오늘따라 왜 이렇게 일찍 깼는지 모르겠다. 뒤척이다 결국 이렇게 밖으로 나와 버린 내 자신이 스스로도 조금은 의아했다. 혹시 병원에 계신 아버지 생각에 잠이 깬 것일까. 의식 저편에서 아버지를 염려하는 마음이 내 잠을 밀어낸 것은 아니었을까.

나는 나도 모르게 차를 몰고 어스름 속에 묻힌 지리산 자락으로 향하고 있었다. 장생도라지는 보통의 도라지와 달리, 지대가 높은 곳에서 재배해야 하기에, 지리산 자락에는 회사와 계약을 맺은 도라지 밭들이 듬성듬성 위치하고 있었다. 사실, 과거에는 밭농사, 그것도 도라지는 별 수익도 안 나고 힘만 든다며 고개를 젓기 일쑤였지만, 지금은 적지 않은 농가가 장생도라지와 함께하고 있다. 아버지는 시간이 나는대로 도라지 밭으로 향해 도라지를 돌보셨다. 허리 한번 펴기 힘들 만큼 고된 일도 아니고 흙을 만지는 것만으로도 마음이 편해진다고 하시며 도라지 싹을 틔우고 뿌리를 솎아내는 것이 아버지의 일상이셨다.

밭과 조금 떨어진 산자락 한켠에 차를 세워두고, 나는 좁은 밭둑을 따라 도라지 밭으로 향했다. 풀벌레들이 발자국 소리에 놀랐는지 사각사각 작은 울음을 토했다. 짙푸른 새벽 하늘 아래로 밭둑을 따라 난 길은 이슬에 흥건히 젖어 있었다. 바짓가랑이가 금세 축축해졌다. 풀잎에 맺힌 이슬방울들이 살짝만 스쳐도 또르르 흘러내렸다. 걸음을 옮길 때마다 발밑에서 땅이 포슬포슬 꺼지는 듯한 감촉이 느껴졌다. 수분을 잔뜩 머금은, 좋은 토양이었다.

밭 가장자리에 다다르니 안개가 더욱 짙어졌다. 코앞의 도라지 밭이 마치 엷은 수의를 걸친 것처럼 아스라이 보였다. 밭 전체를 덮은 안개는 발밑까지 흘러내려, 마치 구름 위를 걷는 듯한 기분마저 들게 했다. 밭둘레를 두른 낮은 돌담이 안개 속에서 희끗희끗 모습을 드러냈다. 돌담은 아버지와 내가 아주 오래 전, 함께 쌓아 올린 것이었다. 몇 걸음 더 다가가자 땅거미 속에서 연보랏빛 조그만 꽃송이들이 하나둘 눈에 들어왔다. 도라지꽃이었다. 아직 어둑해서 분명하지는 않았지만, 이슬을 머금은 꽃잎들이 새벽빛을 받아 희미하게 반짝이는 듯했다. 밭 가장자리 잡풀 사이에 걸린 거미줄에도 방울진 이슬이 주렁주렁 매달려 있었다.

'조용하구만…'

나도 모르게 중얼거리며 밭고랑 사이로 성큼 들어섰다. 발 아래로 도라지 줄기가 바스락 소리를 냈다. 조금 전까지 내 방 안 침대에 누워 있었다는 사실이 무색할 정도로, 지금 내 주변 세계는 온통 다른 결로 흘러가고 있었다. 차갑고 촉촉한 흙냄새, 풀잎과 꽃잎에 맺힌 이슬의 감촉, 억새풀 사이로 불어오는 솔바람 소리…. 도시에서 몇 해를 보내다 돌아온 나로서는 새삼 낯설고도 익숙한 고향의 새벽 풍경이었다. 어릴 적부터 한결같이 보고 듣고 맡아 온 것들이지만, 괜시리 낯선 마음이 들었다. 매일같이 매캐한 공기와 시끄러운 소음, 불꽃과 분진 속에서 살던 내가, 다시 흙을 밟고 서 있었다.

나는 밭 한가운데쯤 이르러 쪼그려 앉았다. 그리고 천천히 손바닥을 뻗어 흙을 짚었다. 잔잔히 습기를 머금은 흙을 한 줌 집어들자 잘게 부서진 흙 알갱이들이 손가락 사이로 미끄러져내렸다. 손바닥 위에 남은 흙을 문지르자 군데군데 작은 돌멩이들이 느껴졌다. 나는 가만히 눈을 감고 코끝으로 흙냄새를 들이마셨다. 젖은 흙이 풍기는 생명의 냄새였다.

어릴 적엔 이 냄새가 그저 흙냄새려니 했다. 하지만 언젠가부터 이 흙냄새를 맡으면 왠지 가슴 한구석이 먹먹해지고는 했다. 그런데 묘하게도 그 먹먹함 한편으로는 가만히 마음이 가라앉는 느낌도 들었다. 흙을 만지면 마음이 편해진다고 하시던 아버지 말씀이 이제야 조금은 실감이 났다.

이윽고 흙냄새 속에서 아버지의 모습이 피어올랐다. 흙냄새에 섞여 아버지의 땀 냄새와, 아버지가 입던 낡은 작업복에 밴 햇볕 냄새까지 어슴푸레 떠올랐다. 햇볕에 그을린 얼굴과 눈가의 주름진 모습까지 또렷했다. 아버지는 며칠째 병원에 누워 계셨다. 당신께서는 지금 이 시간쯤 병실 침대에 누워 무슨 꿈을 꾸고 계실까. 새벽 공기 대신 소독약 냄새와 희뿌연 형광등 불빛 속에서, 아버지는 깊은 잠에 빠져 계실까. 병실 창문 커튼 틈으로 이 새벽빛이 조금이라도 스며들고 있을까. 이 맑은 새벽 공기와 촉촉한 풀 내음을 그대로 병실로 가져가 아버지께 전해드릴 수 있다면 얼마나 좋을까.

입원하시던 날에도 아버지는 병실 침대에 누우시면서까지 회사와 밭 걱정을 하셨다.

"얼른 나아서 다시 나올 거니까 걱정 하지마라."

힘겹게 웃으셨지만, 그 목소리 끝자락엔 밭을 놓고 떠나오기 아쉬운 기색이 역력했다. 나는 고개만 끄덕였을 뿐, 그때의 아버지 눈빛을 지금도 잊을 수 없다. 마음 한켠이 쓰려왔다. 아버지는 이 새벽을 누구보다 좋아하셨는데… 나는 고개를 숙인 채 손에 묻은 흙을 털어냈다. 손바닥에 흙먼지가 희뿌옇게 일어났다 사라졌다. 별안간, 문득 아버지의 목소리가 귓가에 닿는 듯했다.

"이 놈! 흙을 함부로 버리면 쓰나!"

놀라 고개를 들었다. 물론 나 혼자뿐이었다. 새벽 안개 자욱한 밭고랑 사이, 사람 그림자라곤 어디에도 없었다. 나는 잠시 얼어붙은 듯 앉아 있다가 피식 웃음을 흘렸다. 흙을 소중히 여기라며 나무라시던 아버지의 환청. 평생 귀에 익도록 들어온 꾸지람이었다. 흙 한 줌도 허투루 버리지 마라.

나는 다시 손을 땅에 댔다. 그리고 아버지가 곁에 계셨다면 하셨을 법한 말을 혼잣말로 뱉어보았다.

"버리기는 누가 버립니까. 그냥 떨어진 거지…"

코끝이 시큰해지는 걸 애써 참으며 흙 알갱이가 박힌 손바닥만 들여다보았다. 손바닥의 거친 주름 사이로 시커먼 흙물이 끼어 있었다. 아버지의 손도 저랬다. 밭에서 돌아온 날이면 항상 손바닥이며 손톱 사이에 흙물이 잔뜩 베어 있었다. 그 손으로 내 머리를 쓰다듬고 어깨를 토닥여주곤 하셨다. 어릴 땐 그 손이 마냥 투박하고 싫었다. 흙먼지 냄새가 난다고 툴툴대기도 했다. 그 흙투성이 손을 잡기 싫어 아버지를 뿌리치던 어린 시절 내 모습이 어슴푸레 겹쳐 보였다. 한번은 아버지가 논둑에서 미끄러져 진흙범벅이 된 나를 번쩍 안아 올리신 적이 있다. 울고 불며 몸부림치는 나를 토닥이며 아버지는 "숯덩이 물고 노는 강아지 같네!" 하시며 껄껄 웃으셨다. 나는 그런 아버지가 야속해 더욱 크게 울어버렸다. 나는 흙 묻는 게 그토록 싫었던 아이였다.

나는 풀썩 주저앉아 두 손으로 온통 흙을 움켜쥐었다. 마치 그렇게 하면 아버지의 손을 다시 붙잡을 수 있기라도 한 것처럼. 차갑고 축축한 흙이 손가락 사이로 흘러내려 두 무릎 위로 떨어졌다. 나는 그 자리에 주저앉은 채 한동안 움직이지 못했다. 가슴속 깊은 곳에서 뜨거운 무언가가 치밀어 올랐지만 이를 악물고 견뎠다. 아직 울 때가 아니다. 나는 고개를 세차게 저으며 눈을 꼭 감았다 떴다.

천천히 일어서서 하늘을 올려다보았다. 동쪽 하늘이 붉게 달아오르고 있었다. 동이 트려나 보다. 마을 아래쪽 어귀에서 닭 울음 소리가 길게 한 번 울려 퍼졌다. 밤새 잠잠하던 지리산천의 생명들이 하나둘 깨어날 시간이었다. 산 중턱 어디선가 절에서 울리는 범종 소리가 은은히 퍼져 왔다. 짙었던 안개가 조금씩 걷히고, 지리산 봉우리들이 하나둘 제 모습을 드러내기 시작했다. 새벽빛에 떠올랐던 연보랏빛 도라지꽃도 서서히 제 색깔을 드러내고 있었다.

아버지와 함께 이 밭에 도라지를 심었던 날이 떠올랐다. 그때도 마찬가지로 동이 틀 무렵이었다. 인부들을 시켜도 됐으련만, 아버지는 직접 환하게 웃으며 삽을 휘둘러 흙을 뒤집어 밭고랑을 만들어 나가셨다. 나는 아버지의 뒤를 따라 허둥지둥 도라지 모종을 구멍에 심고 그 위에 흙을 덮었다. 나도 도라지 농사에는 이골이 난 전문가였지만, 아버지께서 보시기엔 아직도 어설퍼 보였던 것 같다. 아버지는 꼭 삽을 잠시 내려놓고 내 곁으로 와서, 거칠지만 너른 손으로 모종 덮은 흙을 다시 한번 꾹꾹 누르셨다.

"이렇게 해야 안 넘어가지. 너무 성기게 덮으면 비에 다 쓸려 내려간다."

아무렴요. 잘 알고 있습니다. 숨소리가 제법 거칠게 들릴 만큼 일을하셨는데도, 아버지는 멈추는 법이 없으셨다. 오히려 콧노래까지 흥얼거리셨다. 몇 번이나 들었는지 셀 수조차 없는 도라지 타령. 사실 밭일을 직접 하기엔 나이가 많고, 눈꺼풀도 천근만근이었지만, 그런 아버지 앞에서 티를 낼 수는 없었다.

나는 기억들을 뒤로 하고, 이슬에 젖은 바지를 툭툭 털었다. 어느새 새벽 공기는 조금씩 찬기를 덜어내고 있었다. 오늘은 병원에 가는 날이다. 산청의 병원까지 가는 길은 사실 그리 멀지 않았지만, 기업을 이끄는 내게 있어 매주 한 번 가기도 힘든 먼 길처럼 느껴졌다. 병원에서 기다리고 계실 아버지를 생각하며, 나는 다시 한번 흙냄새 깊은 새벽 공기를 들이마셨다. 그리고 천천히 밭을 빠져나와 마을 쪽으로 발걸음을 돌렸다.

"가야지…."

나직이 혼잣말을 내뱉고는, 나는 천천히 걸음을 옮겼다. 새벽을 머금은 흙내음이 내 뒤를 따라 조용히 멀어져갔다. 오는 길에 스친 바람결이며 발 끝에 밟힌 풀잎의 감촉이 아직도 선연했다. 나는 몇 번이고 뒤를 돌아보았다. 희미하게 안개 너머로 도라지 밭이 보였다. 저 밭을 뒤로 하고 회사로 돌아가면 또다시 일상의 시간이 흘러갈 것이다. 하지만 오늘만큼은 왠지 조금 더 붙잡아두고 싶었다. 흙과 이슬과 안개와, 아버지의 숨결이 아직 남아있는 이 새벽을.

아버지, 오늘도 안녕하시기를. 그리고 곧 일어나 함께 집에 갑시다. 이 흙냄새 나는 밭으로, 고향으로. 저만치 굴뚝 하나에서 아침 밥 짓는 연기가 가늘게 피어올랐다.

그렇게, 아버지의 숨결을 쫓아 나선 새벽 산책은 끝이 났다.

흙의 기억

중학교 2학년 무렵, 여느 농부의 아이들이 그러하듯, 나의 일상 또한 흙과 함께하는 나날이었다. 해도 뜨지 않은 새벽이지만, 아버지는 항상 같은 시간에 일어나 나갈 채비를 하셨다.

"일어날 시간이다."

나는 비몽사몽 눈을 비비며 자리에서 일어났다. 쌀쌀한 공기, 먼 동쪽 하늘 가장자리만 희미하게 푸른 빛을 띠고, 세상은 어둑한 시간이었다.

얼굴에 찬 물 두어 방울을 찍어바르고 나가면, 아버지는 이미 마당에서 나를 기다리고 계셨다. 아마도 새벽 5시 즈음이었을 것이다. 마루에 걸터앉아 장화를 신으시는 아버지의 실루엣, 그 곁에는 낡은 지게와 호미, 그리고 작은 괭이 같은 농기구들이 준비되어 있었다.

아직도 꿈 속인 나를 보시던 아버지는 항상 무심히, 그러나 가장 따듯한 말을 던지셨다.

"그래 입고가면 얼어 죽는다. 하나 더 걸쳐라."

한 여름이라도 새벽 농촌의 공기는 서늘한 법. 사실, 다른 친구들은 모두 단잠에 빠져 있을 텐데, 나만 이렇게 잠을 포기하고 나서는 것이 나는 매번 억울했던 것 같다. 하지만 마당에 나가 지게를 메고 묵묵히 기다리는 아버지의 모습은 항상 그런 투정을 꿀떡 삼키게 만들었다.

아버지는 지게를 등지고 앞장서 산길을 걸으셨고, 나는 한손에 호미를 들고 그 뒤를 따랐다. 발밑에 밟히는 흙과 자갈들이 사각사각 소리를 냈다. 집 뒤편 언덕을 넘으면 곧장 우리가 가꾸는 도라지 밭이 있었다. 어릴 적부터 수없이 오르내리던 익숙한 오솔길을 지나노라면, 키 작은 풀들에 스치는 바짓가랑이가 어느새 축축해졌다. 장화 위로도 이슬이 뚝뚝 떨어져 방울을 만들었다.

언덕 위에 이르면, 넓은 도라지 밭이 내려다보이고, 그 쌉싸래한 향내가 풍겨왔다. 채 가시지 않은 졸음을 날려버리는 향내였다. 아버지는 밭 가장자리에서 지게를 내려놓으시고, 한동안 말없이 밭을 바라보았다. 이 밭은 아버지가 몇 해 전부터 정성으로 일구어 온 터였다. 한때 잡초만 무성했던 언덕배기를 갈고 닦아 이렇게 도라지가 잘 자라는 밭으로 바꿔 놓으신 것이다. 아버지의 시선에는 그 세월의 보람과 애정이 서려 있는 듯했다. 나도 그 옆에 서서 가쁜 숨을 고르며 아버지를 흘깃 바라보았다. 희미한 여명 속에서 본 아버지의 얼굴은 몹시도 평온해 보였다. 이른 시간에 부지런히 움직이느라 피곤하실 법도 한데, 아버지의 눈은 벌써 하루를 시작하는 기대감으로 반짝이는 듯했다. 나는 그 표정을 이해할 수 없었다. 어떻게 저런 시간에 저렇게 맑은 눈을 할 수 있을까, 신기하고도 이상하게 느껴졌다.

아버지는 갑자기 두 무릎을 굽히고 밭고랑 가장자리에 쭈그려 앉았다. 그리고 장갑도 끼지 않은 거친 맨손을 천천히 흙 속에 집어넣었다. 나는 옆에서 그 모습을 지켜보았다. 차가운 흙이 손가락 사이로 파고드는 것이 느껴지는지, 아버지는 눈을 감고 잠시 가만히 계셨다. 그리고 이내 한 줌의 흙을 손바닥 위에 올려 뜨셨다. 축축한 흙덩이가 아버지의 굵은 손바닥 위에서 부드럽게 으깨졌다. 아버지는 허리를 곧추 세우고 그 흙을 머리 위로 천천히 들어올렸다. 마치 성현께 제를 올리듯 경건한 동작이었다.

아버지는 아무 말없이 잠시 그 자세로 멈춰 있었다. 나도 숨죽이며 옆에서 그 모습을 바라보았다. 아버지가 고개를 살짝 들어 하늘을 우러렀다. 그 순간 동쪽 먼 하늘에 여명이 번지고 있었고, 미명 속에서 작은 별 하나가 희미하게 반짝였다. 아버지는 하늘과 손바닥의 흙을 번갈아 보는 듯하더니, 이윽고 아주 낮은 목소리로 무언가를 중얼거렸다. 너무 작아서 무슨 말인지 들리지 않았지만, 그 끝맺음은 분명했다.

"… 감사합니다."

새벽의 찬 공기 속에서 아버지가 혼자 중얼거린 그 한마디가 이상하게 크게 울려 퍼진 것만 같았다. 아버지는 마치 누군가의 답을 기다리는 사람처럼 한참을 하늘을 향해 서 있었다. 그리고 이내 두 손을 내려 흙을 다시 땅에 조용히 흩뿌렸다. 손바닥을 털어낸 아버지의 얼굴에는 잔잔한 미소가 번져 있었다. 그 미소는 내가 알던 아버지의 얼굴 중에서도 가장 편안해 보이는 표정이었다. 나는 알 수 없는 경외심 같은 것이 피어올라 나도 모르게 가만히 손을 모았다.

"자, 시작해보자."

잠깐의 적막을 깨고 아버지가 일어서며 말씀하셨다. 평소 일할 때와 다름없는 담담한 목소리였다. 마치 방금 전의 그 장면은 존재하지 않았던 것처럼 아버지는 바로 지게에 손을 뻗어 농기구를 챙기기 시작했다. 나도 황급히 정신을 차리고 호미를 두 손으로 꼭 쥐었다.

밭일은 잡초를 뽑는 것으로 시작했다. 도라지 밭 이랑 사이사이에 돋아난 잡초들이 제법 많았다. 아버지는 아무 말 없이 호미를 건네 주며 내가 한 고랑을 맡아 뽑도록 했다. 나보다 몇 걸음 옆 고랑에선 아버지가 허리를 굽힌 채 손으로 풀을 뜯어내고 계셨다. 아버지는 호미보다 손을 더 자주 쓰셨다. 굳은살 박인 맨손으로 흙을 헤쳐가며 뿌리째 잡초를 뽑아 올리는 모습이 거침없었다. 손톱 밑에 검은 흙이 파고들고, 흙먼지가 팔뚝까지 묻었지만 아버지는 전혀 개의치 않는 듯했다.

나는 처음엔 쭈뼛거리며 호미 끝으로 흙을 긁어내기만 했다. 아직 새벽이라 잡초에 맺힌 이슬과 흙이 뒤섞여 호미에 진흙처럼 달라붙었다. 손으로 잡으면 금세 온통 진흙투성이가 될 것 같아 망설여졌다. 조금 전까지만 해도 따뜻한 이불 속에 있었는데, 지금은 차가운 흙바닥에 쭈그려 앉아 흙투성이가 될 생각을 하니 조금 억울하기도 하고 투덜거리고 싶은 마음이 들었다. 하지만 고개를 들어 아버지를 보니 그런 생각은 차마 입 밖으로 꺼낼 수 없었다. 이미 아버지는 이마에 땀이 맺힐 정도로 열심히 일하고 계셨다. 새벽 공기 속에서도 묵묵히 풀을 뽑는 아버지의 넓은 등은 왠지 모르게 든든해 보였다. 나는 마음을 다잡고 본격적으로 잡초 뽑는 일에 집중하기로 했다.

호미질만으로는 역부족인 굵은 잡초를 만났을 때, 나는 결국 맨손을 쓰기로 했다. 마음을 먹고 맨손으로 흙을 움켜쥐자 싸늘한 땅의 감촉이 손바닥 가득 전해졌다. 부드러웠다. 예상했던 것만큼 불쾌하지는 않았다. 오히려 땅이 전해주는 온기가 있었다. 처음에는 차갑게만 느껴졌던 흙이 이내 체온에 덥혀지면서 말랑말랑하고 포근한 느낌마저 들었다. 나는 두 손으로 흙을 파헤쳐가며 질긴 잡초 뿌리를 더듬어 잡았다. 그때 손가락 끝에 미끈한 것이 스쳤다. 깜짝 놀라 손을 빼 보니, 통통한 지렁이 한 마리가 흙 속에서 꿈틀거리며 나타났다. 순간 속이 울컥하고 소리를 지를 뻔했지만 간신히 참았다. 지렁이는 느릿느릿 몸을 흔들며 다시 흙 속으로 파고들어 갔다. 나는 놀란 마음을 가라앉히고 잡초 뿌리를 더 단단히 움켜쥐었다. 그리고 있는 힘껏 몸을 뒤로 젖혀 뽑아냈다. 푸스스 소리를 내며 흙이 함께 딸려 올라왔고, 커다란 잡초 한 모둠이 통째로 뽑혔다.

"아따, 크네."

어느새 옆으로 다가오신 아버지가 나직이 말씀하셨다. 좀처럼 칭찬을 하지 않으시던 경상도 사나이에게, 이 정도면 크나큰 칭찬의 말이었다. 손바닥이며 손목이 욱신거렸지만, 아버지의 그 무뚝뚝한 칭찬 한 마디에 그 모든 불평이 눈 녹듯 사라졌다. 흙투성이가 된 손도 대견한 훈장처럼 느껴졌다.

해가 떠오르자, 나는 허리를 펴고 깊게 숨을 들이마셨다. 흙냄새에 섞여 어느새 아침 이슬 냄새, 풀 향기, 그리고 햇볕에 데워진 나무 냄새 같은 것이 맡아졌다. 오감이 깨어나면서 머릿속까지 환하게 밝아지는 기분이었다.

아버지도 그제서야 허리를 펴고 일어나 지게에 싣고 온 작은 보따리를 들고 오셨다. 집을 나설 때 어머니께서 싸주신 보리차와 바짝 마른 고구마 말랭이, 삶은 알감자 몇 알이 들어있다. 초라하고 볼품 없지만, 아머니의 애정이 가득 담긴 보따리.

"아이고, 좀 쉬었다 해야겠다."

아버지는 보리차가 담긴 병을 내게 건넸다. 나는 두 손에 흙을 잔뜩 묻힌 채 병을 받다가 조금 미안해져서 얼른 손등에 묻은 흙을 바지에 문질러 닦았다. 아버지는 개의치 않으셨다. 오히려 그런 내 모습을 보고 빙그레 웃으실 뿐이었다.

병째 들이켠 보리차는 이미 식었지만, 미지근하고 부드러웠다. 삶은감자도 약간 따뜻한 정도였지만 새벽 공기에 식은 손을 녹이기에 충분했다. 나는 껍질도 벗기지 않은 감자를 우적우적 씹어 먹었다. 밭일이 고되다고 투정만 부렸다면 느끼지 못했을 작은 행복들이 그 순간 마음을 채웠다. 아버지는 내 얼굴을 유심히 살피시더니 조용히 물으셨다.

"힘드나?"

나는 서둘러 고개를 저었다. 투정을 부리고 싶지는 않았다. 아버지는 빙그레 웃으며 남은 보리차를 한 모금 드셨다. 아버지와 나란히 밭고랑에 주저앉아 한숨 돌리는 동안, 주위의 소리도 하나둘 뚜렷해졌다. 새벽 내내 지저귀던 새들은 이제 좀 조용해졌고, 대신 멀리서 소 울음 소리가 희미하게 들려왔다. 아마 이웃 마을에서 벌써 소달구지를 끌고 논밭을 갈고 있는 모양이었다. 우리 마을 쪽에서도 몇몇 집에서 사람 목소리가 들려오기 시작했다. 모두 아침 일을 시작하는 것이리라. 농촌의 하루가 완전히 깨어나고 있었다.

아버지는 갑자기 두 손을 펼치며 말씀하셨다.

"매일 아침 흙을 만져야 마음이 편한 법이다."

아버지는 손바닥 위에 아직 남아 있는 흙가루를 쓰윽 쓸어내셨다.

"이 흙이 우리를 먹여 살리니까, 농사꾼들은 항상 흙한테 고마운 마음을 가져야 된단다."

나는 가만히 고개를 끄덕였다. 완전히 이해할 수 없으면서도, 그 순간만큼은 아버지의 마음이 전해지는 듯했다.

아버지는 평소에도 흙과 농작물을 대할 때 남다른 존중을 보이셨다. 예컨대 식사 중에 쌀알 한 톨이라도 흘리면 그냥 지나치지 않으셨고, 논밭에 들어설 때마다 발걸음을 조심하며 땅을 대하곤 하셨다. 어린 나는 그런 아버지의 행동을 답답하게 여긴 적도 있었지만, 이제 생각해 보니 그 모든 것이 흙과 자연을 향한 깊은 감사와 예의였음을 알 것 같았다.

잠깐의 휴식이 지나가고, 아버지와 나는 다시 밭일에 매달렸다. 해가 완전히 떠오르자 금세 더워지기 시작했다. 이마에 맺힌 땀을 소매로 훔쳐 가며 우리는 함께 도라지 밭을 한 고랑 한 고랑 정리해 나갔다. 풀을 뽑고, 모종 주변의 흙을 북돋워 주고, 해충이 없는지 잎을 살펴보았다. 아버지는 필요할 때마다 간단히 일의 요령을 가르쳐 주셨고, 나는 금세 따라했다. 우리는 거의 말없이 일하고 있었지만 그 고요함이 오히려 편안했다. 호미로 흙을 긁는 사각거림과 서로의 숨소리가 주고받는 대화처럼 느껴졌다. 멀찌감치 서 보면 꼭 오래 맞춰 온 춤사위 같을지도 몰랐다.

온몸이 땀으로 흠뻑 젖고 팔다리가 뻐근해질 때쯤에서야 밭일은 마무리되었다. 새벽에는 그렇게 더디게 오르던 해가, 막상 뜨고 나니 금세 머리 꼭대기에 서서 몸을 덥히고 있었다. 아버지가 마지막으로 뽑은 잡초들을 지게 위에 올려놓고는 한숨을 내쉬었다. 그리고 허리를 펴며 기지개를 켰다.

"욕 봤다. 내려가자."

아버지는 지게를 다시 짊어지고 앞장섰다. 이젠 발걸음이 아침의 햇살만큼이나 가벼워 보였다. 나도 흙 묻은 호미를 어깨에 메고 그 뒤를 따랐다.

문득 뒤를 돌아보니 우리가 일군 도라지 밭이 언덕 아래 고요히 자리하고 있었다. 이미 제법 환한 빛 속에 반짝이는 그 밭은 아침 내내 정성 들인 보람처럼 평화로워 보였다. 흙냄새와 땀냄새가 배어든 내 옷가지와 손에는 여전히 밭의 기운이 남아 있었다. 나는 걸음을 멈추고 잠시 그 밭을 바라보았다. 그리고 아버지가 흙을 향해 감사를 표하던 모습을 다시 한 번 떠올렸다. 아버지의 손에 들린 흙 한줌은 자연에 대한 감사, 그리고 하루를 시작하는 겸손한 다짐이었다.

집으로 향하는 길, 나는 항상 몇 걸음 뒤처져 걷고 있는 아버지의 등을 바라보았다. 태양을 등지고 걷는 아버지의 그림자가 길게 늘어져 내 앞까지 닿았다. 그 그림자 안에서 나는 한 걸음 한 걸음 아버지의 발자국을 따라 내디뎠다. 저 먼 훗날 내가 어른이 되었을 때, 아버지의 이 새벽을 기억해낼 것만 같은 예감이 가슴 속에 피어올랐다.

이해할 수 없는 아버지의 세계

어린 시절을 떠올리면, 나는 언제나 흙과 아버지, 도라지의 모습이 떠올랐다. 항상 말없이 낫을 들고 밭고랑 사이를 걸으며, 진흙투성이가 된 바지로 잔풀을 베고 도라지 밭을 고르는 아버지의 모습. 그 뒤에는 항상 내가 있었다.

도라지 꽃은 일찍 피고 일찍 진다. 연보랏빛 종 모양의 도라지 꽃들이 밭둑마다 흐드러지게 피었다 싶으면, 얼마 지나지 않아 시들어 축 처지고 만다. 대신 키 큰 줄기와 푸르른 잎만 무성해 땅속에 커다란 뿌리를 품고 있으리라 짐작케 했다. 아버지는 허리를 굽혀 한 포기의 줄기를 잡고 슬쩍 흔들어 보았다.

"올해로 아홉 해째…"

아버지가 중얼거렸다. 내가 옆에서 쳐다보니, 아버지는 거친 손으로 흙을 파헤치기 시작했다. 장갑도 끼지 않은 맨손이었다.

"돕거라."

아버지는 짧게 한 마디를 내뱉었다. 나는 얼떨결에 곁에 놓인 괭이를 들었다. 낯익은 일상이었다. 아버지가 표시해 둔 도라지 포기들은 심은 지 오래된 것들이었다. 몇 해씩 그대로 두었으니 뿌리가 얼마나 굵어졌을지 나도 궁금했다. 아버지는 맨손으로 주변 흙을 조심스레 치웠다. 나도 괭이로 조금 떨어진 곳의 단단한 흙을 파내며 거들었다. 흙을 파헤칠 때마다 흙비린내와 함께 달큰한 뿌리 내음이 풍겼다.

곧 굵고 하얀 도라지 뿌리가 모습을 드러냈다. 아버지가 한 줌의 흙을 털어내자 손바닥만 한 뿌리가 나왔다. 나는 놀라서

"와!"하고 탄성을 질렀다. 아버지는 말없이 뿌리를 들어 올렸다. 뿌리는 몇 갈래로 갈라져 뻗어 있었고 길이는 팔뚝만 했다. 그런데 뿌리 한쪽 끝이 이상하게 검게 변색돼 있었다. 아버지의 얼굴이 일그러졌다.

"또 썩었네…"

아버지가 낮게 말했다. 그는 그 거대한 도라지 뿌리의 윗부분만 쥔 채 한동안 가만히 있었다. 손아귀에 힘을 주자 축축해진 썩은 부분이 뭉그러져 떨어졌다. 툭, 하고 진흙 바닥에 떨어지는 소리가 고요한 새벽에 크게 울렸다.

나는 숨을 죽였다. 아버지가 무슨 말을 할지 몰라 가슴이 콩닥거렸다. 썩은 부분을 뚫어져라 바라보던 아버지는 한숨을 길게 내쉬었다.

"허탕이네… 아이고…"

그의 중얼거림에는 실망과 안타까움이 배어 있었다. 사실 이런 일은 처음이 아니었다. 아버지는 도라지를 오래 키우면 약효가 극대화된다고 믿었기에, 도라지를 가능한 오래 땅에 묻어 두려고 하셨다. 남들은 두세 해만 키워도 큼지막하게 자란 뿌리를 캐서 시장에 내다 판다. 하지만 아버지에게 그런 법은 없었다.

산에서 자란 건 몇십 년 된 것도 약재로 쓰지 않느냐며 몇 해를 더 묵히곤 했다. 마치 인삼이 오래 될수록 귀해지듯, 도라지도 나이를 먹어야 진가를 발휘한다고 고집했다. 나는 아버지의 그런 이야기를 어려서부터 들어 왔다. 한때는 그 말이 그럴듯하게 들려서 아버지가 무슨 큰 비밀을 아는 줄로 생각하기도 했다. 하지만 현실은 현실이었다. 너무 오래 땅에 두면 도라지는 썩어버린다. 세 해만 지나도, 뿌리 안에 물이 한가득 차버리는, 어디에도 못 쓸 썩은 풀뿌리가 되어버리고 만다.

아버지는 굵은 뿌리의 썩지 않은 윗부분만 봉투에 담고, 검게 문드러진 부분은 잘라내어 버렸다. 나는 버려진 조각을 주워들었다. 쿰쿰하고 시큼한 냄새가 코를 찔렀다. 손으로 만져 보니 물컹하며 힘 없이 부스러졌다. 몇 년간이나 단단하게 이 흙을 붙들고 자랐을 뿌리가 믿기지 않을 정도로 속은 텅 빈 스펀지처럼 변해 있었다.

"다 버리긴 아깝잖아요. 깨끗한 부분만이라도 팔아요."

등 뒤에서 어머니의 목소리가 들렸다. 어느새 어머니가 밭까지 나와 있었다. 잠옷 위에 겉옷을 걸치고 머리도 못 빗은 어머니의 말에, 아버지는 대꾸하지 않았다. 그저 몸을 일으켜 다른 도라지 포기 쪽으로 걸음을 옮겼다. 어머니가 발을 동동 구르며 따라왔다.

"저렇게 다 썩혀버리면 우린 뭐 먹고 살아요. 차라리 일반 나물이나 약재로라도 넘겨요, 응?"

어머니의 목소리가 애원조로 바뀌었지만, 아버지는 여전히 침묵하며 두 번째 포기의 흙을 파고 있었다. 내가 못 이겨 다시 곁에서 삽질을 거들었다. 이 포기의 뿌리도 만만치 않게 컸다. 어머니가 잰걸음으로 다가와 쪼그려 앉아 지켜봤다. 내가 흙덩이를 헤쳐 내자 기다란 도라지 뿌리가 완전히 모습을 드러냈다. 다행히 이번엔 썩은 부분 없이 하얗고 튼튼해 보였다.

"이것 봐요, 얼마나 실한데."

어머니가 반색하며 뿌리를 집어 들었다. 신이 난 목소리였다.

"이 정도면 어디다 팔아도 팔지. 안그래도 약방에서…"

"거 내려놔라 그냥."

아버지가 퉁명스럽게 말했다. 어머니의 말이 채 끝나기도 전에 튀어나온 말이었다. 어머니의 얼굴이 굳어졌다.

"아니, 여보. 이 정도면 충분히…"

"에헤이!"

아버지가 어머니 손에서 뿌리를 휙 빼앗았다. 어머니는 화들짝 놀라 손을 거두었다. 아버지는 방금 캔 도라지 뿌리를 다시 흙 위에 내려놓고는 흙을 덮기 시작했다. 나는 어안이 벙벙해서 그 모습을 바라보기만 했다. 아버지는 마치 애지중지하는 물건을 다시 포장이라도 하듯 도라지 뿌리를 흙

속에 조심스레 묻어주었다.

"아휴, 정말 답답해 죽겠네!"

참다못한 어머니가 폭발하고 말았다.

"다 큰 걸 왜 또 묻어놔요? 이렇게 멀쩡한데!"

급기야 어머니의 눈에 눈물이 맺혔다.

"아들 학비에, 생활비에, 아유, 나는 모릅니다. 인제 모르겠어요 정말로."

어머니는 더 이상 말을 잇지 못하고 입술을 질끈 깨물었다. 늘 잔소리 많고 푸념도 하시던 분이지만 웬만해선 울지 않는 어머니의 눈에 눈물이 그렁그렁했다. 아버지도 그런 어머니의 모습은 외면하지 못했다. 땅만 보던 얼굴을 들어 어머니를 바라보았다. 잠깐 어머니와 아버지의 시선이 공중에서 맞섰다.

이윽고 아버지는 한숨을 푹 내쉬었다.

"알았소…"

그는 잠깐 말꼬리를 흐리더니 씁쓸하게 웃었다.

"조금만 팔지 뭐…"

자존심이 상한 듯 한없이 작은 목소리였다. 그날 아침, 아버지는 결국 몇 해 묵은 도라지 뿌리 몇 개를 골라냈다. 썩지 않고 멀쩡한 것들만 추려 작은 광주리에 담아 둔 후, 아버지는 아무 말없이 담배를 꺼내 물었다. 성냥으로 불을 붙이는 손끝이 가늘게 떨리는 것 같았다.

내 눈에 비친 아버지의 굽은 등은 새벽 햇살 아래 유난히 초라해 보였다. 몇 개의 뿌리를 내주는 것만으로도 저렇게 자존심이 상하는걸까. 나는 그 모습이 이해되지 않으면서도 한편으론 안쓰러웠다.

얼마 지나지 않아 본격적인 여름 더위가 시작되자, 볕은 더욱 뜨겁게 내리쬐었다. 아침부터 요란한 매미 소리 탓에 늦잠은 잘래야 잘 수가 없는 부지런 떨게되는 계절. 하지만 더위 탓에 몸은 한없이 늘어지기만 하는 미운 계절. 방학을 맞은 나는 집안일과 밭일을 도우며 여름을 지냈다.

어머니는 아버지가 내준 도라지 뿌리들을 읍내 약재상에 팔아 왔다. 돌아온 어머니는 쌀자루와 밀가루, 그리고 내 고무신과 공책 몇 권을 사 들고 왔다. 부엌 한켠에 쌀가마니가 쌓이는 것을 보고서야 우리 집에도 오랜만에 작은 숨통이 트였음을 실감했다. 어머니 얼굴엔 모처럼 화색이 돌았다. 아버지 역시 그날만큼은 아무 말없이 어머니가 사 온 물건들을 받아들였다.

하지만 기뻐보이지 않았다. 아버지는 여전히 대부분의 시간을 밭에서 보냈다. 도라지 밭을 돌보고, 썩은 뿌리를 골라내고, 흙을 북돋우는 이해할 수 없는 일상의 반복이었다.

어느 일요일 늦은 오후였던 것 같다. 찌는 듯한 한낮의 열기가 조금 가라앉을 무렵, 우리 집에 낯선 손님이 찾아왔다. 집 앞 마당에 진청색 승용차 한 대가 멈춰 섰다. 이렇게 허름한 농가에 자동차가 오는 일은 드물었다. 나는 대문 옆 평상에 앉아 나물을 다듬다가 손을 멈추고 차를 바라보았다. 차문이 열리고 깔끔한 양복차림의 남자가 내렸다. 등에는 '농협' 로고가 선명한 작은 배낭을 메고 있었다.

"안녕하세요. 혹시 이성호씨 댁 맞습니까?"

남자는 아버지의 이름을 부르며 인사를 건넸다. 나는 얼떨결에 고개를 끄덕였다.

"예… 맞는데요."

낯설고 격식 차린 말투에 나도 모르게 자세를 바로 했다. 부엌에서 인기척을 들은 어머니가 앞치마로 손을 닦으며 나왔다.

"무슨 일이세요?"

어머니가 눈을 동그랗게 뜨고 물었다. 남자는 미소를 지으며 명함 한 장을 내밀었다. 지역 농협 경제사업부에서 나온 사람이었다. 마침 밭에서 돌아오던 아버지가 마당으로 들어섰다. 삽을 어깨에 멘 채 땀에 전 셔츠 소매를 걷어붙인 모습이었다. 낯선 차와 손님을 보자 걸음을 멈췄다.

"누구신가?"

아버지가 경계 섞인 목소리로 물었다.

"아, 안녕하십니까. 이성호 선생님 되시죠? 뵙게 되어 반갑습니다."

농협 직원은 싹싹하게 인사하며 아버지에게 다가왔다. 아버지는 물끄러미 내민 손을 바라보았다. 손등에 흙이 잔뜩 묻어 있어 선뜻 악수하지 못했지만, 직원은 개의치 않다는 듯 환하게 웃으며 손을 붙잡고 악수를 나누었다.

"여보, 농협에서 오셨대요. 들어와서 이야기 나누세요"

어머니는 마루 한켠에서 손님을 안으로 안내했다. 나는 마당 가장자리에 웅크리고 앉아, 흙투성이 아버지와 말쑥한 농협 직원이 한자리에 있는 모습이 어색해서 슬며시 거리를 두고 지켜보았다.

거실로 들어온 손님에게 어머니는 보리차 한잔을 내왔다. 가난한 단칸

방 살림살이에 손님에게 낼 수 있는 최고의 대접. 낡은 선풍기 바람을 맞으며 보리차 한잔을 들이킨 직원은 용건을 차분히 꺼내기 시작했다. 얘기를 들어보니, 우리 마을 농협에서 아버지의 도라지에 대한 소문을 들은 모양이었다. 몇 년씩 묵힌 도라지를 키우는 농가가 있다는 말에 관심을 갖고 알아봤더니 그 주인공이 우리 아버지였다는 것이다.

"장생도라지라고 하시던가요?"

그 직원이 웃으며 말했다.

"오래 키운 도라지라 약성이 뛰어나다고 들었습니다. 사실 저희 농협에서도 그런 도라지를 상품화해 보면 좋겠다고 내부 논의를 하던 참이었습니다."

나는 속으로 흠칫했다. 장생도라지. 오래 사는 도라지라고 아버지가 가끔 불렀던 기억이 났다. 아버지가 바깥 사람들에게도 그 말을 썼던 모양이었다.

"상품화?"

아버지가 낮게 되뇌었다. 직원은 고개를 끄덕였다.

"예. 지금 약초시장에도 3년근, 4년근 도라지는 있지만 7년, 10년 근 도라지는 귀하지 않습니까. 선생님께서 정성 들여 재배하신 걸 저희 농협을 통해 전량 출하해 주시면, 시세보다 훨씬 좋은 가격에 매입해서 브랜드로 키워볼 수 있을 것 같습니다. 마케팅도 하고, 농가 소득에도 도움이 되고요."

말을 이어가며 그는 가방에서 서류철을 한 부 꺼내 식탁 위에 펼쳤다.

"여기 대략적인 계약 초안도 준비해 왔습니다. 한번 살펴보시겠습니까?"

어머니는 옆에서 숨죽이고 그 설명을 들었다. 나도 방문 틈에 기대어 대화를 지켜보았다. 아버지는 직원이 내민 서류를 손도 대지 않았다. 그의 얼굴이 점점 굳어지는 듯 보였다.

"죄송하지만, 아직 팔 때가 안 됐소."

응접탁자 위에 계약서를 펼쳐 놓고 열심히 설명을 이어가던 직원은 말을 멈추고 눈을 깜빡였다. 이렇게 바로 거절당할 줄은 몰랐을 것이다. 어머니가 다급히 나섰다.

"여보, 일단 이야기라도 들어보고…"

"에헤이. 안 한다니까."

아버지가 다시 잘라 말했다. 그의 어조는 단호했고 얼굴에는 냉기가 서렸다.

"지금 와서 몇 푼 벌라고 팔 것 같았으면, 시작도 안 했소."

거실 공기가 순식간에 얼어붙었다. 직원은 잠시 당황한 기색이었지만 곧 미소를 잃지 않은 채 부드러운 목소리로 설득을 계속했다.

"선생님, 충분히 고민하실 만한 문제인 건 압니다. 하지만 저희 조건을 한 번만 고려해 주시면 합니다. 개발하신 품종에 대한 가치를 인정해서 드리는 제안이거든요. 최소한 시세의 두 배 이상으로—"

"그건 품종이 아니오."

아버지가 말을 가로막았다.

"그저 내가 수년 동안 품어온 뿌리들일 뿐이오. 아직 완성되지도 않았는데 남에게 팔 수 없소."

"완성이라니요?"

직원이 어리둥절한 얼굴로 되물었다. 어머니는 안절부절못하며 아버지를 바라봤다.

"여보, 무슨 말씀이에요… 이번 기회에 팔면 얼마나 도움되는지 알잖아요. 애들도 크고…"

"거 입 다물어라!"

아버지가 낮지만 단호한 목소리로 어머니를 제지했다. 어머니는 눈을 크게 뜨고 입술을 떨었지만 더 말을 잇지 못했다. 나는 그 모습을 보고 가슴이 철렁 내려앉았다. 아무리 화가 나도, 찾아온 손님 앞에서 어머니한테 저렇게까지 할 필요가 있나 싶었다. 화끈한 부끄러움과 분노가 치밀었다.

아버지는 아랑곳하지 않고 말을 이었다.

"내가 하려는 일은 그냥 도라지 농사 지어서 파는 게 아니라, 약효 뛰어난 진짜 토종 도라지를 길러내고 싶소. 도라지 장사 하려는 게 아니란 말이오."

농협 직원은 난처한 듯 이마의 땀을 손수건으로 훔쳤다. 선풍기 바람이 계속 마루를 맴돌았지만, 이상하게도 나는 숨이 막히는 것 같았다. 직원은 머뭇거리다 다시 조심스레 입을 열었다.

"선생님 마음은 알겠습니다. 선생님 연구 취지와 철학도 존중합니다. 다만 그렇게 애써 키운 도라지도 결국 누군가 먹고 써야 그 가치가 증명되지 않겠습니까? 너무 귀한 성과를 혼자만 간직하시는 건 아쉬운 일입니다. 세상에 널리 쓰여야 의미도 커지지 않을까요?"

아버지는 고개를 저었다.

"나중에 때가 되면 세상에 내놓겠지요. 하지만 지금은 아니오. 아직 더 해봐야 할 일이 남았소."

"허허…"

직원은 난감한 웃음을 흘리며 도움을 청하듯 어머니를 바라봤다. 어머니는 얼굴을 굳게 한 채 입술만 깨물고 있었다. 이미 아버지 고집을 꺾을 방도가 없다고 생각하신 것 같았다.

결국 직원은 설득을 포기한 듯 어깨를 떨구었다.

"알겠습니다. 선생님 의지가 그러시다면 어쩔 수 없지요. 혹시 마음 바꾸시면 언제든 연락 부탁드립니다. 저희는 항상 열려 있습니다."

그는 명함 몇 장을 식탁 위에 내려놓으며 일어섰다. 어머니와 나도 황급히 따라 일어섰다. 어머니는 연신 허리를 굽히며 "바쁘신데 일부러 찾아와 주셨는데 죄송하다"고 사과했다. 나도 대문까지 따라나가 직원을 배웅했다. 떠나기 전, 직원은 내게 말을 걸었다.

"학생, 아버지 많이 도와드리나 보네. 힘들어도 훌륭한 일 하시는 거니까 조금만 참고 거들어 드려요." 그는 내 어깨를 토닥이며 웃어 보였다. 나는 말없이 고개만 끄덕였다. 직원의 차가 먼지 길을 남기며 떠나자, 다시 집 안으로 들어갈 엄두가 나지 않았다.

대문 밖에 멍하니 서 있는데, 얼마 지나지 않아 안에서 폭풍 같은 고성이 터져 나왔다.

"대체 왜 그래요, 왜! 다같이 좋아질 수 있는 일을 왜 다 걷어차 버리냐고요!"

어머니의 울먹이는 듯한 고함이 들려왔다.

"평생 그놈의 도라지! 도라지! 사 주겠다는 사람이 집 안까지 찾아왔잖아요! 뭐를 더 해봐요, 도대체!" 어머니의 목소리가 갈라졌다. 나는 심장이 조여드는 것 같았다.

"듣기 싫다! 평생 목표를 몇 푼에 무너뜨리란 말이가!"

나는 살그머니 대청마루 끝에 걸터앉았다. 방문은 열려 있어서 부모님의 모습이 훤히 보였다. 어머니는 눈물을 뚝뚝 흘리며 서 있고, 아버지는 노기가 어린 얼굴로 서류철이 널브러진 상을 내려다보고 있었다.

"누가 무너뜨리랍니까? 같이 좀 살자고, 굶지 말자고 그러는 거잖아요! 영춘이 좀 있으면 벌써 고등학생인데 학비는 우짤낀데요!"

그 말에 아버지가 내 쪽을 힐끗 보았다. 나는 흠칫하며 몸을 웅크렸다. 분위기가 나에게까지 튈까 봐 숨도 쉬지 못했다. 아버지는 곧 다시 어머니에게 시선을 돌렸다.

"그러니까 이번에 좀 팔았잖아. 그걸로 당분간 버티면 되는데 뭘 더 바란단 말이야?"

"다른 집에서 보고 비웃습디다! 저 집은 도라지 농사가 아니고 도라지 모시고 사는 집이라고! 장생도라지고 영생도라지고 될지 안될지도 모르는 거를 붙잡고 도대체…"

"듣기 싫다!"

아버지가 버럭 소리를 질렀다. 벌겋게 달아오른 얼굴로, 아버지는 역정을 내셨다.

"한 치 앞 밖에 못보면서 무슨 바깥 일에 이래라 저래라야!"

더 지켜보고 있을 수만은 없었다. 가슴속에서 뭔가 뜨거운 것이 치밀어 올랐다.

"아버지! 그만 좀하세요!"

나도 모르게 큰 소리가 터져 나왔다. 부모님 두분이 일제히 나를 향해 놀란 눈으로 돌아보았다. 나는 벌떡 일어서서 외쳤지만, 아버지는 싸늘한 얼굴로 나를 노려보았다.

"네가 끼어들 일 아니다."

얼음장 같은 목소리였지만, 한번 터져 나온 말은 걷어들일 수 없었다. 분노와 울분이 폭발하듯 쏟아졌다.

"아버지, 왜 이러세요? 왜 그렇게 고집만 부리냐고요! 우리 힘든 거 뻔히 알면서도… 도대체 뭐가 그렇게 중요해요? 도라지가 우리 가족보다 더 중요해요?"

"이 건방진 놈의 새끼가!"

아버지가 눈을 부릅뜨며 다가왔다. 번뜩이는 손이 허공을 가르더니, 찰싹! 뺨을 때리는 소리가 방 안에 울려 퍼졌다. 순간 눈앞이 하얘졌다. 맞은 뺨이 화끈하게 달아올랐다. 정신이 아득해졌다. 어머니가 비명을 질렀다.

"아니 애를 왜 때려요!"

어머니가 나에게 달려와 어깨를 감싸 안았다. 나는 싸늘하게 굳은 아버지의 얼굴을 멍하니 바라보았다. 아버지의 손바닥도 붉게 달아 있었다. 그는 거친 숨을 몰아쉬며 서 있었다. 얼얼한 뺨보다, 아버지가 나를 때렸다는 사실이 더 아프게 다가왔다. 태어나 처음 있는 일이었다. 아무리 속을 썩여도 손찌검 한 번 안 하던 아버지였다. 그런데 내가 처음으로 대든 바로 그 순간에 주저 없이 손부터 올린 것이다. 분노와 슬픔과 충격이 한꺼번에 치밀어 가슴이 무너져 내리는 기분이었다.

한동안 적막이 흘렀다. 어머니의 흐느낌만 조용히 방 안을 채웠다. 아버지는 천천히 손을 내렸다. 그의 눈에도 당혹감이 비쳤다. 아들도 이젠 제멋대로라 여겼을까, 아니면 스스로 손을 댄 걸 후회했을까. 아버지는 이내 고개를 돌렸다.

"에잉!"

그 한 마디를 남기고 방문을 벌컥 열고 나가버렸다. 나는 어머니의 손길을 뿌리치고 마루로 걸어나왔다. 어머니는 울먹이는 목소리로 "영춘아, 오데 함 보자."하고 뒤에서 불렀지만, 나는 대답할 수 없었다. 북받치는 감정을 안은 채 대문 밖으로 뛰쳐나갔다.

해는 어느새 서쪽 산 너머로 기울어 있었다. 주황빛 노을이 들판을 가득 물들이고, 여기저기 논둑 사이로 개구리 우는 소리가 들려왔다. 나는 마당을 가로질러 곧장 도라지 밭으로 달려갔다. 뜨거운 눈물이 두 뺨을 타고 흘렀다.

밭둑에 털썩 주저앉아 한참을 흐느꼈다. 분하고 원통해서 견딜 수가 없었다. 왜 우리 집은 이 모양이어야 하나, 왜 아버지는 현실을 외면하며 우리를 힘들게 하는 걸까. 원망스러웠다.

고개를 드니 온통 도라지 밭이 눈앞에 펼쳐져 있었다. 저녁 햇살에 물든 밭에는 잡초 사이로 도라지 줄기들이 빽빽했다. 여기저기 시든 꽃대가 힘없이 고개를 떨군 채 남아 있었다. 나는 눈물을 훔치고 벌떡 일어나 밭으로 내려갔다. 그리고 가장 크고 굵어 보이는 도라지 줄기를 움켜쥐었다. 있는 힘껏 뿌리를 뽑아낼 작정으로 마구 흔들었다.

"에잇!"

악에 받쳐 땅을 팠다. 맨손으로 흙을 헤집으며 뿌리를 캐내려 들었다. 손톱 밑에 진흙이 잔뜩 끼고 손바닥엔 흙물이 들었다. 한 포기의 도라지를 캐내는 일은 생각처럼 쉽지 않았다. 아버지가 매일 해 오던 고된 일이었다. 나는 눈물을 삼키며 미친 듯이 흙을 파냈다. 그동안 아버지가 공들였던 것을 엉망으로 만들고픈 충동뿐이었다. 이 도라지들만 없었더라면… 아버지는 그냥 평범한 농부로서 우리 가족과 평화롭게 살았을까? 이놈의 도라지 때문에 우리 집이 망가진 거야.

마침내 손끝에 단단한 뿌리가 만져졌다. 이를 악물고 그것을 잡아당겼다. 푸득, 흙덩이가 튀며 뿌리가 뽑혀 나왔다. 헐떡이는 숨을 가다듬으며 뿌리를 들어 올려 보았다. 흙투성이의 도라지 뿌리는 내 팔뚝만 했고 여러 갈래로 갈라져 있었다. 축축한 흙물이 손을 타고 흘렀다. 그런데 뿌리 끝부분이 검게 변해 있었다. 또 썩어 있었다. 나는 허탈해서 어이없는 웃음이 튀어나왔다. 겨우 뽑아낸 것이 이 모양이었다.

빈 들판에 헛웃음이 번졌다. 울음과 웃음이 뒤섞여 목이 메었다. 두 손에 쥔 도라지 뿌리 조각을 힘껏 내동댕이쳤다. 뿌리가 땅바닥에 나뒹굴며 산산이 부서졌다. 주저앉은 내 주변으로 한동안 벌레 우는 소리만 가득했다. 해는 완전히 저물고 있었다.

나는 지친 몸을 뒤로 뉘였다. 흙바닥에 드러누워 하늘을 바라봤다. 붉던 노을이 점차 사그라지고 보랏빛 어둠이 밀려오고 있었다. 엷은 별빛이 하나둘 보이기 시작했다. 온몸은 흙투성이에 땀범벅이었지만, 그대로 있고 싶었다. 식어가는 흙의 온기가 등으로 느껴졌다. 눈앞의 풍경이 흐릿하게 일렁였다. 아버지의 고집이라는 세계, 나는 이해할 수 없었다.

저 멀리서 어머니가 나를 부르는 소리가 들려왔다. 나는 목이 메어 대답하지 못했다. 노을빛은 완전히 사라지고, 나는 어둠 속에 홀로 앉아 한참을 더 울었다.

도라지 귀신

까무룩 잠에서 깨니, 눈가에 눈물이 조금 차 있었다. 나는 오후의 햇살이 비스듬히 쏟아지는 사무실 책상에 앉아 결재 서류 철을 넘기고 있었다. 숫자와 표로 빼곡한 매출 보고서를 검토하는 일은 이젠 익숙한 일상의 한 부분이지만, 지루함은 어쩔 수 없었나보다. 컴퓨터 팬 돌아가는 소음과 책상 한쪽에 놓인 식어버린 커피잔까지, 나는 회사 경영자의 하루, 현실에서 눈을 떴다.

나는 지금 아버지에게서 물려받은 건강식품 업체 장생도라지의 대표로서 이 자리에 앉아 있다. 도라지즙 판매 실적표, 신제품 개발 회의록, 그리고 홍보 브로셔 샘플들이 책상 위에 어지럽게 놓여 있었다. 시선 한켠에, 커다란 술병 속에 잠긴, 말 그대로 거대한 위용을 자랑하는 25년 산 도라지가 눈에 들어왔다. 직원들은 농담 삼아 '우리 회사 마스코트'라고 부르곤 하는 도라지였다.

꿈 속에서 뽑아버렸던 썩은 도라지가 떠올라 피식 웃고 말았다. 어서 결재할 것들을 처리하고 집으로 가야 할 시간인데… 나는 서류 더미를 뒤적거리다가, 문득 한 권의 얇은 책자가 눈에 띄었다. 회사 홍보를 위해 새로 만든 브로셔 샘플이었다. 표지에는 푸른 도라지꽃 그림과 함께 "삶을 깨우는 뿌리, 장생도라지"라는 문구가 선명했다. 나는 잠시 손을 멈추고 그 브로셔를 집어 들었다.

여러 번 봐서 익숙한 내용이었지만, 이상하게도 그림 한 장 한 장에 눈길이 갔다. 페이지를 넘기자 창업자 이성호, 그러니까 나의 아버지에 대한 소개 글이 나타났다. 짤막한 회사 연혁과 함께 아버지의 어린 시절 일화가 적혀 있었다. "1950년대 지리산 자락의 한 산골 마을, 병약한 사내와 소년이 나무하러 갔다가 기적 같은 일을 겪다."하는 대목에서 내 손이 멈췄다.

귀가 닳도록 듣고 또 들은 이야기가 동화 풍의 일러스트와 함께 새겨져 있었다. 이 이야기를 언제 처음으로 들었더라… 머릿속에는 아버지가 언젠가 들려주었던 장면들이 어렴풋이 떠오르는 것 같았다. 그날의 기억을 더듬으며, 나는 브로셔를 살짝 내려놓고 눈을 감았다. 그리고 아버지의 목소리 대신 내 안에서 울리는 이야기의 음성을 따라, 그 시절로 천천히 돌아가기 시작했다.

아버지가 열네 살 되던 해의 어느 늦여름이었다. 지리산 자락 고개 너머로 이른 아침의 안개가 피어오르고, 축축한 숲 속 공기는 숨 쉴 때마다 풀잎

내음을 실어 나르는 듯했다. 성호, 그러니까 어린 날의 아버지는 마을의 병약한 한 아저씨와 함께 나무를 하러 산길을 오르고 있었다. 아저씨는 기침을 쿨럭이며 지팡이에 몸을 의지한 채 느릿느릿 걸었다. 허리에는 낡은 등짐 바구니가 매여 있었고, 성호는 그 곁에서 빈 나뭇단을 멘 채 부지런히 앞서 나가려다가도 아저씨의 걸음을 살피며 속도를 맞추고 있었다.

"아이고… 고작 이거 걷고 이렇게 힘이 드나…"

그는 이따금씩 숨을 헐떡이며 중얼거렸다. 오랫동안 폐병을 앓아 온 탓에 얼굴이 햇볕에 바랜 종잇장처럼 창백했고, 걸을 때마다 마른 기침이 끊이지 않았다. 사방에는 울창한 고목들이 버티고 섰고, 나뭇잎 사이로 한줄기 햇살이 간신히 내려비쳤다. 성호는 이마에 맺힌 땀을 훔쳐 내며, 아저씨의 짐이라도 들어 드릴까요 묻고 싶었지만, 아저씨가 마다할 것을 알기에 조심스레 뒤를 따랐다.

얼마쯤 올랐을까. 깊은 산중턱 즈음에 이르렀을 때, 아저씨는 그만 나무 그루터기 옆에 주저앉고 말았다. 거친 숨을 몰아쉬며

"잠깐 쉬었다 가자…" 하고는, 손수건을 꺼내 입을 막고 심하게 기침을 했다. 성호는 놀라서 아저씨의 등을 쓸어 내렸다. 기침은 좀처럼 멎지 않았고, 그의 입가에는 새빨간 피가 한 방울 맺혀 나왔다. 성호는 당황하여 나뭇잎으로 급히 닦아 드리며, "아저씨, 괜찮으세요?" 하고 불렀다. 그는 힘겹게 고개를 끄덕였지만, 그 얼굴에는 탈진한 기색이 역력했다.

잠시 후 아저씨가 숨을 고르는 사이, 성호는 근처에서 마실 물을 찾아보려 주위를 둘러보았다. 그때였다. 그루터기 옆, 낙엽을 헤치고 흙이 드러난

바닥에서 무언가 툭 튀어나온 것을 성호의 눈이 포착했다. 호기심에 다가가 보니, 땅속에서 비죽 얼굴을 내민 굵은 뿌리 하나였다. 어린아이 팔뚝만 한 굵기의 뿌리 끝에 자잘한 잔뿌리들이 달려 있었고, 흙투성이였지만 분명 도라지처럼 보였다. 성호는 깜짝 놀라 아저씨를 불렀다.

"아저씨, 여기 좀 보세요! 엄청 큰 도라지 뿌리예요."

그는 힘겹게 눈을 들어 성호가 가리키는 곳을 보았다. 그러더니 떨리는 손으로 뿌리를 어루만졌다.

"이런 산속에… 이리 굵은 도라지가 남아 있다니…"

그 목소리에는 놀라움과 기대감이 섞여 있었다. 도라지 뿌리는 원래 기침과 가래를 다스리는 데 좋다고 마을 어른들에게 들었던 성호는 그의 생각을 눈치챘다. 아저씨는 지팡이를 옆에 세우고 땅을 손으로 파기 시작했다. 성호도 덩달아 맨손으로 흙을 헤집어 도라지 뿌리를 캐내는 것을 도왔다. 오래 묵은 뿌리는 쉽게 뽑히지 않고 깊게 뻗어 있었다. 한참을 파내자 마침내 사람 얼굴만 한 크기의 울퉁불퉁한 뿌리 전부가 모습을 드러냈다. 그것은 성호가 평생 본 것 중 가장 크고 나이 들어 보이는 도라지였다.

아저씨는 손에 묻은 흙도 제대로 털지 않은 채, 떨리는 손으로 그 묵은 도라지 뿌리를 두 손에 들었다. 그리고는 마치 귀한 보석이라도 다루듯 조심스레 한 조각 입에 떼어 넣었다. 성호는 놀라서 만류하려 했다.

"드시지 마세요, 그냥 약으로 달여 드셔야…"

그러나 그는 이미 단숨에 뿌리의 일부를 우적우적 씹어 삼키고 있었다. 나머지도 금세 먹어버릴 기세였다. 깊은 산속이라 당장 약재로 달일 형편도 아니었거니와, 그는 아마도 더 이상 지체할 수 없을 만큼 몸이 한계였을 터였다.

"꽤나 쓰구나…"

그는 잠시 미간을 찡그렸지만 이내 희미하게 웃으며 중얼거렸다. 그리고 남은 뿌리 조각을 성호에게 내밀었다.

"너도 한 입 하거라. 이거 아무래도 하늘이 준 보약인 것 같다."

성호는 망설였다. 눈앞의 아저씨는 금방이라도 숨이 넘어갈 것처럼 보이다가, 도라지 뿌리를 씹어 삼키고 나서는 왠지 기침이 덜해진 듯했다. 소년은 조심스레 아주 작은 조각을 부러뜨려 자신의 입에도 넣었다. 입 안 가득 씁쓸하고 아린 맛이 퍼졌다. 함께 나눠 먹고도 뿌리는 절반 이상 남았기에, 아저씨는 그것을 품에 소중히 챙겨 넣었다.

그런데 이게 어찌 된 일인가. 잠시 후 그의 눈꺼풀이 천근만근이나 되는 듯 감기기 시작했다.

"이상하네… 갑자기 왜 이렇게… 졸린지…"

그는 나지막이 말하더니, 그 자리에서 몸을 뉘이고 눕는 것이 아닌가. 성호는 깜짝 놀라 아저씨의 어깨를 붙들었다.

"아저씨! 정신 차리세요!"

하지만 그는 이미 깊은 잠에 빠져들고 있었다. 마치 오랫동안 편히 쉬지 못한 사람이 비로소 숙면을 얻은 듯한 표정이었다. 성호는 황망했다. 그가 혹시 잘못된 것은 아닌지 겁이 나서 맥을 짚어 보기도 하고, 주변을 두리번거리며 누구 없나 소리쳐도 보았다. 물론 산속에는 새소리와 나뭇잎 흔들리는 소리만이 가늘게 울려 퍼질 뿐이었다.

한참을 당황해하던 성호는 이내 그의 고른 숨소리를 들으며 마음을 다잡았다. 다행히 숨은 안정적으로 쉬고 있었다. 그저 깊이 잠든 모양이었다. 성호는 우선 그의 곁에 쌓아 둔 마른 나뭇가지들을 그러모아 불을 피웠다. 산속에서 해가 저물기 전에 깨어나지 않으면 곤란할 터였다. 하지만 아저씨는 저녁이 되도록 깨어날 기미가 없었다. 성호는 불길이 꺼지지 않도록 돌보면서 꼬박 그의 곁을 지켰다. 산짐승이라도 다가올까 밤새 졸면서도 귀를 기울였다. 다행히 타닥타닥 타는 불소리와 아저씨의 규칙적인 숨소리 외에는 아무 일도 일어나지 않았다. 캄캄한 밤하늘에는 총총한 별무리만이 소리 없이 빛나고 있었다. 성호는 꺼지지 않는 불 옆에 웅크리고 앉아 졸음과 두려움을 쫓아냈다. 불빛 너머 잠든 아저씨의 얼굴은 평온해 보였고, 그의 고른 숨결에 맞춰 숲조차 숨죽인 듯 고요했다.

그렇게 밤이 지나고 낮이 다시 찾아왔지만, 그는 깨어나지 않았다. 성호는 불안한 마음에 계곡 아래로 내려가 마을 사람들을 불러와야 하나 몇 번이고 고민했다. 하지만 그의 숨소리는 마치 어린 아기가 잠든 듯 고르고 편안했기에, 섣불리 흔들어 깨우는 것이 더 위험할지도 모른다는 생각이 들었다. 게다가 혹여 아저씨를 업고 내려가다 잘못되면 어쩌나 하는 두려움도 있었다. 결국 성호는 혼자 산을 내려왔고, 사흘째 되는 날 아저씨가 걱정되어 다시 그 자리로 가 보았다.

사흘째 되던 낮, 마침내 아저씨는 길게 하품을 하듯 숨을 내쉬며 눈을 떴다. 성호는 기쁨에 겨워 "아저씨!"하고 외쳤다. 그는 천천히 몸을 일으켰다.

놀랍게도 그의 안색은 사흘 전보다 훨씬 붉은 기운이 돌고 있었다. 그는 주위를 두리번거리더니, 자신을 지켜보고 있던 성호를 알아보고 말문을 열었다. "내가… 아직도 살아 있단 말이냐?" 성호는 울음이 터질 것만 같았지만 꾹 참고 웃어 보였다. "예, 푹 주무셨어요." 그는 자신의 가슴을 쓸어보았다. 숨쉬기가 한결 수월한 듯, 그는 크게 심호흡을 하더니 믿기지 않는 듯 가슴을 치고 등을 굽혔다 펴보았다. 기침은커녕 숨소리도 거뜬했다. "이게 대체 어찌 된 일인지…" 그는 중얼거리며 눈물을 글썽였다. 자신도 모르게 병이 씻은 듯 나은 것을 깨달은 것이었다.

성호와 그는 부둥켜안고 한참을 기뻐했다. 그는 연신 "고맙다, 고맙다" 하며 성호의 손을 잡았고, 성호는 부끄러워 고개를 저었다.

"제가 한 일은 없어요. 아저씨를 지켜 드린 건 결국 도라지 뿌리였잖아요."

그 말에 아저씨는 품속에서 예전 그대로의 도라지 뿌리 반쪽을 꺼내 보였다. 며칠 사이에 뿌리는 말라 쭈글어 있었지만 아직 단단한 형태를 유지하고 있었다. 그는 그것을 두 손으로 높이 들어 올리며 마치 산신령에게 보이듯 말했다.

"그래, 이 녀석이 날 살렸구나. 산에 묻혀 오래도록 사람을 기다린 보람이 있었겠지."

성호는 그 말이 가슴에 묵직하게 와닿았다. 흙 속에 묻혀 있던 하찮은 뿌리가 죽어 가던 생명을 되살린 장면은 어린 그의 마음에도 잊을 수 없는 인상을 남겼다. 어쩌면 이건 그저 우연이나 행운이 아니라, 산과 흙이 자신들에게 준 약속일지도 모른다고 성호는 생각했다. 언젠가 이 도라지 같은 뿌리가 많은 사람을 살릴 수 있을 거라는 약속 말이다.

아저씨와 소년은 산을 내려와 마을 사람들에게 이 신기한 일을 알렸다. 처음에 사람들은 "말도 안 되는 소리"라며 믿지 않았다. 죽을 고비에 있던 사람이 멀쩡히 걸어 내려오자 그저 산에서 푹 쉬었더니 차도가 생긴 것뿐이라 수군대는 이들도 있었다. 하지만 그의 광채 나는 얼굴과 거뜬한 기척을 직접 본 이들은 차츰 이야기를 사실로 받아들이기 시작했다. 사내는 모두에게 그 커다란 묵은 도라지 뿌리를 보여 주며 자신이 겪은 기적을 말해주었다. 마침내 마을 어귀 정자에 둘러앉은 사람들 사이로 탄성이 흘러나왔다.

"정말 묵은 도라지엔 신령한 힘이 있나 보구먼.", "심마니들이 산삼 찾는다지만 도라지도 못지않은 보물이었어!"

하며 놀라워했다. 그날 이후 성호의 가슴속에는 하나의 씨앗이 심어졌다. 그 씨앗은 바로 도라지에 얽힌 운명이었다. 그의 눈에 이 평범한 들꽃의 뿌리는 이제 더 이상 평범해 보이지 않았다. 땅속에 묻힌 채 남몰래 사람을 살릴 힘을 길러 온 그 생명에 경외감을 느낀 성호는 결심했다. 자신이 직접 그 비밀을 밝혀내고 도라지를 길러내어, 더 많은 병든 이들을 살려 내겠노라고.

아버지는 그날 이후 한순간도 도라지를 잊지 않았다. 깊은 산 중에서 마주한 기적은 열네 살 소년의 가슴에 지울 수 없는 불씨를 심어 놓았다. 성호는 자라 어른이 된 뒤 본격적으로 그 꿈을 좇기 시작했다. 그러나 산속 전설 같은 기이한 성공담과는 반대로, 현실에서 그가 걸어야 했던 길은 고되고 험난했다. 젊은 시절의 아버지는 주위의 만류에도 아랑곳하지 않고 재배에 매달렸다. 남들은 하찮게 여기는 들꽃 뿌리에 평생을 건다는 것을 이해해 주는 이는 거의 없었다. 아버지는 직접 산과 들에서 도라지를 캐 모으고, 밭을 일구어 심어 키워보았다. 오래 자란 묵은 도라지를 얻으려면 오랜 세월 심어 두어야 했다. 하지만 몇 해를 묵히면 금세 뿌리가 썩어 버려 허사가 되기 일쑤였다. 한 번 실패하고 두 번 실패해도 포기하지 않고 아버지는 방법을 바꾸고 또 바꾸며 도전했다. 그러는 동안 집안 살림은 기울고 빚만 쌓여갔다.

사람들은 아버지를 향해 손가락질했다. "산삼도 아니고 도라지에 미쳐 집안을 망친다"는 빈정거림이 뒤따랐다. 아버지는 스스로 선택한 길에서 물러서지 않았지만, 그 고집스러움의 대가로 가족들은 가난과 고단함을 감내해야 했다. 급기야 아버지는 한때 자신을 비웃는 세상과 완전히 등을 지고 아예 지리산 깊숙한 산골로 들어가 버렸다. 아무 연고도 없는 산중에 작은 움막을 짓고 혼자 지내며 도라지 재배 실험에 몰두했던 것이다. 가족들을 먹여 살릴 돈도 없을 만큼 쪼들린 형편이었지만, 그는 오히려 세상 인연을 모두 끊고 산에 들어간 셈이었다.

그곳에서의 아버지 삶은 말 그대로 괴물 같은 세월이었다고 전해진다. 먹을 것이라고는 산나물과 도라지 뿌리, 감자 몇 알로 연명하며, 허름한 옷은 해어져 밤바람을 막아 주지 못했다. 수염과 머리카락은 깎을 새 없이 덥수룩하게 자랐고, 살가죽은 햇볕과 비바람에 거칠게 그을려 갔다. 산짐승과 다를 바 없는 몰골이 된 채로도 아버지는 날마다 도라지 밭을 맨손으로 매만지고 있었다 한다. 그의 밭이라 해봐야 나무들 사이 군데군데 파 놓은 작은 흙칸들과 깊숙한 계곡 비탈진 곳에 심어 둔 두세 평 남짓의 밭뙈기뿐이었다. 그럼에도 아버지는 마치 천 명분의 논이라도 일구는 농부처럼 온 힘을 쏟아 부었다. 봄이면 뿌리가 삭아 없어져 울부짖고, 여름이면 장마에 밭이 쓸려 내려가 통곡하고, 가을이면 캐 볼 만한 뿌리가 없는 현실에 좌절하고, 겨울이면 꽁꽁 언 땅을 끌어안고 버텼다고 한다.

그렇게 몇 해가 지나자 아버지의 존재는 점차 전설과 괴담 사이 어딘가로 변해 갔다. 지리산 자락 험한 산속을 돌아다니는 약초꾼들과 심마니들 사이에서는 "산에 도라지 귀신이 나타난다"는 소문까지 돌았다. 밤중에 남몰래 산삼을 캐러 들어갔던 이들이 어디선가 나타난 덥수룩한 그림자를 보고 혼비백산 달아났다는 이야기도 전해졌다. 그 정체 모를 산속 괴인, 도라지 귀신은 다름 아닌 아버지였다. 사람은커녕 달빛만 비치는 깊은 밤에도 아버지는 산비탈 어딘가에서 손으로 흙을 파 뒤집고 도라지를 돌보고 있었을 것이다. 간혹 내려오는 마을 행인과 마주치기라도 하면, 아버지는 바위 뒤에 몸을 숨겼다고 한다. 이미 사람 대하기를 잊어버린 산속의 외톨이가 되어 있었으니까.

그러나 그렇게 산속에 묻혀 살아가는 동안, 아버지의 머릿속에서는 오히려 온갖 생각과 깨달음들이 싹텄으리라. 그러던 어느 해 이른 봄, 밭 한 구석에서 죽은 줄만 알았던 어린 도라지 새순 하나가 고개를 내미는 것을 보게 되었다고 한다. 매번 2~3년을 채 버티지 못하고 자취를 감추던 도라지가 처음으로 혹독한 겨울을 견디고 살아남은 순간이었다. 아버지는 텅 빈 산속에서 홀로 그 새순을 부여잡고 기쁨에 북받쳐 한참을 울었다 한다. 마침내 오랜 어둠 속에 한 줄기 빛이 비친 것이었다.

문득 정신을 차리고 보니, 나는 손에 쥔 브로셔를 꾸욱 움켜쥐고 있었다. 마치 실제로 그 산속에 다녀오기라도 한 듯 심장이 뛰고 목이 조금 말라 있었다. 책상 위에 놓인 커피잔은 어느새 완전히 식어 있었다. 나는 자리에서 천천히 일어나 창가로 다가갔다. 노을이 지기 시작한 창밖 하늘을 멍하니 올려다보며 생각에 잠겼다.

전래동화처럼 들리는 아버지의 이 긴 이야기를, 나는 어려서부터 수도 없이 들어왔다. 그럴 때마다 나는 솔직히 아버지를 이해할 수 없었다. 도대체 무엇이길래 자신의 모든 것을 바쳐 가며 한평생 뿌리 하나에 매달릴 수 있었을까. 어린 마음에 그런 아버지가 원망스러웠던 적도 많다. 실제로 아버지의 고집 때문에 우리 가족은 오랫동안 가난했고, 나 역시 배고픔 속에 자라야 했다. 남들처럼 돈 걱정 없이 학업에 전념하지 못하고 일찍부터 가장이 된 듯 지내야 했던 내 처지를 생각하면, 지금까지도 그 완강했던 고집이 미워서 견딜 수 없을 때가 있다.

그러나 이상한 일이다. 아버지의 그 고집스러운 삶을 곱씹어 떠올릴 때면, 마음 한구석이 언제나 숙연해지는 것을 느낀다. 분명 가족들에게 고통을 안겨 준 고집이었는데도, 그 힘으로 한 생을 관통한 아버지의 모습 앞에서는 나도 모르게 고개가 숙여지는 것이다. 아버지를 온전히 이해하지 못하겠다고 말하면서도, 사실은 누구보다 그를 존경하고 있는지도 모른다. 창밖의 노을빛이 지리산 산자락 어딘가를 비추고 있을 것이다. 나는 창문을 반쯤 열어 젖혔다. 서늘한 저녁 공기가 흘러들어와 뺨을 스치고 지나갔다. 창가에 둔 도라지 화분에서도 흙냄새를 머금은 숨결이 은은히 번져 나오는 듯했다. 나는 깊게 숨을 들이쉬었다. 머나먼 옛날 아버지가 맡았을 그 흙 내음, 그리고 그 속에 묻힌 아버지의 이야기가 한줄기 긴 여운이 되어 가슴 속에서 맴돌았다.

시작된 나의 세계

 도라지를 기르는 아버지의 세계와 내가 분리된 것은 언제였을까. 많은 계기들이 있었겠지만, 아무래도 고등학교로 진학한 것이 시작이었던 것 같다. 처음 고등학교로 등교하던 날, 나는 식구들이 깨지 않도록 살금살금 보따리를 챙겼다. 그러나 마당으로 나서니 아버지가 이미 일어나 나를 쳐다보고 계셨다. 설핏 어둠 속에서도 아버지의 굳은 얼굴이 보였다. 걱정과 근심이 가득하지만, 입 밖으로 격려의 말은 내뱉기 힘들어 망설이는 경상도 사나이의 표정. 나는 머뭇거리며 인사를 드렸다.
 "학교 다녀오겠습니다."
 아버지는 한동안 말이 없었다. 그러더니 담배 연기를 길게 내뱉으며 낮은 목소리로 말했다.

"학교 가면 사람 노릇 똑바로 해야 한다."

그 말 한 마디가 전부였다. 괜히 울컥해진 나는 고개를 숙여 인사를 했다. 나는 마음을 다잡고 대문을 나섰다. 낡은 집이 아스라히 멀어지던 그날의 등교길을 나는 아직도 생생히 기억한다. 시골 간이정류장에서 올라탄 버스는 덜컹거리며 좁은 흙길을 빠져나갔다. 차창 밖으로 보이던 밭고랑과 움막들이 어느새 아득해졌다. 마을의 마지막 지붕들이 스쳐 지나갈 때, 나는 가만히 숨을 내쉬었다. 가슴 한켠이 싸하게 시려 왔지만, 동시에 알 수 없는 해방감이 스며들었다. 아버지의 밭과 고집으로부터 멀어져 간다는 안도감이었다. 흙냄새 배인 집과 논밭이 점점 작아지는 것을 보며, 나는 스스로 다짐했다. 반드시 무언가를 이루어 보이겠다고.

진주 시내는 자주 와봤지만, 그날따라 버스 터미널의 매캐한 매연 냄새, 사람들의 부산한 발걸음과 소음이 머릿속을 띵하게 만들었다. 새소리와 바람 소리 대신, 경적과 확성기로 떠드는 소리가 가득한 거리가 눈앞에 펼쳐졌다. 중학교를 마치고 곧바로 진학한 곳은 진주에 있는 기계공업고등학교였다.

교문을 들어서던 날, 나는 교복 대신 작업복 차림의 상급생들이 교정을 누비는 모습을 보고 적잖이 놀랐다. 학교라기보다 하나의 커다란 공장 같았다. 교실 창 너머로는 수십 대의 선반과 밀링 기계, 그리고 용접을 연습하는 실습장이 보였다. 쇠가 깎이는 날카로운 소음과 금속 타는 냄새가 교실까지 희미하게 흘러들어 왔다. 나도 언젠가는 저렇게 기계를 다루게 될까

하는 기대와 긴장이 뒤섞여 가슴이 뛰었다.

　시작은 쉽지 않았다. 첫 수업부터 온갖 공구 이름과 기계 부품 도면이 시야를 가득 메웠다. 익숙지 않은 전문 용어들에 머리가 어지러웠지만, 손으로 직접 무언가 만들어낸다는 사실이 신기했다. 많은 친구들이 나처럼 시골 뜨기 출신이었기에, 나와 같은 표정들을 짓고 있었다. 그들도 집안의 그늘을 벗어나, 자신만의 세계를 준비하러 와 있었으리라. 우리는 함께하는 그 자체로 서로에게 위안이었다. 밤늦게 집으로 돌아와 책을 볼 때면, 낮에 배운 금속의 재질과 절삭 방법들이 머릿속에 어지러이 떠돌았다. 피곤에 절어 글자가 흐려질 때면 찬물로 세수를 하고 다시 책을 들었다. 지금까지와 다른 것을 배울 수 있다는 것 자체가 감사하고, 즐거웠다.

　실습 시간마다 두툼한 가죽 앞치마를 두르고 용접면을 내려 쓰면 주위는 칠흑처럼 어두워졌다. 불꽃이 튀는 순간만이 유일한 빛이었다. 쾅쾅 쇳덩이를 두드리는 망치질, 스파크 튀는 '지지직' 소리가 귀를 때렸다. 처음에는 그 소리가 무서워 움츠렸지만, 곧 그리 대단한 것이 아니라는 걸 알았다. 나도 똑같이 용접봉을 쥐고 철판 두 개를 이어 붙였다. 금속이 녹아 흐르고 다시 굳어 하나가 되는 모습이 마치 내 삶을 내가 스스로 이어 붙이는 기분이 들었다. 땀과 그을음으로 범벅이 된 채 마스크를 벗을 때면, 쇳가루 냄새와 함께 묘한 성취감이 코끝에 맴돌았다. 비록 집에 돌아오면 옷에 밴 기름 냄새 때문에 빨래통이 가득 차 어머니가 볼멘소리를 했지만, 내심 대견스러워하신다는 것을 나는 알 수 있었다.

　바쁘고 가난한 나날 속에서도 가끔은 십대 소년다운 웃음과 즐거움도 있었다. 주말 오후에 잠깐 짬이 나면 친구들과 함께 학교 주변 시내를 구경 나가곤 했다. 진주 시장 통을 어깨를 부딪치며 누비고 다니고, 힘들게 모은 용돈으로 영화를 보고, 바닷가 공원에 나란히 앉아 밀려오는 파도를 바라볼 때면, 언젠가 저 바다를 건너는 큰 배를 내가 만들 수 있을까 막연히 꿈꾸기도 했다. 비록 다시 월요일이 오면 거친 작업복을 입고 땀 흘려야 했지만, 그렇게 잠시나마 누리는 여유가 큰 힘이 되었다. 젊음은 고단함 속에서도 스스로 행복을 찾아내곤 했다.

그러나 학교 생활은 녹록치만은 않았다. 집은 여전히 가난했고, 부모님께 무언가를 기대할 수는 없었다. 그러나 아버지를 탓하고 있을 수만은 없었다. 나의 세계는, 내가 지켜야만 하는 것이었으니까. 그렇게 시작한 것이 신문 배달이었다. 매일 어둑한 새벽 4시면 어김없이 눈을 떴다. 다른 학생들이 단잠에 빠져 있을 시각에 나는 집을 나섰다. 아직 버스도 다니지 않는 시간이었기에, 한시간 반을 걸어 신문 사업소에 도착하면, 이미 신문 뭉치가 나를 기다리고 있었다. 거친 마대 자루 속에서 신문 뭉치를 끌어안고 하나하나 접어 가방에 욱여넣었다. 차가운 새벽 공기 속에서 손가락이 곱아 왔지만 멈출 수 없었다.

사업소에서 빌려준 낡은 자전거로 텅 빈 진주 골목길을 달리며 집집마다 문 앞에 신문을 놓았다. 가로등 불빛 아래 어슴푸레 드러나는 간판들, 어제 붙은 벽보와 전단지가 바람에 나부꼈다. 인기척이라곤 멀리서 풍겨 오는 빵굽는 냄새와 첫차 시동 소리뿐이었다. 한겨울엔 칼바람에 눈물이 날 지경이었고, 장대비 퍼붓는 날엔 온몸이 흠뻑 젖기도 했다. 그럴 때마다 '내가 왜 이런 고생을 하나' 싶은 마음이 솟았다가도, 이내 이를 악물고 페달을 밟았다. 신문 한 부 한 부를 대문틈에 끼워 넣을 때마다 내 꿈도 함께 끼워 넣는다고 스스로를 다독였다.

추운 겨울 어느 날은 문틈에 신문을 끼워 넣다 얼어붙은 손을 불며 잠시 몸을 녹이고 있었더니, 대문이 조심스레 열리며 할머니 한 분이 나오셨다. 깜짝 놀라 인사드리자, 할머니는 쭈글쭈글한 손으로 내 손을 덥석 잡으셨다.

"학생, 새벽마다 고생이 많지. 추운데 이거라도 먹고 해."

그러면서 따뜻한 군고구마 하나를 쥐여 주시는 것이었다. 눈앞이 흐려지도록 고마웠다. 뜨끈한 고구마를 한입 베어 물자 속이 달달히 녹아내렸다.

"예, 감사합니다!"

울컥한 마음에 나는 그것밖에 말하지 못했다. 새벽은 차갑기만 한 줄 알았는데, 사람의 온기가 이렇게 숨어 있었다. 그날 이후 나는 더욱 힘을 내어 자전거 페달을 밟았다.

가끔은 신문의 커다란 헤드라인이 눈에 들어왔다. 나라 경제가 좋아진다는 기사, 조선소에서 수출 선박을 진수했다는 소식 등이 눈길을 끌었다. 학생 신분이면서도 어른들처럼 세상 돌아가는 이야기에 관심이 갔다. '잘 살아보세'라는 표어를 신문 지면에서 볼 때면, 나도 저 거대한 흐름 속에 있는 작은 톱니바퀴 하나 같다는 생각이 들었다. 그럴수록 하루하루를 헛되이 보내지 말자고 마음먹었다. 몸은 고되지만 마음 한편엔 뿌듯함이 싹텄다. 그렇게 번 돈으로 교과서도 사고 학용품도 샀다. 비로소 내 힘으로 선 것이었다.

　어느새 나는 진주의 가장 이른 새벽 풍경을 누구보다 익숙하게 알게 되었다. 빵집에서 새어 나오는 고소한 냄새, 첫차를 기다리는 사람들의 하품, 포장마차에서 어스름하게 피어오르는 어묵 국물의 김. 농촌의 새벽과는 완전히 다른 풍경이었다. 논두렁 사이를 걷던 발걸음 대신, 나는 이제 콘크리트 길 위를 분주히 뛰었다. 도시의 바람은 차갑고도 빨랐다. 하지만 그 바람을 정면으로 맞서며 나는 앞으로 나아갔다.

　공업고등학교 마지막 학년이 되면서 나는 중요한 목표를 하나 세웠다. 졸업 전에 꼭 국가기술자격증을 따는 것이었다. 당시에는 기능사 시험에 합격하면 평생 먹고 산다는 말이 상식처럼 나돌았다. 용접이든 배관이든 무엇이든 한 가지 기술은 공식적으로 인정받아야 한다는 생각이 머릿속을 떠나지 않았다. 낮에는 학교 실습실에서, 밤에는 부모님 잠이 깨지 않도록 좁디좁은 쪽방 한켠의 책상에 앉아 이론서를 파고들었다. 용접봉의 각도와 전류량에 따른 용착 상태, 금속 재료별 특성 같은 것들을 달달 외웠다. 피곤에 절어 글자가 흐려질 즈음엔 찬물로 세수를 하고 다시 책을 집어 들었다. "이번에 붙지 못하면 안 된다"며 이를 악물었다.

　시험 날 아침, 나는 학교에서 빌린 작업복 차림으로 시험장에 들어섰다. 전국 각지에서 온 수많은 응시자들로 시험장은 북적였다. 낯선 사람들 틈에 끼어 용접면을 쓰고 작업대 앞에 섰을 때, 심장이 터질 듯 뛰었다. 막상 용접봉에 불을 붙여 철판을 잇기 시작하자 이상하게도 마음이 차분해졌다.

그동안 갈고닦은 대로 천천히 용접선을 그어 나갔다. 불꽃 너머로 지나온 나날들이 주마등처럼 스쳐갔다. 아버지의 밭일을 돕던 어린 내 모습, 낯선 도시에서 맞은 첫 용접 실습 날의 떨림, 그리고 이 순간까지의 고생들이 한 줄기 불꽃 속에 녹아드는 것만 같았다. 땀인지 긴장인지 이마가 축축해졌지만 끝까지 침착하려 애썼다.

한 달 뒤 합격자 발표 날, 게시판에서 내 수험번호를 확인한 순간 두 주먹을 불끈 쥐었다.

"해냈다!"

마음속으로 외치며 하늘을 올려다보았다. 파란 가을 하늘이 마치 나를 축복해 주는 듯 맑았다. 나는 그 길로 시장통으로 달려가 뜨끈한 국밥 한 그릇을 사 먹었다. 주머니 사정은 빠듯했지만 그날만큼은 스스로에게 주는 작은 상이었다. 뜨거운 국물을 떠먹으며 속으로 다짐했다. 이젠 진짜 세상에 나가 부딪칠 준비가 되었다고, 어디든 두렵지 않다고. 자격증 종이 한 장이었지만 그동안의 내 고생과 노력이 응축된 증표였다. 그 밤, 작은 자취방 창가에 앉아 희미한 불빛 아래 합격통지서를 몇 번이고 펼쳐 보았다. 잉크 냄새 가득한 그 종이는 내게 흙내음처럼 친근하고도 묵직한 향기로 느껴졌다.

자격증을 따고 얼마 지나지 않아 운명처럼 좋은 기회가 찾아왔다. 학교 취업 담당 선생님을 통해 대기업 채용 소식을 들은 것이다. 삼성중공업에서 기능직 신입을 모집한다는 공고였다. 평소 뉴스에서나 듣던 그 '삼성'이라는 이름이 내 눈앞에 나타나자 가슴이 쿵쾅거렸다. 기계과 동기 몇 명과 함께 서류를 넣고 채용 시험을 보러 갔다. 쟁쟁한 지원자들 틈에서 면접을 보게 되었다. 면접관은 내게 몇 가지를 물었다.

"학교에서 용접을 배웠다던데, 자격증도 있나요?"

"예, 기능사 자격증을 땄습니다."

"그래요. 현장은 많이 힘들 텐데, 잘 견딜 수 있겠습니까?"

"예, 자신 있습니다! 몸은 누구보다 단련되어 있습니다."

나는 떨리는 목소리로 또렷이 대답했다. 면접관들 몇 분은 미소를 지었고, 고개를 끄덕이는 이도 있었다. 목소리가 떨렸지만 나는 내가 가진 모든 것을 보여주려 애썼다. 며칠 뒤 합격 통지서를 받았을 땐 믿기지 않을 만큼 기뻤다. 드디어, 나의 세계가 시작되었다.

그 해 봄, 나는 짐 보따리를 싸들고 거제도로 향했다. 삼성중공업의 신입 직원 교육이 거제조선소에서 실시되었기 때문이다. 막 조성된 거제조선소는 온통 공사판이나 다름없었다. 도로마다 시멘트 가루가 날렸고, 멀리 용접 불꽃이 여기저기서 반짝였다. 회사에서 제공한 합숙소에 입소하던 날, 나는 수십 명의 또래 청년들과 한 방을 쓰게 되었다. 다들 지방 각지에서 먹고살겠다고 모여든 청춘들이었다. 좁은 기숙사 방에는 쇠 내음과 땀 냄새가 가득했고, 우리는 낯설면서도 묘한 동지애를 느꼈다.

밤이 되면 좁은 방 한구석에 둘러앉아 하루 동안 쌓인 피로를 함께 달랬다. 누군가 휴대용 라디오를 틀어놓으면, 유행가가 희미하게 흘러나왔다. 고향에 두고 온 누이가 보낸 편지를 꺼내 눈물 짓는 친구도 있었고, 자랑 삼아 애인 사진을 돌려보이는 녀석도 있었다. 어떤 날은 회식 때 몰래 챙겨 온

막걸리 한 병을 나눠 마시기도 했다. 술기운이 오르면 누가 먼저랄 것도 없이 고향의 노래를 흥얼거렸다. "나나나 고향 생각에~" 하모니카를 불며 울먹이는 친구를 따라 모두가 합창했다. 그 목소리들은 웃음과 눈물로 뒤섞여 늦은 밤 기숙사 복도 끝까지 퍼져 나갔다. 비록 잠자리도 비좁고 군것질 하나 마음껏 하기 어려운 형편이었지만, 함께 있다는 사실에 우리는 위안을 얻었다. 청춘의 한때를 그렇게 뜨겁고도 애틋하게 보내고 있었다.

첫 추석 명절이 다가왔지만, 우리는 절반 가까이가 고향집에 내려가지 못했다. 조선소는 명절에도 일부 공정을 멈출 수 없었고, 무엇보다 먼 길을 오갈 여유가 없었다. 진주와 거제. 지금와 돌이켜보면 지척이지만, 그때는 왜 그리도 멀게 느껴졌을까. 그날 저녁 기숙사 식당에서는 특별히 송편과 갈비탕이 나왔다. 동료들과 둥글게 모여 앉아 고향 이야기를 나누었다. 웃음소리도 가끔 났지만, 모두 마음 한구석이 허전한 건 마찬가지였다. 식당 문을 나오니 둥근 보름달이 떠올라 있었다. 나는 하늘의 달을 올려다보았다. 저 달빛이 고향집 마당에도 똑같이 내리비칠 텐데, 아버지는 지금 무얼 하고 계실까. 아마도 홀로 라디오 옆에 앉아 계실지 모른다. 그런 생각이 드니 코끝이 찡해왔다. 그날 밤 나는 좀처럼 잠을 이루지 못했다. 모포를 뒤집어쓰고 조용히 흐느끼는 친구들의 숨소리가 귀에 들려오는 듯했다. 도시의 불빛 속에서도, 달빛만은 우리를 고향과 이어주는 듯했다.

교육 기간 동안 우리는 조선소 현장에서 쓰이는 기본 기술과 안전 수칙을 배우느라 눈코 뜰 새 없었다. 거대한 선박이 어떻게 만들어지는지 이론 교육도 받았다. 처음으로 알았다. 우리가 타는 배 한 척을 만들기 위해 그렇게 많은 설계와 공정이 필요하다는 것을. 모든 과정이 체계적으로 나뉘어 있었고, 각자 맡은 부분을 정확히 해내야 비로소 거대한 배가 탄생한다는 사실에 적잖이 압도되었다.

마침내 현장 배치를 받은 첫날, 나는 근무지로 향하는 버스에 몸을 실었다. 한참을 달려 도착한 고현만의 조선소는 말문이 막힐 정도로 거대했다. 하늘을 찌를 듯 높이 솟은 크레인이 철골 구조물을 쥐고 천천히 움직이고 있었다. 선착장에는 축구장 몇 배 크기의 선박들이 골조만 앙상한 채 건조 중이었고, 곳곳에서 쇠를 깎는 불꽃이 흩날렸다. 발밑으로는 수많은 케이블과 파이프가 거미줄처럼 얽혀 있었다. 헬멧을 눌러 쓰고 작업복 차림으로 그 풍경 한가운데 서니, 마치 다른 세상에 온 듯했다.

내가 배치된 부서는 선체 블록을 조립하는 용접 파트였다. 용접공으로서 내 첫 임무가 시작된 것이다. 선배 기사님의 지시에 따라 철판 가장자리를 연마했고, 크레인이 거대한 철판을 내려놓으면 정확한 위치를 잡는 일을 거들었다. 그리고 수십 미터 길이의 용접선을 따라 한 치의 오차도 없이 용접해 나갔다. 때로는 한곳에 오래 엎드려 작업하느라 무릎과 등이 뻐근해지기도 했다. 용접기의 진동이 철판을 울리며 몸속까지 전해졌다. 땀은 등줄기를 타고 흘러내렸지만, 눈앞의 파란 불꽃에 온 신경을 쏟았다. 두꺼운 철이 녹아들며 내는 특유의 금속 타는 냄새와 바닷바람에 실려 오는 짠내가 한데 뒤섞였다. 그 공기는 거칠고 뜨거웠지만, 내 청춘의 냄새였다.

점심시간이 되면 작업화를 털며 동료들과 식당으로 향했다. 회사 식당에서는 커다란 알루미늄 식판에 밥과 국, 몇 가지 반찬이 수북이 담겼다. 다들 허겁지겁 밥을 밀어 넣으며 오전의 피로를 잊으려는 듯했다. 나도 허기진 배를 두드리며 그 틈에 끼었다. 국물로 목을 축이며 눈앞에 펼쳐진 바다를 바라보면, 믿기지 않았다. 불과 몇 년 전까지 도라지 밭을 매던 내가 지금은 바다 위에 떠다닐 거대한 배를 만들고 있다니. 자못 대견하면서도 한편으로는 꿈을 꾸는 기분이었다.

몇 해가 지나, 내가 첫 번째로 참여했던 선박이 마침내 완공되어 진수식을 맞았다. 조선소 전체가 축제 분위기였다. 거대한 선체가 도크에서 바다로 미끄러져 나가는 순간, 우리 모두는 숨을 죽이고 그 장관을 지켜보았다. 선체에 매달린 대형 태극기가 바닷바람에 펄럭였고, 한 임원 가족이 샴페인 병을 선체에 내리쳐 깨뜨리자 하얀 포말이 튀었다.

"만세!"

누군가 함성을 지르자 여기저기서 모자를 흔들며 환호성이 터졌다. 나도 모르게 두 손을 번쩍 들어 올리며 소리쳤다. 가슴 깊숙한 곳에서 뜨거운 것이 치밀어 올라 눈시울이 붉어졌다. 흘러내린 눈물을 거친 손등으로 훔치며, 나는 주변을 둘러보았다. 동료들 역시 서로 부둥켜안고 등을 두드리며 기쁨을 나누고 있었다. 그날 저녁 조선소 한켠에서는 간단한 잔치가 열렸다. 왁자지껄한 자리에서 나는 소주잔을 기울이며 속으로 중얼거렸다. '그래, 우리가 해냈구나. 우리 손으로 저 큰 배를 바다에 띄웠구나.' 그 뿌듯함은 말로 다 할 수 없었다. 어린 시절 마당에서 종이배를 띄워보며 상상만 했던 일을 현실로 이뤄낸 순간이었다.

작업을 마치고 퇴근할 때면 몸은 천근만근 무거웠다. 그러나 숙소로 돌아가는 버스 안에서 우리는 서로의 먼지투성이 얼굴을 보며 웃곤 했다.

"오늘 한 일만 해도 집 한 채 값은 벌었겠지?"

누구랄 것 없이 투덜이 섞인 농담을 던지면 여기저기서 거친 웃음소리가 터졌다. 막걸리 한 사발로 쑤신 몸을 달래고 쓰러지듯 잠들어도, 다음 날이면 어김없이 해는 떠오르고 우리는 다시 용접봉을 들었다. 젊음이 있었기에 가능한 일상이었다. 그렇게 나는 도시의 산업 전선 한복판에서 하루하루 단단해져 갔다.

몇 해가 지나 현장 일에 익숙해질 무렵, 내 삶에는 또 한 번의 큰 변화가 찾아왔다. 회사 내 공정관리팀에서 현장 경험을 가진 직원을 뽑는다는 소식이었다. 선박 건조 일정을 관리하고 공정을 조율하는 부서라고 했다. 용접공으로 일하면서도 가끔 더 큰 그림을 알고 싶다는 생각을 했던 터라, 나는 망설임 끝에 지원서를 냈다. 서툴지만 밤낮으로 공부하며 필기시험과 면접을 준비했다. 현장에서 다져 온 경험을 바탕으로 솔직하게 내 의견을 밝혔다. 다행히도 회사는 내 손을 들어주었다. 그렇게 나는 쇳가루 날리는 작업복을 벗고 대신 와이셔츠에 넥타이를 매게 되었다.

공정관리팀의 첫 출근 날, 아침부터 거울 앞에서 머리를 매만지며 어색한 정장 차림을 살폈다. 책상 서랍에 공책과 펜을 가지런히 놓고 주위를 둘러보니, 이전까지의 일터와는 사뭇 다른 광경이 펼쳐졌다. 칸막이 너머로 전화 벨 소리가 울리고 여기저기서 서류철을 넘기는 사각거림이 들렸다. 선반 기계음 대신 타자기의 키를 두드리는 소리가 리듬을 탔다. 구석 책상에는 막 도입된 컴퓨터 한 대가 커다란 본체 소음을 내며 녹색 문자 화면을 밝히고 있었다. 낯선 첨단 기계에 모두들 경이로워했지만, 당장 익숙한 타자기와 서류철이 우리 주된 도구였다. 창문 너머로는 멀리 크레인이 보였지만, 사무실 안 공기는 한결 조용하고 정돈된 느낌이었다. 책상 위엔 도면과 생산 일정표가 수북이 쌓여 있었고, 재떨이에는 선배들이 피워 문 담배 꽁초가 잔뜩 쌓여 있었다. 커피 향과 함께 희뿌연 담배 연기가 공기 중에 섞여 있었다. 나는 긴장한 채 선배들의 눈치를 살폈다.

처음엔 모든 게 낯설었다. 용접봉 대신 펜을 쥐고 숫자와 씨름하는 일이 영 어색했다. 한참을 앉아 있으면 몸이 근질거려 슬쩍 밖으로 나가 조선소 야드를 내려다보곤 했다. 안전모를 쓴 채 분주히 움직이는 노동자들의 모습이 마치 어제의 내 모습 같았다. 그 모습을 보며 마음이 이상하게 두근거렸다. '내가 과연 저 자리보다 이 사무실에 어울리는 사람인가?' 스스로에게 수없이 물었다. 하지만 매일 아침 출근할 때 목에 거는 넥타이의 무게감이 내 책임을 일깨웠다. 현장의 친구들은 농담 반 진담 반으로 "이제 어깨에 힘 좀 주겠네!"하고 등을 두드려 주었다. 나는 그저 웃어넘겼지만, 새로운 일에 대한 두려움과 잘 해내겠다는 그만큼의 각오로 어깨는 더 무거워져 있었다.

차츰 일을 배우면서 공정관리팀의 업무에 보람을 느끼기 시작했다. 하루하루 진행 상황을 기록하고, 공정마다 작업 인원을 배치하며 일정을 짜는 일은 하나의 커다란 퍼즐을 맞추는 것 같았다. 현장에서 뼈저리게 느꼈던 어려움들을 떠올리며, 무리한 계획 탓에 작업자들이 힘들어하지 않도록 조율하려고 애썼다. 때로는 야드로 직접 나가 공정 상태를 점검하고 현장 반장님들과 머리를 맞대고 일정을 조정하기도 했다. 그런 날은 다시 작업복으로 갈아입고 철판 사이를 누비며 옛 동료들과 땀을 흘렸다. 그리고 사무실로 돌아와 깨끗한 셔츠로 갈아입으면, 마치 두 개의 세계를 오가는 기분이 들었다.

한번은 수출 선박 한 척의 완료 기한을 두고 사무실과 현장 사이에 큰 이견이 생긴 적이 있었다. 본사에서는 일정을 앞당기라고 독촉했고, 현장에서는 인력과 시간이 부족하다며 난색을 표했다. 반장님들은 하나같이 난감한 표정이었다.

"이 일정대로면 우리 사람들 밤새워도 힘듭니다."

한 반장님이 말했다.

"저도 압니다. 무리라는 거."

내가 고개를 끄덕였다.

"그래서 말인데, 작업 순서를 좀 바꿔보면 어떨까요?"

모두 내 말을 주목했다. 현장 출신이라 은근히 무시하는 시선들이 있었지만, 현장 출신의 장점은 이런 실무와 사무가 충돌하는 지점에서 빛을 발했다. 내가 생각하는 효율적인 공정에 대해 이야기를 늘어놓자, 이내 반장님들 사이에서 조심스레 의견이 오갔다.

"가능할지도 모르겠소. 안전 문제만 없으면."

"위험 요소는 없도록 제가 체크하겠습니다."

그렇게 우리는 머리를 맞대 새로운 계획을 구체화해 나갔다. 이미 지친 노동자들을 추가 투입하기보다는, 공정을 일부 겹쳐 진행하는 방안을 떠올렸다. 전에는 순차적으로 하던 작업을 두 개 조로 나눠 교대로 진행하도록 계획표를 수정했다. 위험 요소는 없는지 모두 함께 검토했고, 마침내 현장과 사무실이 모두 수긍할 만한 절충안을 만들 수 있었다. 덕분에 그 배는 무사히 기한 내 완성되었다. 결과를 보고받은 상사들은 칭찬을 건넸지만, 나는 그저 웃으며 말했다.

"현장에서 뛰는 분들이 고생해주신 덕분입니다."

그 말은 진심이었다. 이렇게 책상과 현장 사이의 거리를 좁히는 것이 내 역할임을 절실히 깨달은 사건이었다. 사무실 책상 앞에서 밤늦게까지 퇴근하지 못하는 날도 잦아졌다. 더 이상 해 질 무렵 싸한 바닷바람을 맞을 일은 없었지만, 대신 형광등 불빛 아래 도면과 숫자들에 파묻혀 시간을 보냈다. 한밤중에야 사무실 불을 끄고 나오면 적막한 복도에 내 구두 굽 소리만 또각또각 울렸다. 그렇게 빽빽한 서류더미와 씨름하는 사이, 나는 조금씩 '도시의 사람'이 되어 갔다. 현장의 풍경과 소리를 누구보다 잘 알면서도, 이제는 그것을 수치와 도표로 생각하는 법을 배웠다. 가끔 창밖 어둠 속에 붉은 용접 불꽃이 점처럼 반짝이는 게 보이면, 가슴 한켠이 쓰릿하게 떨렸다. 그 불꽃은 내 젊은 날의 열정처럼 느껴졌고, 지금의 내가 잃어버린 무언가인 듯 아련했다. 하지만 곧 고개를 저으며 현실로 돌아오곤 했다. 눈앞의 계획표가 나를 기다리고 있었기 때문이다.

그 사이 내 개인의 삶도 천천히 뿌리를 내려갔다. 낯선 도시살이에 지칠 때쯤, 내 곁을 지켜주는 한 사람이 생겼다. 회사 동료의 소개로 만난 그녀는 조용하면서도 속이 깊은 사람이었다. 처음엔 어색한 말투로 시작한 인연이었지만, 주말마다 공원을 산책하고 시장 골목에서 국수를 함께 먹으며 조금씩 가까워졌다. 그녀 앞에서 나는 고향 이야기며 어린 시절의 꿈까지 솔직히 털어놓을 수 있었다. 도시 생활에 지친 날이면 그녀는 내가 어린 시절 뛰놀던 들판 이야기를 들려 달라고 하곤 했다. 둘이서 해 질 녘 한적한 바닷가를 거닐 때면, 도시의 소음은 잠시 잊히고 시골의 풀내음이 코끝에 스치는 듯했다. 우리는 그렇게 서로의 빈 곳을 채워주며 의지하게 되었다.

많지 않은 월급이었지만 알뜰히 모아 작은 달세방을 얻었다. 그리고 얼마 지나지 않아 우리는 부부가 되었다. 예식은 소박했지만 축하해주는 동료들과 친지들 속에서 행복했다. 결혼 후 얼마 지나지 않아 아이도 태어났다. 작고 여린 아이를 품에 안았을 때의 벅찬 감각을 나는 평생 잊지 못할 것이다. 세상이 달리 보였다. 퇴근 후 지친 몸을 이끌고 집 문을 열면, 환하게 웃는 아이와 나를 반겨주는 아내가 있었다. 가끔 야근으로 아이가 잠든 밤중에야 귀가할 때도 있었지만, 아내는 투정 한 번 없이 나를 맞아주었다. 비록 번듯한 가정집이나 넉넉한 살림은 아니었지만, 우리 셋이 둘러앉아 저녁을 먹을 때면 세상 부러울 것이 없었다. 아이의 젖내 나는 숨결과 아내의 따뜻한 미소 속에서 나는 내가 살아 있음을 느꼈다. 도시 한구석, 작은 보금자리였지만 그곳엔 내 삶의 의미가 움트고 있었다.

내 커리어의 마지막 전환점은 1980년대 말 찾아왔다. 삼성그룹이 항공산업에 본격 뛰어들면서 인재를 필요로 한다는 소식이 들려왔다. 조선소에서의 경험과 생산 관리 역량을 인정받아, 나는 삼성항공산업이라는 새로운 계열사로 자리를 옮기게 되었다. 가족과 함께 경남 창원으로 이사하던 날, 나는 새로운 풍경에 설렘을 느꼈다. 그날의 내 마음이 아직도 생생하다. 비행기가 나는 것을 TV 화면으로만 보던 내가 이제는 직접 항공기 부품을 만드는 현장에서 일하게 된다는 사실이 잘 믿기지 않았다.

　삼성항공의 사무실에 첫 출근하던 날, 창문 너머에는 견인차에 끌려 어디론가 옮겨지고 있는 거대한 전투기 엔진들이 눈에 들어왔다. 배 대신 비행기, 바다 대신 하늘이었다. 조선소에서 쌓은 경력을 바탕으로 나는 자재부서로 배치되어 현장과 사무실을 오가며 소임을 다하였고, 그렇게 3년여를 일한 후 인사팀으로 전배되어 인사과장의 중책을 맡게 되었다. 믿기지 않을 만큼 어깨가 무거웠다. 과장 직함이 주어졌지만 마음가짐만은 신입 때처럼 단정히 하자고 다짐했다. 내가 맡은 일은 주로 사람을 뽑고 기르고 조직을 가꾸는 일이었다. 수시로 현장을 둘러보며 직원들의 근무환경을 살피고, 밤에는 사무실에 앉아 제도와 규정을 다듬느라 시간 가는 줄 몰랐다.

　회사는 미국과 기술 제휴를 맺어 첨단 전투기 부품과 엔진을 생산하고 있었고, 국산 항공기 개발을 위한 준비도 한창이었다. 제트엔진을 시험 가동할 때면 건물이 흔들릴 정도의 굉음이 울렸고, 작업자들이 거대한 날개를 조립하느라 분주했다. 나는 인사과장으로서 그들의 근무 여건과 안전, 교육을 챙기는 역할을 했다. 가끔 현장 신입사원 면접을 볼 때면 여러 해 전 면접 보며 떨던 내 모습이 떠올라 미소 짓곤 했다. 면접장 밖에서 긴장한 얼굴로 대기하던 젊은이들에게 "나도 너희처럼 시작했단다"라고 속으로 응원해 주었다. 뽑힌 신입들이 작업복을 입고 현장에 첫발을 내디딜 때면, 한없이 자랑스럽고 대견했다.

　직원들과 호흡을 맞추며 조직을 이끌어가는 일은 배를 만들던 일과는 또 달랐다. 갈등을 중재하고 누군가의 승진을 결정하며 회사의 방침을 전달하는 순간마다 사람과 사람 사이의 무게를 실감했다. 밤늦게 퇴근길에 공장 불빛이 하나둘 꺼져 갈 때, 나는 가끔 하늘을 올려다보았다. 까만 하늘 어딘가에 오늘 조립한 비행기가 날아오를 날을 그려보았다. 그러면 마음 한편이 벅차올랐다. 산골 소년이었던 내가 이제 나라의 하늘을 책임질 기술자들과 어깨를 나란히 하고 있다니 믿기지 않았다. 그럴 때면 문득 아버지 생각이 스쳤다. 산골 밭에서 홀로 호미질하시던 아버지. 비록 자주 찾아뵙진 못했지만, 나름대로 자리 잡은 내 모습을 언젠가 보여 드리고 싶었다.

얼추 명절 무렵이 되면 용기를 내어 집으로 전화를 걸었다. 저녁 무렵 전화벨이 몇 차례 울리고 나서야 수화기 너머로 아버지의 목소리가 들렸다.

"여보세요."

"아버지, 영춘입니다."

"그래, 영춘아." 낮고도 익숙한 음성이 이어졌다.

"명절인데, 내려가보지도 못하네요."

"괜찮다. 별일 없나?"

"예, 저는 괜찮습니다. 아버지는 건강하시구요?"

"괜찮다."

잠시 정적이 흘렀다. 수화기 너머로 라디오 소음 같은 것이 희미하게 들렸다.

"이번엔 못 내려가서 죄송해요. 회사 일이 바빠서…"

머뭇거리며 말을 이었다.

"바쁘면 할 수 없는 거지." 아버지의 목소리는 담담했다.

"다음 달에는 꼭 내려가 뵐게요."

"그래, 큰일 없으면 그리해라." 또 다시 말이 끊겼다. 전하고 싶은 이야기는 많았지만, 목 끝까지 차오른 말들이 차갑게 식어 내려갔다.

"새해 복 많이 받으세요, 아버지."

"그래, 너도 열심히 해라." 아버지는 마지막으로 그렇게 말씀하시고는 전화를 끊으셨다.

수화기를 내려놓으며 나는 한동안 멍하니 서 있었다. 짧은 통화였지만 마음은 여러 감정으로 뒤섞였다. 언젠가는 내려가 아버지와 마주앉아 못다 한 이야기를 나누고 싶었지만, 그 소박한 바람마저 현실 앞에서 번번이 미루어지고 있었다.

그해 겨울, 나는 고향으로부터 작은 소포 하나를 받았다. 상자를 열어 보니 아버지가 담가 보내신 도라지청 한 병과 짤막한 편지가 들어 있었다.

'도시 생활에 목 상할 일 많을 텐데 이거 한 숟갈씩 떠먹어라. 사람은 흙에서 난 것을 먹고 살아야 힘이 난다.'

굳은 손으로 눌러쓴 글씨를 보며 나는 한동안 말없이 서 있었다. 잊고 지냈던 흙 내음이 코끝에서 스치는 듯했다. 아버지의 정성이 고스란히 배인 그 도라지청을 보니 마음이 뭉클해졌다.

며칠 후 부서 회식 자리에 나는 그 병을 슬쩍 들고 나갔다. 고향의 맛을 동료들과 나누고 싶은 마음에서였다. 2차로 조용한 술자리로 옮겼을 때, 나는 용기를 내어 가방에서 도라지청 병을 꺼냈다.

"우리 아버지가 보내주신 건데, 한 번씩 맛보실래요? 기관지에 좋답니다."

내 말에 모두의 시선이 병으로 모였다. 한 대리가 희죽 웃으며 말했다.

"과장님, 이게 뭡니까? 촌스럽게."

옆자리에서 다른 동료도 장난스레 킥킥 댔다.

"에이, 우리는 술이 약이지, 할배도 아이고."

나는 머쓱해져 "그래도 한 번들 드셔 보세요, 달달하니 괜찮습니다" 하고 권했다. 몇 사람이 소주잔에 한 모금씩 따라 입에 머금었다. 달짝지근하고 씁쓰레한 향이 입안에 퍼졌을 것이다. 그러나 이내 모두 어색한 웃음을 흘리며 말하였다.

"처음 먹어보는데, 뭐, 먹을만하네요."

별다른 반응이나 평가는 없이, 분위기는 금세 다른 농담거리로 넘어갔다. 나는 괜히 민망해져 병을 다시 가방에 넣었다. 술잔을 기울이며 깔깔대는 동료들을 바라보며 나도 따라 웃었지만, 마음은 다른 곳에 가 있었다. 잠시나마 머릿속에 아련한 그림 하나가 떠올랐다. 해 질 무렵 흙 묻은 손으로 도라지 뿌리를 캐던 아버지의 뒷모습, 그리고 마룻방 한켠에서 그것을 달이시던 어머니의 손놀림이 어렴풋이 스쳐갔다. '사람과 흙'… 오랜 세월 내 밑바닥에 깔려 있던 삶의 원천 같은 것. 도라지청 한 모금에 그 기억과 가치들이 샘솟으려 했다. 도시에서의 바쁜 날들 속에 잊고 지낸, 그러나 결코 사라지지 않았던 어떤 약속 같은 것이었다. 나는 그 순간 왠지 가슴이 먹먹해졌다.

하지만 이내 누군가 내 이름을 부르는 소리에 번쩍 정신이 들었다.

"과장님, 한 잔 받으셔야죠!"

동료의 권유에 나는 웃으며 술잔을 들어 올렸다. 찰나의 감상은 잔을 부딪치는 소리와 함께 술기운 속에 스며들었다. 도라지청의 달콤쌉쌀한 맛은 소주의 독한 내음에 금세 묻혀 버렸다. 시끌벅적한 웃음소리와 함께, 나는 다시 현재의 자리로 돌아왔다. 탁자 모퉁이에 조용히 놓인 도라지청 병은 끝내 다시 열리지 않은 채 그대로 남아 있었다. 도시의 바람 속에서 나는 잠시 사람과 흙을 떠올렸지만, 곧 일상의 파도에 밀려 그 생각을 흩뜨리고 말았다. 그렇게 나는 웃는 얼굴로 잔을 기울이며 멀어져 가는 마음을 애써 느끼지 않으려 했다.

회식 자리에서 나와 거리로 들어서니, 찬 도시의 바람이 얼굴을 스쳤다. 코트 깃을 세우고 한숨을 내쉬었다. 건물들의 붉은 네온사인이 어지럽게 반짝이고, 도로 위로 헤드라이트 불빛들이 강물처럼 흘렀다. 바람 끝에 문득 흙내음 비슷한 것이 섞여 있는 듯 느껴졌지만, 착각이리라. 나는 담배 한 개비를 입에 물고 불을 붙였다. 연기와 함께 폐 깊숙이 스며들었던 쓸쓸함이 이내 흩어졌다. 담배 불씨를 바닥에 비벼 끄며 마음을 다잡은 나는, 별일 없었다는 듯 다시 걸음을 뗐다. 도시의 밤거리 속으로 바쁘게 발을 옮기는 내 그림자가 가로등 불빛 아래로 길게 드리워졌다. 젊은 날에는 그 바람을 정면으로 맞서며 달려왔건만, 이제 나는 어느새 그 바람에 몸을 맡긴 채 흘러가고 있었다.

흙이 부르는 소리

유리창에 비친 창원의 노을은 도시의 분주함 속에서도 잠깐의 정적을 드리웠다. 당시의 나는 부서 차원에서 회사 전체를 대상으로 진행한 프리젠테이션을 마치고, 녹초가 된 상태로 노을을 잠시 바라보았다. 발표는 대성공이었다. 회의실을 빠져나오는 직원들의 얼굴엔 다들 웃음이 가득했다.

"과장님, 축하해요! 이번 기획 완전 대박이던데요. 이번 인사, 기대해도 되겠는데요?"

함께 회의에 참석했던 동료가 내 어깨를 가볍게 치며 웃었다. 나는 그제서야 정신을 차리고, 노트북을 가방에 넣었다. 내심 기대는 했지만, 입 밖으로 쉽사리 꺼낼 수는 없었다. 다음 부장 승진 명단에 내가 포함되었다는 말을 들은 지 며칠째였다. 오늘의 발표는 아마 나의 능력을 검증하고, 얼굴도

장을 찍어두라는 배려 차원이었을지도 몰랐다.

"에이, 아직 발표도 안 났는데요, 뭐."

겸손하게 손사래를 치며 대답했지만, 입꼬리에는 슬며시 웃음이 묻어났다. 십 년 넘게 죽어라 일한 보상이 눈앞에 다가온 셈이었다. 40대의 나이에 인사부장이라니, 가히 커리어의 정점이라고 할 만했다. 순간 고향에 계신 부모님의 얼굴을 떠올렸다. 정식 발표가 나면 제일 먼저 이 소식을 전해드릴 생각이었다. 아버지와 어머니가 얼마나 기뻐하실까. 아버지는 '내 아들이 해냈다'며 호탕하게 웃으실 테고, 어머니는 전화기 너머로 눈물을 쏟으실지도 몰랐다.

동료들은 저마다 한 마디씩 농담을 던지며 회의실을 빠져나갔다. "승진하면 한턱 쏴야 하는 거 알지?" 경쾌하고 따듯한 목소리들이었다.

그간 발표를 준비하느라 잔뜩 긴장했던 어깨가 슬슬 풀어지려는 순간, 책상 위에 놓아둔 휴대전화가 격렬하게 진동하기 시작했다. 처음에는 동료들의 축하 연락인가 싶었다. 그러나 화면에 뜬 발신자 이름을 본 순간, 심장이 철렁 내려앉았다.

어머니였다.

평소라면 이 시간에 어머니에게서 전화가 올 리 없었다. 시골에 계신 부모님과는 주로 주말에 안부 전화를 나누곤 했다. 직장 생활에 바쁘다는 걸 부모님도 잘 아시기에 평일 저녁에는 웬만해선 전화를 걸지 않으셨다. 게다가 오늘은 금요일이었다. 더욱이 지금은 시골에서도 꽤 늦은 시간이다. 불길한 예감이 뇌리를 스쳤다.

"여보세요? 어머니, 무슨 일이세요?"

수화기 너머로 당장이라도 울음을 터뜨릴 것 같은 어머니의 떨리는 목소리가 들려왔다.

"영춘아! 큰일 났다! 아버지가… 아버지가 쓰러지셨어…"

"네?!"

가슴이 세차게 요동쳤다.

"어머니, 지금 어디세요? 아버지는 지금 어떠신데요?"

"병원이야. 응급실에 갔는데 지금 중환자실로 옮겼어. 심장… 심장 때문이라고 해." 어머니의 목소리는 끊어질 듯 이어졌다.

"심장이라니요? 갑자기… 언제부터 안 좋으셨는데요?"

"글쎄, 아침까지만 해도 멀쩡하셨는데… 공장에 나갔다가, 거기서 갑자기 쓰러지셨대. 다행히 직원들이 바로 발견해서 병원으로 옮겼는데, 검사해 보니 급성 심근경색이래."

휴대전화를 쥔 손에 힘이 꽉 들어갔다. 아버지는 그동안 큰 병 한 번 앓은 적 없이 건강하지 않았던가. 매일 새벽같이 밭에 나가시고 공장 일을 도맡아 해내시는 강인한 분이셨다. 그런 아버지가 급성 심근경색이라니.

"지금… 많이 위중한 건가요? 의사 선생님은 뭐라세요?"

"지금은 응급 시술 받고 고비는 넘겼는데, 중환자실에선 경과를 좀 더 지켜봐야 한대. 아직 의식은 못 찾으셨어…"

어머니의 마지막 말이 흐릿하게 번졌다. 그 사이 흐느낌이 새어 나오는 것이 느껴졌다. 한순간에 머리가 하얘졌다. 회의실의 노을도, 승진 기대에 부풀었던 마음도 모두 흔적 없이 사라졌다.

"어머니, 곧 내려갈게요. 조금만, 조금만 기다리세요."

손이 떨려 휴대전화를 제대로 끊지도 못한 채, 나는 회사 복도를 질주했다. 방금 전까지만 해도 축하 인사를 건네던 동료들이 놀란 얼굴로 쳐다보았지만, 눈과 귀엔 아무것도 들어오지 않았다.

엘리베이터 버튼을 수십 번이고 눌러대며 나는 계속 되뇌었다.

'아버지… 아무 일 없으셔야 할 텐데. 제발… 제발 버텨주세요.'

지금 당장 이 도시를 벗어나 고향 병원으로 달려가는 것 외에 다른 생각은 들지 않았다.

병원 복도를 전력 질주하다시피 달려 중환자실 앞에 다다랐다. 심장이 터질 듯 뛰고 있었다. 숨을 몰아쉬며 눈길을 돌리니, '중환자실'이라는 붉은 글씨 간판 아래에 웅크리고 앉아 있는 어머니의 모습이 보였다.

"어머니!"

어머니가 고개를 들자, 금세 눈에 눈물이 그렁그렁 고였다. 얼굴은 걱정과 피로로 잔뜩 일그러져 있었다.

"영춘아…"

어머니가 자리에서 일어서며 아들에게 달려와 안겼다. 나는 가쁜 숨을 몰아쉬며 어머니를 부축했다. 어머니의 어깨가 계속해서 들썩이고 있었다.

"어떻게… 이렇게 갑자기… 네 아버지가…" 어머니는 말을 잇지 못하고 목이 메었다. 나는 떨리는 손으로 어머니의 등을 토닥이며, 투명한 유리창을 통해 중환자실 안을 바라보았다. 희미한 조명이 비치는 병상 위에 아버지가 누워 계셨다. 코에는 산소 호흡기가 연결되어 있고, 심장 박동 수치가 표시된 모니터와 각종 링거가 어지럽게 몸에 달려 있었다.

가슴이 찢어질 듯 아파왔다. 강인하고 건장했던 아버지의 모습은 온데간데없고, 창백한 얼굴로 숨쉬는 것조차 기계에 의존한 채 누워 있는 노인의 모습이 눈앞에 있었다. 믿기 어려웠다. 몇 달 전 고향에 내려왔을 때까지만 해도 분주히 일하면서 활짝 웃던 그 아버지가 맞는지.

"어머니… 아버지는 지금 어떤 상태예요? 좀 괜찮으신 거죠?"

"의사 선생님 말로는, 급성 심근경색이래. 병원에 도착하자마자 스텐트 시술을 했고, 덕분에 다행히 큰 위기는 넘겼다고 했어. 아직 위험한 고비는 지났지만, 며칠간은 중환자실에서 상태를 지켜봐야 한대. 언제 다시 상태가 나빠질지 몰라서…"

"재발 가능성이 크다고 하셨나요?"

"응… 심장 상태가 많이 약해졌대. 오랫동안 피로와 스트레스를 누적한 탓이라고…" 어머니의 말끝이 흐려졌다.

"스트레스요…? 무슨 일 때문에 그렇게까지…"

나는 되묻다 말고 입술을 깨물었다. 이유는 짐작이 갔다. 아버지가 그토록 심신을 혹사하며 매달려 온 것은 결국 회사 일이었겠지.

"네 일 방해될까 봐 말을 못 했다. 너 바쁜데 걱정 끼칠까 봐… 네 아버지도 그러길 바라지 않았고."

주말에 간간이 안부 전화를 할 때마다, 언제나 "별일 없다, 농사도 공장도 잘 돌아간다"라며 씩씩하게 대꾸하던 아버지였다. 정작 한편으로는 이

흙의 약속 | 73

렇게 큰 스트레스와 부담을 혼자 짊어지고 있었던 것이다.

"죄송해요, 어머니… 제가 좀 더 자주 내려와 볼걸… 미리 알았더라면…"

어머니는 고개를 저으며 억지로 미소를 지어 보였다. "아니다. 네가 뭘 잘못했니. 네 탓이 아니야. 우리가 말 안 한 건데."

죄책감을 떨칠 수 없었다. 부모님을 위해 자신이 해 드린 것이라고는 그저 명절에 찾아와 용돈 드리고 안부를 여쭐 뿐이었다. 정작 부모님이 힘들어 할 때 나는 곁에 없었다.

"지금은 어떻게든 버티셔야 하는데…" 어머니는 다시금 중환자실 쪽으로 시선을 돌렸다. "아버지가 의식을 찾으시면… 사업 걱정부터 하실 것 같아 그게 더 걱정이구나."

"회사 일은 걱정 마시라고 하세요. 일단 아버지 건강이 제일 중요하니까요."

"그러게. 살고 봐야지… 네 아버지도 이젠 몸 생각 좀 하셔야 할 텐데."

경고음을 내며 불규칙하게 깜빡이는 심장 모니터의 녹색 불빛이 새벽의 병실 복도를 어지럽히고 있었다. 아버지의 생명줄이 저 기계에 달려 있는 듯한 현실이 실감나지 않았다. 그렇게 한참을 앉아 있는데, 중환자실 문이 열리며 흰 가운을 입은 의사가 걸어 나왔다.

"보호자 분들인가요?" 의사가 묻자, 어머니가 재빨리 앞으로 다가갔다.

"네, 아버지 상태는 좀 어떠신가요?"

"일단 시술 경과는 좋습니다. 혈관이 막혔던 부분을 뚫어서 현재 심장 혈류는 안정적으로 돌아왔어요. 큰 고비는 넘기셨다고 봐도 됩니다."

안도의 숨을 내쉬었지만, 의사는 그러나 곧 진지한 얼굴로 덧붙였다.

"다만 환자 분께서 심장 근육이 많이 약해진 상태입니다. 앞으로 재활과 관리가 매우 중요해요. 특히 스트레스를 절대 받지 않도록 하는 게 관건입니다. 이번엔 다행히 목숨을 건지셨지만, 또 이런 일이 생기시면 위험합니다."

"네… 저희도 명심하겠습니다."

"환자 분 아드님 되시죠? 직장 때문에 멀리 계셨다고 들었습니다."

"네, 창원에서 일을 하고 있습니다."

"부모님 연세에 심근경색이면 한 번 겪고 지나가면 많이 쇠약해지실 겁니다. 가까이에서 잘 보살펴 드려야 해요." 의사는 당부했다.

"네… 감사합니다."

의사가 떠나고 나서, 어머니는 살짝 눈물을 훔쳤.

"저 양반 말 들었지? 네 아버지 이젠 예전같지 않을 거라네…"

"괜찮으실 거예요. 저도 당분간 여기 있으면서 도울 테니까 걱정 마세요."

어머니는 놀란 듯 나를 바라보았다. "네가… 당분간 여기에 있다고?"

아뿔싸. 말은 내뱉었지만, 회사에서 기다리고 있는 일들이 머릿속을 스쳐 지나갔다. 월요일 아침의 승진 발표, 쌓여 있을 프로젝트들… 하지만 나는 고개를 끄덕였다.

"네. 아버지가 중환자실에 계시는데 제가 어떻게 그냥 올라가요. 의식 찾으실 때까지라도 제가 곁에 있을게요."

어머니는 미안한 기색을 지으며 손을 잡으셨다.

"하지만… 회사 일은 어쩌려고. 중요한 시기 아니니?"

"회사엔 잘 말해서 휴가를 좀 낼게요. 괜찮아요."

사실 휴가라고 말했지만 회사에 알릴 겨를조차 없이 무턱대고 뛰쳐나온 터라 나중에 설명하고 수습할 일이 남아있기는 하다.

"미안하다, 아들…" 어머니가 나직이 말했다. "네가 애써 여기까지 왔는데 이런 걱정까지 끼쳐서."

"왜 또 그런 말씀 하세요. 지금은 아버지 빨리 나으시게 하는 게 먼저죠. 전 아무것도 힘들지 않아요."

어머니는 아들의 손을 꼭 쥐었다.

"그래… 네가 있어서 참 다행이다."

주말 동안 나는 간이침대에 쪼그리고 앉은 채 뜬눈으로 밤을 지새웠다. 중환자실 안의 아버지는 별다른 변화 없이 안정을 유지했고, 아침 8시 면회 시간이 되어서야 간신히 아버지의 얼굴을 가까이서 볼 수 있었다. 비록 눈은 감은 채였지만, 그래도 혈색이 약간 돌아온 듯 보여 안도할 수 있었다. 의료진은 상태가 조금씩 안정되고 있다고 했다.

"어머니, 저는 공장에 잠깐 다녀올게요."

아버지가 깨어나기 전, 회사를 둘러보고 현재 상황이 어떤지 직접 확인하고 싶었다. 어머니는 피곤한 눈을 비비며 고개를 끄덕였다.

"그래… 박 기사님한테 얘긴 해뒀으니까, 가 보면 도와주실 거야."

"어머니는 좀 쉬세요. 교대 시간 됐으니 들어가서 곁에 계시고요."

"알았어. 너무 걱정 말고 다녀와. 운전 조심하고."

병원에서 공장까지는 차로 한 시간 남짓한 거리였다. 운전대를 잡은 채 차창 밖으로 스쳐 지나가는 고향의 거리를 바라보니, 아직 이른 시간이라 한산했다. 간간이 보이는 가게들과 주택들은 옛 모습 그대로였지만, 왠지 모르게 적막한 분위기가 감돌았다. 어릴 적 뛰놀던 골목, 자전거를 타고 다니던 논두렁길… 모든 것이 익숙하면서도 낯설었다. 화려한 고층 건물과 번쩍이는 불빛 대신, 고향엔 고요함과 정적이 흘렀다.

'내가 너무 오래 떠나 있었나…'

문득 그런 생각이 들었다. 직장 생활을 시작한 이후로 줄곧 거제와 창원에서 생활하며 명절이나 부모님 생신 때나 내려왔을 뿐이었다. 고향이 점점 쇠락해 간다는 이야기를 들었지만, 바쁘다는 핑계로 직접 체감할 겨를은 없었다. 그런데 아버지의 병환을 계기로 다시 찾은 고향은, 기억 속의 따뜻하고 활기차던 마을이라기보다는 어딘지 모르게 쓸쓸하고 고독해 보였다.

공장 입구에 도착하자 회색빛 슬라이딩 철문이 굳게 닫혀 있었다. '다년생 도라지 영농조합'이라는 푸른색 간판이 붙은 작은 경비실 옆에, 몇 해 전 내려왔을 때 새로 칠해졌던 담장이 여전히 있었다. 하지만 곳곳에 페인트가 벗겨지고 금이 가 있는 모습이 눈에 띄었다.

그 담장이 처음 새 파란색으로 단장되었던 날의 기억이 떠올랐다. 가족과 직원들이 모여 함께한 페인트칠. 그날 아버지는 온 얼굴에 페인트를 묻혀가며도 활짝 웃었다. 마당에 동네 주민들까지 초청해 잔치를 열고, 새 단장한 담장을 배경으로 기념사진도 찍었다. 아버지가 "우리 공장 백 년은 갑니다!"하고 힘차게 외치던 모습이 아직도 눈에 선했다. 그렇게 환하던 담장이었건만, 이제는 빛이 바래 군데군데 벗겨지고 금까지 간 모습이, 지금 이 공장의 현실을 말해주는 듯했다.

평일 아침인데도 공장이 조용했다. 예전엔 이 시간에 벌써 트럭들이 드나들며 분주했을 텐데. 문은 잠겨 있는 듯 보였다. 망설이다가 박 기사님에게 전화를 걸었다. 어머니께서 연락해 두었다니, 기다리고 있을지도 모른다. 몇 번의 신호음 끝에 다행히 전화가 연결되었다.

"여보세요?" 수화기 너머로 굵직하고 낮은 남자의 목소리가 들렸다.

"아버지…원장님 쓰러지셔서 창원에서 내려왔습니다."

"아, 영춘이구나!" 그래, 병원 내려왔다고 들었다. 얼마나 놀랐겠냐…"

곧 박 기사가 달려 나와 공장 담장 옆 쪽문을 열어 나를 안으로 들였다. 공장 마당은 적막했다. 넓지 않은 야적장 한켠에 몇 개의 팔레트와 빈 컨테이너 박스들이 흐트러져 있었다. 창고 건물의 셔터 문은 굳게 내려져 있고, 가공 공정이 이루어지는 작업장 건물 역시 인기척이 없었다.

"원래 오늘 생산 일정 없어서 내가 오전엔 사무실만 지키고 있었어. 사모님한테 전화 받고 기다리고 있었다." 박 기사가 열쇠 꾸러미로 사무실 문을 열며 말했다.

"직원 분들은 다들 어디 가셨나요?"

박 기사는 씁쓸한 표정을 지었다.

"요새 일이 없어서… 직원들 반은 쉬라고 했지. 생산팀은 아예 이번 주 내내 스톱이야."

가슴이 내려앉는 기분이었다.

"그 정도로 상황이 안 좋았어요?"

"하…"

박 기사가 깊은 한숨을 내쉬었다

"솔직히 말하면, 아주 안 좋아. 어디서부터 얘기해야 할지 모르겠네."

박 기사는 주름진 이마를 문지르며 말을 이었다.

"네 아버지가 쓰러지신 것도 아마 그 스트레스 때문일 게다. 우린 사실 각오하고 있었어. 요새 원장님(아버지는 '다년생도라지 연구원장'으로 당신의 자리를 정해 모두들 '원장님'으로 부르던 터였다) 얼굴이 말이 아니었거든."

"제가 너무 늦게 알았네요… 도대체 무슨 일이 있었던 거죠? 어머니께 대략 듣긴 했지만, 자세히 설명을 못 들었어요."

"그렇겠지. 사모님도 경황이 없으셨으니." 박 기사는 잠시 헛기침을 했다. "우선, 제일 큰 문제는 거래처가 끊긴 거야. 몇 년 전까지만 해도 지역 농산물 유통망 타고 꾸준히 납품했었는데, 재작년에 큰 판로를 하나 뚫었잖아. 수도권에 있는 백화점 납품 계약이었는데…"

"저도 들었어요. 아버지가 그 계약 성사됐다고 엄청 기뻐하셨던 기억이 납니다. 그때 축하도 드렸었는데."

고개를 끄덕이며 기억을 더듬었다. 몇 년 전 추석 때, 아버지가 생애 처음으로 수도권 백화점에 제품을 입점시키게 되었다고 자랑스러워하던 모습이 떠올랐다.

"그래, 그때는 우리도 장밋빛 미래를 기대했지. 처음 1년 정도는 납품도 잘 되고 판매량도 쏠쏠해서, 생산 라인도 확충하고 인원도 늘렸어. 그 계약 때문에 은행 융자도 많이 받았지."

"융자까지 받으셨어요?"

"그땐 과감하게 투자를 하셨거든. 백화점 쪽 요구 물량 맞추려면 설비도 늘려야 하고 원자재도 대량 매입하고… 그땐 다 잘 될 거라고 믿었지…"

"근데, 무슨 문제가 생긴 건가요? 물건이 안 팔렸어요?"

"그게, 1년쯤 지나고 나서 백화점 측에서 납품 단가 후려치기를 시작했어. 계약 갱신하면서 조건이 바뀐다면서, 우리보고 마진을 확 줄이라고 압박했지. 삭제 그것도 모자라서, 작년엔 경쟁사 제품을 들여오겠다고 통보를 했어. 우리한텐 선택권이 없었지."

숨이 턱 막혔다. "결국 계약이 끊겼다는 거네요."

"어. 작년 말에 계약 종료 통보를 받았어. 재고 잔뜩 쌓아둔 상태에서 말이야. 그때 만든 물량이 아직도 산더미처럼 창고에 있지. 바로 팔 곳이 없으니까."

박 기사는 고개를 들어 사무실 맞은편의 창고 건물을 가리켰다. "가서 한번 볼래? 어떻게 돼 있는지."

철문을 열고 창고 안으로 들어가자 어두컴컴한 창고 안에 코를 찌르는 냉습한 공기가 감돌았다. 불을 켜자 커다란 선풍기 소리가 웡 하며 울렸다. 거대한 선반과 바닥 여기저기에 종이 상자들이 빽빽이 쌓여 있었다. 상자 겉면에는 '다년생도라지 진액', '도라지 분말' 등의 상품명이 적힌 스티커가 붙어 있었다. 상자에는 먼지가 수북이 내려앉아 있었고, 일부는 습기를 먹었는지 모서리가 무너져 내린 것도 있었다.

"이게 다… 팔리지 못하고 남은 건가요?"

"그래. 백화점 납품 끊기면서 갈 곳 잃은 재고야. 유통기한 넉넉히 남겨두고 만든 건데, 어영부영 창고에서 썩고 있지. 한 번에 대량 생산해버린 게 화근이었어."

이 안에 묶인 자금만 해도 어마어마할 것이었다. 그동안 판매를 통해 현금화되었어야 할 물량들이 그대로 적체되어 있으니, 당연히 자금 회전이 안 됐을 터였다.

"재고 처리는 못 해봤어요? 다른 데 팔거나 하는 식으로요."

"원장님도 부단히 알아봤지. 근데 백화점에 납품했다는 경력이 오히려 독이 되기도 하더군. 다른 소매 상인들은 우리 제품이 백화점에서 잘 안 나가서 밀려난 줄 알고 꺼리더라고. 가격을 헐값에라도 넘기려고 해봤는데, 그것도 쉽지 않았어. 워낙 물량이 많아서 작은 가게들로는 소화가 안 되고."

"그럼 그 백화점 말고 다른 납품처는 없었나요?"

"안 그래도 작년 말부터 여기저기 뛰어다녔어. 온라인 판매도 해보려고 했고, 지역 특산품 행사 같은 데도 나가고… 그런데 자금 사정이 점점 나빠지니까 그것도 한계가 있더라고."

박 기사는 얼굴에 수심이 가득했다.

"게다가 올해 초에 너도 알만한 큰 건강식품 유통사가 하나 있었거든.

거기랑 공급 계약을 논의 중이었는데, 원장님 쓰러지시기 전주에 최종 결렬됐어. 우린 거의 마지막 희망처럼 기대했던 계약인데, 상대방이 조건이 안 맞는다며 일방적으로 취소했지 뭐냐."

아버지는 아마 그 계약에 엄청난 기대를 걸고 있었을 것이다. 그래서 최근까지 어떻게든 버티고 있었는데, 그마저 무산되자 절망감과 압박에 시달리셨을 게 분명했다. 그게 결국 극심한 스트레스로 이어져 심근경색을 불러온 게 아닐까.

"금융 쪽은 어떤가요? 은행 빚이라든지…"

"그건 내가 정확히는 몰라도… 꽤 될 거야. 원장님이 직접 처리하셔서 나도 세부 내역은 모르지만, 최근엔 은행에서 독촉 전화도 꽤 온 걸 봤어. 이자 낼 날 지나면 늘 신경이 곤두서셨지."

나는 창고 구석에 책상 위에 수북히 놓인 우편물들을 집어들었다. 그것은 대부분 은행에서 온 독촉장들이었다. 편지를 뜯자 까만 글씨로 잔액과 대출 상환 내역, 연체액 등이 빼곡히 적힌 독촉장들이 쏟아져 내렸다. 억대의 숫자가 서너 줄은 족히 되었다.

"이 정도면 거의 파산 직전 아닌가요…"

"솔직히 말해서… 그렇지." 박 기사는 담담히 답했다. "그래도 원장님이 이를 악물고 버티셨어. 직원들 월급 밀리지 않게 하려고 사채까지 써 가면서 막으셨다니까."

"사채까지요?"

"내가 직접 본 건 아니지만 소문은 들었어. 은행에서 더 이상 대출이 안 되니까, 개인적으로 돈 끌어오신 것 같더라고. 공장 담보로 이미 은행 돈 땡긴 상황이었으니 별 수 없었겠지. 그래서 그런지 요새 수상한 양복쟁이들이 공장에 몇 번 온 적도 있어. 원장님이 난처한 얼굴로 돌려보내곤 하셨는데… 아마 사채업자 쪽이지 싶다."

머리가 아찔했다. 은행 대출도 모자라 고리대금업자까지 손을 벌렸다는 말인가. 일이 생각보다 훨씬 심각했다. 이대로라면 아버지가 일어나더라도 회사의 존속이 불투명할 지경이었다. 최악의 경우 부도가 나고, 그 여파는 가족 전체에 미칠 것이 뻔했다.

박 기사는 그런 표정을 읽었는지 미안한 듯 말했다.

"네 아버지가 네 걱정 많이 했어. 네게 짐 지우기 싫다고 말이야… 그동안 일부러 너한테 속내 털어놓지 않으신 것도 다 그런 이유였을 게다."

쓴웃음이 나왔다. 차라리 진작 솔직하게 도움을 청했다면 이렇게까지 되지는 않았을 것이다. 나는 수년간 회사 사정이 괜찮은 줄로만 알고 안심하고 있었으니 말이다. 하지만 원망과 동시에 죄책감도 밀려왔다. 정작 내가 모르는 사이 부모님은 벼랑 끝에서 외줄타기를 해온 것이다.

창고에서 나와 사무실로 돌아오자, 박 기사는 조심스럽게 물었다. "너는 어떻게 할 생각이냐?"

"예?"

"아버지가 당분간 회복하실 때까지 공장은 어쩔 수 없이 우리끼리라도 꾸려야 할 텐데… 네가 뭘 좀 도와줄 수 있을까 해서. 당장 급한 것들 말이다. 거래처들도 그렇고, 은행도 그렇고, 연락 올 곳이 한둘이 아닐 거거든."

박 기사의 기대 어린 눈빛이 느껴졌다. 아버지가 없는 동안 사실상 대리로서 의사 결정을 해줄 사람이 필요하다는 뜻일 터였다. 직원 입장에선 사장님의 아들인 내가 지금 기댈 언덕일지 모른다.

"일단 제가 할 수 있는 데까지는 도와볼게요. 다만 제가 회사 전반 상황을 아직 다 몰라서…"

"그건 내가 옆에서 도울게. 재고 파악이나 시설 관리 같은 건 걱정 말고. 다만 대외적인 대응은 네 도움이 필요할 것 같아서 말이야."

"대외적인 대응이라면… 은행이나 채권자들 상대 말씀하시는 거죠?"

"응. 은행은 그렇다 쳐도, 사채 쪽은 내가 나서기 좀 그렇더라고. 지난번에 왔던 양복쟁이들이 다시 올 수도 있으니, 네가 같이 있어 주면 좋지."

그저 고개만 끄덕였다. 눈앞이 캄캄했지만, 어쩔 수 없었다. 일단 아버지가 병원에 있는 동안 상황이 더욱 악화되지 않도록 임시방편이라도 해야 했다. 그러려면 회사를 책임질 누군가가 필요했다.

"혹시 오늘이라도 그쪽에서 올지 모르니까, 나하고 같이 오후까지 공장에 있어 볼래?" 박 기사가 제안했다.

손목시계를 보니 12시가 채 되지 않은 시각이었다. 잠시 후면 병원 면회 시간이니, 아버지부터 한 번 더 확인하고 오고 싶었다.

"좋습니다. 일단 병원에 좀 다녀오겠습니다."

박 기사는 안심한 듯 희미하게 웃었다. "그래줘. 어휴, 네가 와 있어서 정말 다행이다. 솔직히 나 혼자선 막막했거든."

애써 웃음 지었지만, 속으로는 망망대해에 홀로 던져진 기분이었다. 사흘 전만해도 대기업의 승진을 눈앞에 두고 부풀어있던 내가, 하루 만에 이 작은 고향 공장의 위기와 맞닥뜨릴 줄은 꿈에도 몰랐다. 삶이란 알 수 없는 것이었다.

다시 병원으로 돌아온 나는, 병실로 들어서기 전 휴대전화를 확인했다. 진동으로 해둔 폰에는 부재중 전화와 메시지가 몇 통 와 있었다. 회사 동료와 상사에게서 온 것이었지만, 일단은 무시했다. 지금은 답할 여유가 없었다.

중환자실 앞 대기 공간으로 발걸음을 옮기자, 낯익은 뒷모습이 보였다. 작은 아버지, 아버지의 동생이었다. 작은 아버지는 근심에 가득 찬 얼굴로 어머니와 대화를 나누고 있었다.

"작은 아버지…"

"아, 영춘이 왔나?"

육십 대 중반인 작은 아버지의 얼굴에는 밤새 한숨만 쉰 듯 깊은 피로가 묻어 있었다. 옆에서 어머니도 눈가가 붉어진 채 손수건으로 입을 틀어쥐고 있었다.

"작은아버지도 연락 받고 오신 거죠? 멀리서 오시느라 고생하셨어요."

"에휴, 고생은 무슨… 형님이 이런데 당연히 와야지. 처음엔 딴사람 통해 소식 들었는데, 나한텐 말도 안 하고들…"

마지막 말은 어머니를 향한 듯한 원망 섞인 투였다. 어머니는 미안한 표정으로 고개를 숙였다.

"죄송해요, 갑자기 일어난 일이라…"

두 사람의 기색을 보아하니, 작은 아버지는 가만 있질 못하고 서성였고,

어머니는 주눅이 든 얼굴로 연신 손끝만 만지고 있었다. 무언가 심상치 않은 분위기였다.

"혹시… 무슨 이야기 나누고 계셨어요?"

어머니가 머뭇거리자, 작은 아버지가 한숨을 쉬며 입을 열었다.

"영춘아, 너도 이제 알아야 한다. 너희 어머니랑 방금 그 얘길 하고 있었다."

"무슨…?"

작은 아버지는 주위를 한 번 살피더니 "여기 서서 말하기 뭐하니, 밖으로 잠깐 나갈까" 하고 제안했다. 결국 셋은 병실 복도 끝에 있는 빈 벤치로 자리를 옮겼다.

"형님 쓰러지면서, 은행에서 연락이 왔다."

"은행이요?"

"그래. 내가 연대보증 선 대출이 있어서, 담보권 행사 어쩌고 하는 무서운 소리를 하더구나." 작은 아버지는 씁쓸히 웃었다. "형님 병원에 실려갔다는 얘길 듣고선 바로 빚 독촉을 시작하는 거야. 혹시나 우리 도망갈까 봐 그러나."

숨이 턱 막혀왔다. 은행이 연대보증인에게까지 직접 연락을 돌릴 정도면, 사태가 상당히 심각하다는 뜻이었다. 연대보증, 담보권 행사… 머릿속에 오전에 본 대출 서류들이 겹쳐졌다. 거기 적혀 있던 이름들. 어머니와 작은 아버지, 그리고 다른 친척들의 이름까지. 그제야 확실히 깨달았다. 아버지가 빌린 돈의 무게를 친척들까지 함께 지고 있다는 것을.

"정확히… 어떻게 보증을 서신 건지 제가 여쭤봐도 될까요."

작은 아버지는 마른침을 삼키고 말을 이었다. "작년 초였지. 백화점 계약 줄어들고 돌아가는 상황 안 좋을 때, 형님이 자금이 좀 곤란하다고 하시더라고. 나랑, 너희 이모랑, 또 작은 이모부까지 다 불러 모아서 간곡히 부탁하셨어. 이번 고비만 넘기면 괜찮아질 거라면서… 은행 대출 받는 데 우리 보증만 있으면 된다고. 가족인데 어쩌겠냐. 나뿐 아니라 처가댁 식구들까지 형님 체면 봐서 도와준 거야."

어머니가 안타까운 듯 덧붙였다. "다들 우리 때문에 큰 결단해 주신 거지… 안 그랬으면 그때 벌써 문 닫았을 거야."

생각보다 훨씬 많은 이들이 이 일에 얽혀 있었다.

"이모랑 이모부까지요? 그럼 총 몇 분이…"

"여섯 명." 작은아버지가 단호하게 말했다. "나랑 네 고모부, 그리고 네 어머니 친정 쪽으로 네 이모, 이모부, 외삼촌 부부. 모두 합쳐 여섯이 연대보증에 이름을 올렸어."

여섯 명… 현기증마저 느꼈다. 은행 대출 규모가 꽤 컸던 모양이다. 그러니 담보와 보증인을 그렇게나 끌어모아 겨우 승인받았겠지. 자신뿐만 아니라 친척들 여섯 명이나 인생을 걸고 지탱해 온 회사라니, 등골이 서늘했다.

작은 아버지는 울분을 터뜨렸다. "그렇게까지 했는데도 결과가 이게 뭔가. 형님이 쓰러지질 않나, 회사는 당장 부도 직전이라지 않나… 우린 이제 어쩌면 좋냐? 은행에서 당장 이자라도 갚으라고 독촉하는데, 내가 그 돈이 어디 있어. 너희 어머니도 그동안 이자 내느라 집도 거의 빈털터리 됐다고 들었다."

어머니가 눈물을 닦으며 고개를 끄덕였다. "우리 생활비 아껴가며 이자부터 막아 왔어. 이번 달에는 그것도 빠듯해서…"

그러고 보니 최근 보내드린 용돈을 어머니가 평소보다 급히 요구했던 기억이 떠올랐다. 그땐 그냥 어디 쓸데가 있으신가보다 생각했지…

"결국 이제 막다른 골목인 거야." 작은아버지가 한숨을 길게 내쉬었다. "은행에서는 이자라도 끊기면 담보 잡은 것들 처분하겠다고 으름장 놓지. 난 우리 집까지 날아갈까 봐 잠도 안 온다. 네 이모네도 사정은 마찬가지고."

공기가 얼어붙은 듯 무거워졌다. 어디 드라마에서나 보던 연대보증의 무게가 이토록 참담하게 다가올 줄이야. 이러다가는 정말 가족 친지들이 모조리 길바닥에 나앉을지도 몰랐다. 회사 하나가 무너지는 게 개인의 파산으로 끝나는 게 아니라, 공동체 전체를 집어삼키는 블랙홀이 될 수도 있다는 것을 처음 깨달았다.

"영춘아." 작은 아버지가 입을 열었다. "너 창원에서 큰 회사 잘 다니고 있는 거 안다."

"근데, 네 아버지 일은 어떡할 거냐. 형님 깨어나도 예전처럼 일하기 힘드실 거라잖냐. 회사도 이 모양이고… 이 상태로 누가 수습을 하나."

"……"

"네가 도와줄 수는 없겠니?" 작은아버지의 시선이 절박하게 빛났다. "형님 대신 네가 공장을 추슬러 보는 거야. 네가 배운 것도 많고 하니 뭔가 방법을 찾지 않겠나. 우린 도저히 모르겠다. 이대로 가다간 다 죽어."

어머니가 놀라서 외치셨다. "회사 잘 다니는 애한테 그게 무슨 말이에요?"

작은아버지가 목소리를 높였다. "그럼 어쩝니까? 형님도 못 일어나고, 형수님이 처리하실 거예요? 내가 해결을 해요? 믿을 사람이 영춘이 밖에 없는 걸 어떡합니까 그럼?"

"그래도…" 어머니는 난처한 듯 눈물을 글썽였다. "난 우리 애 장래 망치는 일 시킬 수 없어요."

"장래고 뭐고 지금 그게 중요한가!" 작은아버지도 지지 않고 소리를 냈다. "당장 코앞에 닥친 집안 풍비박산부터 막아야지요! 그리고 창원서 백날 회사다녀봤자 월급 전부 빚 갚는 데 다 들어갈 판인데."

흥분한 두 어른을 보니 마음이 찢어질 것 같았다. 한쪽은 아버지에 대한 분노와 불안으로, 다른 한쪽은 아들에 대한 미안함과 걱정으로 서로 대립하고 있었다. 모두의 말이 이해되었다. 그래서 더욱 괴로웠다.

"작은 아버지 말씀도 이해합니다. 아버지가 갑자기 쓰러지신 상황에서 회사를 수습할 사람이 필요하다는 것도 알아요. 어머니 말씀도 맞고요. 제 미래 역시 쉽게 포기할 수 있는 게 아니라는 것도 사실입니다."

어머니가 손을 붙잡았다.

"그래, 영춘아. 네 앞길이 얼마나 중요한데…"

작은아버지는 고개를 절레절레 저었다.

"어서 결정을 내려야 된다. 회사를 계속 살릴 건지, 접을 건지 말이다. 접을 거면 법정관리 신청이라도 해서 정리하고, 살릴 거면 지금부터 대책 세워야지. 형님 없다고 시간 그냥 흘려보낼 순 없으니."

공기가 다시금 가라앉았다. 그 말은 곧 지금 이 자리에서 방향을 정해야 한다는 뜻과 다름없었다. 심장이 쾅쾅 울려왔다.

"솔직히⋯ 제가 뭐라 말씀드려야 할지 모르겠어요. 회사 사정 오늘에서야 겨우 알았고, 갈림길이라는 건 알지만."

머릿속이 어지럽게 돌아갔다. 회사를 접는다면, 부도 처리와 함께 남은 빚은 보증인들에게 청구될 것이다. 회사 자산을 다 처분해도 빚을 막지 못하면, 남은 잔액은 연대보증인들이 나눠 떠안게 된다. 그것이 얼마나 가혹한 결과일지 가늠도 잘 되지 않았다. 수십 년 모은 재산을 잃고 빚더미에 앉는 친척들의 얼굴이 주마등처럼 스쳤다.

반대로 회사를 살린다면⋯ 누군가 경영을 책임지고 다시 정상화시켜야 한다. 그런데 아버지는 당분간 거동하기 어려울지도 모른다. 그 역할을 대신할 사람이 필요하다. 박 기사님을 비롯한 직원들이 있다고는 하지만, 결국 결정권과 책임을 질 대표가 있어야 한다.

"나는 그냥 우리 가족이 무사히 빚만 면할 수 있으면 좋겠어. 정말 마음 같아선 집이라도 팔아서 막고 싶지만, 나도 애들 학비에 뭐에 빠듯하거든. 너희도 알겠지. 다들 형님 믿고 도장 찍어준 건데, 이대로 가면 그 믿음이 산산조각 나는 거야."

그 말에 어머니가 흐느꼈다.

"여태 우리 믿어 준 식구들 생각하면 내가 죄인이지⋯"

아무 말도 할 수 없었다. 부모님과 가족들이 수십 년 간 쌓아온 신뢰와 우애가 이 일로 송두리째 흔들릴 판이었다. 그동안 회사 일엔 관심 없이 살아왔지만, 이제는 그 모든 책임이 눈덩이처럼 불어나 눈앞에 굴러떨어졌다.

작은 아버지의 깊은 한숨과 함께 병원에서의 길고도 힘든 날이 저물었다. 작은 아버지가 돌아가신 후, 나는 지친 어머니를 모시고 잠시 시골집으로 돌아가기로 했다. 어머니는 끝까지 병원에 남으려 했지만, 간호사들이 아버지가 깨어나시면 곧바로 연락을 주기로 약속한 후에야 나를 따라 나섰다.

밤 11시가 넘은 시간, 오랜만에 돌아온 집 안은 냉기가 가득했다. 어머니는 맥이 풀린 걸음으로 거실 소파에 몸을 내려놓았고, 나는 부엌에서 물 한 잔을 따라 어머니께 드렸다.

"어서 이거 마시고 조금 쉬세요, 어머니."

어머니는 물잔을 받아들었지만 곧 내려놓고는, 애처로운 눈길로 나를 바라보았다.

"오늘 많이 힘들었지?"

"아니에요. 어머니가 더 힘드셨죠."

어머니는 고개를 저었다. "난… 너 생각하면 가슴이 미어져서…"

"제 걱정은 하지 마세요. 작은 아버지도 속이 상해서 그러셨던 거죠."

잠시 정적이 흘렀다. 거실 시계 초침 소리가 또렷이 들릴 정도로 밤은 고요했다. 어머니가 먼저 입을 열었다.

"사실… 나도 무서웠어. 네가 혹시라도 우리 때문에 인생 그르칠까 봐.

작은아버지 말 듣는데, 그 생각만 계속 들더라."

나는 무슨 말을 해야 할지 몰라 가만히 있었다.

"네가 얼마나 인정받고 있었는데… 네 아버지도 그게 얼마나 자랑이었는데…" 어머니의 목소리가 떨렸다. "우리가 정말 염치없지. 힘들게 공부시켜 놨더니 결국 시골 공장에 묶어 두려고 하니."

"어머니…" 그제야 어머니의 손을 꼭 잡았다. "아무도 저를 묶어 두지 않아요. 그런 말씀 마세요. 아직 아무것도 결정된 건 없어요."

어머니는 고개를 숙였다. "그래… 네 말이 맞다. 섣불리 생각했나 보네. 네 아버지도 정신 차리시면 널 붙잡으려 하진 않을 거야. 그 양반 성격에 그럴 사람이 아니지."

어머니의 말에 가슴이 저려왔다. 아버지가 지금 깨어 있다면 뭐라고 했을까. 아마도 자신더러 당장 돌아가라고 했을 것이다.

"엄마는 말이다…" 어머니가 조심스레 입을 열었다. "네가 뭘 결정하든 다 받아들일 거야. 넌 우리 아들이기 전에 네 인생이 있으니까. 부모 인생 책임지려고 애쓰지 않아도 돼."

천천히 고개를 들자 눈물이 그렁그렁 맺힌 어머니의 얼굴이 보였다.

"사실은… 나도 모르겠어. 네가 여기 남아주는 게 고맙기도 하면서 한편으론 정말 이래도 되나 싶고…" 어머니는 속마음을 토로했다. "넌 이제 막 열매를 거둬들일 나이인데, 이 지긋지긋한 빚더미를 같이 안게 하다니… 부모로서 미안해서… 그렇지만, 네 아버지랑 난 네가 옳다고 믿는 길을 가길 바래. 우리가 바라는 건 그냥… 네가 나중에 후회하지 않는 거, 그거 하나다."

나는 말없이 어머니를 안아주었다. 우리 둘은, 조용한 시골집에 서로를 부둥켜 안고 참 많이도 울었다. 부모님이 어떤 마음으로 나를 키워왔는지 절절히 느낄 수 있었고, 내가 어떤 결정을 하든 결국 가족의 사랑이 뒷받침해줄 거라는 믿음도 생겼다.

어머니가 방으로 들어가 잠을 청하고, 나는 혼자 거실에 남아 불을 끄고 소파에 기대었다. 천장에 어슴푸레 비치는 달빛을 응시하며 오래도록 뒤척였다. 머릿속엔 수많은 생각들이 교차했다. 도시의 빛나는 오피스와 고향의 어둑한 거실, 그 두 세계가 절묘하게 겹쳐지는 듯한 밤이었다. 그리고 나는 그 경계 어딘가에서 깊이 고민하고 있었다.

그렇게 뒤척이던 끝에 나는 결심했다. 더 이상 피하지 않기로. 운명이 자신을 이곳으로 불러세운 것이라면 기꺼이 맞서보기로 마음먹었다.

"그래… 한번 해 보자."

나는 거실 창문 너머 희미하게 밝아오는 새벽 하늘을 바라보다가, 잠시 눈을 붙이기 위해 조용히 몸을 뉘었다.

결단과 수습

아버지는 마침내 의식을 되찾으셨다. 내가 다시 병원을 찾았을 때에는, 이미 중환자실을 벗어나 일반 병실로 옮겨진 뒤였다. 당분간은 병원에서 회복을 하셔야겠지만, 그래로 참으로 다행스러웠다. 내가 병실 문을 열고 들어섰을 때, 아버지는 희미한 눈빛으로 천장을 바라보고 계셨다. 어머니가 곁에서 아버지의 손을 잡고 계셨다.

"아버지…"

아버지의 시선이 느릿하게 나를 향했다.

"영춘이 왔나."

마스크 너머로 들려오는 목소리는 아직 쇳소리가 섞여 있었지만, 분명 나를 알아보셨다.

"정신 드셨어요? 정말 다행이에요…"

아버지는 나와 어머니를 번갈아 보시더니 물었다.

"내가… 여기 왜…"

어머니가 조심스레 공장에서 쓰러지셨던 상황을 설명했다. 아버지는 인상을 찌푸리며 기억을 더듬으셨다.

"그래… 가슴이 갑자기…" 그러다 문득 공장 걱정부터 하셨다. "공장은… 공장은 어떡하고…"

나는 아버지의 어깨를 누르며 안심시켜 드렸다.

"공장 걱정은 마세요. 제가 다 살펴보고 있어요."

"네가… 살펴보고 있다고?"

아버지가 놀란 듯 눈을 크게 뜨셨다.

"아버지 쓰러지셨다는 소식 듣고 급히 내려왔죠. 당연한 거예요."

아버지는 한동안 믿기지 않는 표정으로 나를 바라보시다 이내 미안한 기색으로 고개를 떨구셨다.

"괜한 짓을 했구나… 괜히 네가 고생하게 됐네."

"그런 말씀 마세요. 지금 제 일보다 아버지가 더 중요해요. 회사에는 휴가 냈다고 했어요."

아버지는 당신 때문에 내 앞길을 막는 것 같다며 자책하셨다. "다 내 탓이다… 내가 잘못했어…"

목이 멘 아버지의 목소리가 눈물과 함께 침대 위로 떨어졌다.

"차라리 저승길 갔으면 식구들 고생 덜했을 텐데…"

"여보!" 어머니가 기겁하며 소리쳤고, 나 역시 가슴이 철렁 내려앉았다. 나는 그런 끔찍한 말은 하지 마시라고, 아버지가 우리 곁에 돌아와 주셔서 감사하다고 간곡히 말씀드렸다.

아버지는 힘겹게 입을 떼셨다. 처음엔 소박하게 시작했지만, 도라지 제품이 알려지고 바이어들이 찾으면서 욕심이 생겼다고 했다. 고향 이름 걸고 제대로 해보고 싶었고, 지역 경제에도 이바지하고 싶다는 꿈이 있었다고.

"그러다 은행 대출로 설비를 늘리고… 무리하게 확장한 게 화근이었지. 경기가 나빠지면서 주문은 줄고, 이자 부담은 눈덩이처럼 불어나고… 결국 여기까지 온 거다. 내가 감당 못 할 짐을 억지로 지고 간 거지."

나는 아버지의 말씀을 들으며 가슴이 미어졌다. 그 누구보다 성실하게 일해오신 아버지의 꿈과 좌절을 어렴풋이나마 이해할 수 있었다. 아버지는 이제 모든 걸 포기해야 할 것 같다며 자포자기한 말씀을 하셨다.

"내가 이제 뭘 할 수 있겠냐. 회사를 접든가 해야지…"

그 순간, 더 이상 참을 수 없었다.

"아버지! 아직 안 끝났어요! 그렇게 쉽게 포기하시면 안 돼요. 아버지가 책임지신다고 해서 다들 은행 대출에 연대보증까지 서줬는데, 이제 와서 포기하시면 남은 가족들은 어떡하라고요!"

어머니가 나를 나무랐지만, 나는 아버지의 그런 나약한 모습을 볼 수 없었다.

"아버지가 못 하시면… 누군가 대신해야죠."

나는 결심한 듯 입술을 굳게 다물었다.

"아버지, 제가 할게요. 공장 일이요. 회사… 제가 이어받겠습니다."

내 단호한 선언에 병실 안은 순간 정적이 흘렀다.

"영춘아… 너 지금 제정신으로 하는 소리냐? 네가 어떻게 일군 네 인생인데, 그걸 왜 여기서 접으려고 해? 안 된다, 절대 안 돼."

나는 아버지의 손을 잡고 눈물로 호소했다.

"아버지 평생 제 뒷바라지 해주셨잖아요. 이제 제가 모른 척할 수 없어요. 제 능력이 얼마일진 모르지만, 힘닿는 데까지 해보겠습니다. 그러니까… 아버지도 포기하지 마세요. 같이 해 봐요."

한참 동안 세 사람은 손을 맞잡은 채 울기만 했다. 마침내 아버지가 떨리는 목소리로 물었다.

"네가… 내 대신 회사를 맡아도… 살아날 수 있을까."

"솔직히 장담 못 해요. 하지만 해 봐야 알겠죠. 안 하고 포기하면 무조건 끝이지만, 하면 가능성은 있다고 믿어요."

아버지는 천천히 고개를 끄덕였다.

"그래… 해 봐야지, 해 봐야 알지…"

어머니도 내 손을 잡고 우리 아들 믿는다고 하셨다. 그날 밤, 나는 부모님 곁을 지키며 더욱 굳게 다짐했다. 반드시 이 위기를 넘겨내겠노라고.

다음 날 아침, 나는 곧장 창원 회사에 연락했다. 김 부장님께 아버지 일과 함께 가업을 잇기로 했다는 내 결정을 전했다. 부장님은 내 갑작스러운 결정에 무척 안타까워하셨지만, 결국 내 뜻을 존중해주시며 아버님의 쾌유를 빌어주셨다. 무거운 마음으로 통화를 마친 나는 곧장 공장으로 향했다.

 아버지를 대신해 회사에 나간 첫날, 나를 반긴 것은 적막한 공기와 함께 몸으로 스며드는 낯선 책임감이었다. 언제나 아버지께서 앉아 계시던 사장실의 문패가 유난히 무겁게 느껴졌다. 나는 잠시 문 앞에 멈춰 섰다. 몇 번이나 드나들었던 방인데도, 오늘은 마치 처음 들어가는 곳처럼 심장이 긴장으로 뛰었다. 손바닥에는 송골송골 식은땀이 배었다.

 천천히 문손잡이를 돌려 사장실 안으로 들어서자, 먼지 냄새와 공간에 밴 도라지 향이 느껴졌다. 사무실 한쪽에는 오래된 책상과 의자가 자리하고 있었다. 아버지가 수 년간 업무를 보시던 바로 그 자리다. 내가 지금부터 그 자리에 앉아야 한다는 사실에 목 안쪽이 콱 메었다.

 책상 위에는 크고 두꺼운 장부들과 서류철들이 이리저리 포개져 있었다. 군데군데 낡아서 색이 바랜 표지, 귀퉁이가 헤어진 서류 뭉치들이 눈에 들어왔다. 장부 위쪽으로는 최근 몇 년치의 재무제표 묶음이 작은 탑처럼 쌓여 있었다. 가지런히 정리되었다기보다는, 누군가 분주히 들춰보다 그대로 내려놓은 듯한 모습이었다. 그 옆으로는 차트와 그래프 용지 몇 장이 책상 서랍 틈에 꽂혀 있었는데, 색이 바랜 매출 그래프 선이 가파르게 아래로 꺾여 있었다. 주문량 추이를 손수 그렸는지, 연필로 그린 곡선은 몇 해 전 정점을 찍은 뒤 해마다 내려앉고 있었다. 최근에는 그 정점의 절반도 채 되지 않는 수준이라는 것을 한눈에 알 수 있었다.

 나는 조심스럽게 그 그래프 종이를 뽑아들고 눈여겨보았다.

 "이렇게까지 줄었단 말인가…"

나도 모르게 혼잣말이 흘러나왔다. 목소리는 의자 등받이에 내려앉은 먼지만큼 희미했다. 천천히 숨을 내쉬며 책상 앞으로 다가가, 아버지의 의자에 몸을 맡겼다. 약간 삐걱거리는 소리와 함께 낡은 가죽 의자가 나를 받아주었다. 등받이에는 아직도 아버지의 체온이 남아 있는 듯했다. 나는 잠시 눈을 감고 의자 등받이에 깊숙이 기대었다.

이제 내가 아버지를 대신해 이 회사를 책임져야 한다. 임시로나마 맡게 된 것이지만, 그 무게만큼은 결코 가볍지 않았다. 회사는 지금 심각한 침체에 빠져 있었다. 아버지께서 쓰러지시기 전부터, 경영은 이미 눈에 띄게 흔들리고 있었다. 아버지의 부재가 도화선이되어 온갖 문제들이 수면 위로 드러났던 것이다.

사장실 한쪽 벽에는 몇 개의 액자가 걸려 있었다. 가까이 가서 보니 그중 하나는 젊은 시절 아버지의 사진이었다. 아버지가 싱그러운 도라지 밭을 배경으로 환하게 웃고 계셨다. 사진 속에는 어린 나도 아버지 곁에 서 있었다. 흙투성이 작업복 차림의 아버지가 내 어깨를 감싸 안고 있다. 그 시절 나는 그저 아버지 품에 안겨 장난치기 바빴지만, 지금 보니 아버지의 얼굴에는 뿌듯함과 희망이 가득했다.

그 옆에는 몇 장의 상장과 감사패도 나란히 걸려 있었다. '농업 기술 개발 공로 표창장', '우수 중소기업인상' 같은 굵직한 글귀들이 금박으로 새겨진 상장들이 눈에 띄었다. 아버지가 흙과 정성으로 일군 성과들을 세상이 인정해 준 증표들이었다.

나는 자연스레 아버지가 이 회사를 일구어 온 세월을 떠올렸다. 지금은 제법 규모를 갖춘 이 회사도, 시작은 아주 보잘것없었다. 아버지는 30여 년 전 이 고장 황무지나 다름없던 땅에 도라지 농사를 시작하셨다. 좋은 약재를 만들겠다는 일념으로 밭을 일구고 재배법을 연구하며 밤낮없이 노력하셨다. 당시에는 누구 하나 알아주지 않았고 생활은 넉넉지 않아 빚까지 내야 했지만, 아버지는 포기하지 않고 몇 해를 묵묵히 견뎌냈다. 마침내 20년을 넘긴 도라지를 수확하자 입소문이 나기 시작했고, 그걸 바탕으로 직접 약재를 가공해 제품을 만들기에 이르렀다. 그것이 지금의 '장생도라지'의 출발이었다.

아버지는 그렇게 흙을 믿고 사람을 얻어 신뢰를 쌓아 가며 사업을 키워 오셨다. 벽에 걸린 표창장들과 감사패는 그 지난한 세월의 결실이었다. 하지만 지금 내 앞에 놓인 현실은 그 이상과 신념만으로 감당하기 어려워 보였다. 아버지가 평생 지켜온 가치들만으로는 부족할지도 모른다는 불안이 엄습했다. 그럼에도 내가 이 발자취를 이어가지 않으면 안 된다. 그 책임을 생각하니 어깨가 다시 한 번 무거워졌다.

나는 책상 앞으로 돌아와 마음을 다잡았다. 책상 위 서류들을 하나씩 살펴보기로 했다. 가장 위에 놓인 최근 분기의 손익계산서를 들어 올렸다. 낯선 숫자들이 빼곡했다. 직장에서 쌓아 올린 재무 지식과 그동안 틈틈이 익혀 둔 회사 정보로 최대한 해독을 시도했다. 매출액 항목을 따라 손가락을 움직였다. 전년 같은 기간 대비 50% 수준으로 뚝 떨어져 있었다. 그 옆의 영업이익 항목은 전년 대비 −30%라는 절망적인 숫자를 가리키고 있었다. 손익계산서에 붉은 글씨로 선명한 적자. 그제야 회사가 이미 적자 국면에 접어들었음을 실감했다.

다음으로 재무상태표를 넘겼다. 재고자산 항목에는 10억 원이 넘는 금액이 찍혀 있었다. 완제품과 원재료 형태로 쌓여 있는 재고가 10억 원어치나 된다는 뜻이었다. 나는 머릿속으로 대략적인 재고 물량을 가늠해 보았다. 탄식이 속으로 흘렀다. 자산 대비 부채 비율도 150%를 훌쩍 넘어서 외부에서 빌린 돈으로 가까스로 운영을 이어 왔다는 사실이 드러났다. 아버지가 어디에서든 자금을 구해가며 회사를 버텨 오셨을 모습이 눈앞에 그려졌다. 그러나 그마저도 한계에 다다른 게 분명했다. 이대로 가다간 머지않아 직원들 월급조차 제때 주지 못할지 모른다는 위기감이 스쳤다.

나는 장부들을 넘기며 한 장 한 장 차분히 상황을 정리했다. 장부 구석에는 아버지가 직접 적어 둔 메모들도 간간이 보였다. "원자재 비축 확대 - 가격 변동 대비", "홍보 예산 증액 검토"같은 문구들이었다. 아버지가 손글씨로 남긴 메모들은 깨알 같은 필체였지만 정감이 갔다. 메모 한 줄 한 줄에 아버지의 고심이 서려 있는 듯했다. 그러나 그 메모들은 실행되지 못한 계획들이 된 모양이었다. 이를테면 홍보 예산 증액은 결국 이루지 못하신 듯했다. 현실적인 장벽에 부딪혔거나, 다른 더 급한 문제에 밀려 미뤄둔 일이었을 것이다.

책상 한 켠에는 두꺼운 파일철들이 나란히 꽂혀 있었다. 나는 몸을 일으켜 가장 왼쪽의 파일을 뽑았다. 표지에는 "신제품 개발 자료 - 장생도라지 응용"이라는 제목이 붙어 있었다. 파일을 펼치니 몇 년 전 날짜가 적힌 회의록, 시장 조사 보고서, 신제품 아이디어 스케치 등이 묶여 있었다. 페이지를 넘길 때마다 오래된 종이 냄새와 함께 묵은 먼지 내음이 코끝을 스쳤다. 개발 자료에까지 먼지가 내려앉은 것을 보니 꽤 오랫동안 손대지 않은 게 분명했다.

한 장 한 장 자료를 넘기다가, 마지막 장 사이에 끼워진 시제품 패키지 디자인을 발견했다. 우리 주력 상품 도라지를 현대적으로 포장해 보려 했던 시도가 엿보였다. 아버지와 직원들이 한때 열의를 갖고 검토했을 자료일 텐데, 왜 이것이 실제 제품으로 이어지지 못했을까. 보수적인 경영 기조 때문이었을까, 자금 부족 탓이었을까. 안타까움과 답답함이 동시에 밀려왔다. 회사의 정체를 보여주는 증거들이 눈앞에 쌓여 있었다.

나는 파일을 덮으며 문득 창밖을 바라보았다. 회사 앞 작은 정원에 조성된 도라지 밭이 보였다. 아버지가 직접 가꾸시던 밭이다. 아침 햇살 아래 푸른 도라지 잎들이 싱싱하게 일렁이고 있었다. 아버지는 늘 저 밭을 보며 말씀하곤 하셨다. "흙은 우리에게 약속을 지킨다"며, 좋은 땅에서 자란 도라지가 훌륭한 약재가 된다고 믿으셨다. 나는 창밖의 도라지 밭을 멍하니 바라보았다. 아버지의 철학인 '흙'의 가치가 바로 저기에 담겨 있을 것이다. 그러나 현실의 숫자들은 그런 이상만으로 회사를 꾸려가기엔 너무나 냉혹했다.

책상 쪽으로 시선을 돌리자, 내 눈에 작은 액자 하나가 들어왔다. 책상 모퉁이 전화기 옆에 놓인 액자였다. 가까이 집어 들어 보니, 그 안에는 굵은 붓글씨로 힘 있게 쓴 "흙·사람·신뢰"라는 세 단어가 보였다. 아버지가 평생 경영 신조로 삼아 오신 말씀이리라. 좋은 흙에서 좋은 도라지가 나고, 좋은 사람들이 모여야 회사가 굴러가며, 고객과의 신뢰가 있어야 사업이 지속된다는 뜻일 것이다. 머리로는 그 의미를 알 것 같았다. 그러나 현실의 벽 앞에서 이상과 신념만 붙들고 있기엔 세상이 너무 빨리 변하고 있었다. 마음 한켠에서 '그런 이상론만 고집하다가 정작 회사가 기울어버린 건 아닐까' 하는 삐딱한 의구심이 고개를 들었다.

나는 액자를 도로 내려놓으며 깊은 한숨을 내쉬었다. 흙과 사람과 신뢰만으로 쌓아 올린 이상은 모래성과 같고, 지금 내 앞에 놓인 것은 거대한 현실의 벽이었다. 이제 내게 필요한 것은 뜬구름 같은 이상이 아니라 냉철한 판단과 과감한 실행일지 모른다.

나는 액자를 내려놓고 곁에 놓인 재무제표 뭉치를 다시 집어 들었다. 차갑고 딱딱한 숫자들이 빼곡한 서류다. 그것이 의미하는 바는 우리 회사의 현주소였다. 나는 그 서류를 바라보며 입술을 깨물었다. 감상에 젖어 있을 시간이 없다. 숫자들은 상황을 솔직하게 보여주었고, 이제 이 숫자들을 바꿔 놓을 방법을 찾아야 한다. 아무리 아름다운 가치들이라도 제대로 빛을 보려면 우선 회사가 살아남아야 한다.

그렇다. 지금 내 앞에 산적한 문제들은 피한다고 해결되지 않는다. 현실의 벽은 도망친다고 해서 사라지지 않는다. 아버지가 쌓아 온 가치들은 분명 고귀하다. 그러나 그 가치를 지키기 위해서라도 나는 현실과 정면으로 마주해야 한다. 의지가 솟아올랐다. 그래, 해보는 수밖에 없다. 좌절하고 있을 시간에 하나라도 더 방법을 찾아야 한다. 아버지라면 어떻게 하셨을까? 아니, 아버지께서 못다 하신 부분은 이제 내가 해야 한다.

나는 책상 위 흩어진 서류철과 메모들을 정돈하기 시작했다. 하나씩 분류하고, 해결해야 할 과제들을 머릿속으로 차근차근 되짚었다. 우선 무엇보다 마케팅을 대폭 강화해야 했다. 우리 제품을 잘 모르는 젊은 고객층을 끌어들이기 위해 온라인 홍보와 광고를 본격적으로 추진할 필요가 있다. 사실 우리 제품은 품질에 비해 세상에 제대로 알려져 있지 않았다. 예전처럼 지인 소개나 입소문에만 의존해서는 더 버티기 어렵다. 오래된 브랜드 이미지를 현대적으로 바꾸는 작업도 시급했다.

다음으로는 새로운 거래처를 확보해 판매망을 넓혀야 한다. 그동안 전통시장과 몇몇 한약방 등 제한된 판로에 의존해 온 한계를 뛰어넘기 위해, 백화점이나 마트, 인터넷 쇼핑몰 등 새로운 유통 채널을 개척해야 할 것이다. 요즘 다른 건강식품 업체들은 TV나 인터넷 광고도 공격적으로 하는데, 우리는 그런 홍보를 하지 못했다. 기존 거래처와의 신뢰를 지키는 것도 중요하지만, 그 때문에 너무 안주해 버린 측면이 있었다.

신제품 출시 또한 더 미룰 수 없다. 개발팀에 쌓아 둔 아이디어들을 실제 상품으로 연결해야 한다. 도라지 차나 캔디처럼 젊은 층이 선호할 만한 제품을 내놓아, 사그라든 시장의 관심을 되돌려야 한다.

생산 효율을 높이는 일도 급선무다. 낡은 설비를 교체하거나 개선하고 자동화 도입 등을 추진해서 생산성을 끌어올려야 원가 경쟁력을 회복할 수 있을 것이다. 90년대에 들여온 추출기와 건조기가 여전히 돌아가는 형편이니, 생산 효율이 떨어지는 것도 무리는 아니다. 당장 자금이 들겠지만 피할 수 없는 투자다.

그리고 무엇보다 내부 소통과 협력을 증진시켜야 한다. 부서 간 벽을 허물고 모두가 회사의 문제를 공유하며 함께 해결책을 찾아가는 문화를 만들어야 한다. 위기일수록 전체가 한마음이 되어야 버텨 낼 수 있다. 내가 그 연결고리 역할을 해야 할지 모른다.

물론 이러한 변화들을 실현하려면 돈이라는 현실적인 문제도 풀어야 한다. 재정 뒷받침이 없으면 아무리 좋은 계획도 공허한 꿈에 그칠 테니, 필요한 자금을 어떻게 마련할지 머리를 짜내야 할 것이다.

생각하면 할수록 해야 할 일은 산더미였다. 솔직히 막막함이 완전히 가시지는 않았다. 이 모든 과제를 내가 어떻게 감당해야 할지 막연하게 느껴졌다. 그럼에도 불구하고 가슴 한켠에서 막 타오르기 시작한 투지가 절망을 조금씩 밀어내고 있었다. 어차피 맞닥뜨린 위기라면 정면 돌파하는 수밖에 없다. 피하지 않고 하나씩 부딪쳐 나가리라 마음먹었다.

사장실 창문 밖으로 마지막 석양이 뉘엿뉘엿 지고 있었다. 나는 창가로 걸어가 그 장면을 지켜보았다. 저녁놀에 물든 하늘은 불타는 듯 주황빛으로 빛났다. 마치 내 결의를 시험하듯 이글거리는 색이었다.

그 순간 마음속에 하나의 다짐이 단단히 자리 잡았다. 이 회사의 경영 일선에 내가 본격적으로 뛰어들 때가 온 것이다. 더 이상 주저하거나 물러설 생각은 없다. 아버지가 세운 터전을 지키고 발전시키기 위해, 그리고 함께 일하는 사람들의 미래를 위해, 이제 내가 앞장서야만 한다.

나는 주먹을 가볍게 쥐어 보았다. 손바닥에 손톱 자국이 날 정도로 힘을 주며, 천천히 그러나 굳세게 마음속으로 맹세했다.

'내가 해낸다. 어떤 현실의 벽이 앞을 가로막아도 반드시 넘어 보이겠다.'

오후 3시, 약속한 시간이 되자 나는 회의실로 향했다. 회사 2층의 작은 회의실에는 영업팀의 김 과장, 생산관리 부서의 박 부장, 개발팀의 민 대리, 회계 담당 이 대리, 품질 관리 윤 대리 등 주요 부서의 직원들이 이미 모여 있었다. 모두들 미리 와서 자리에 앉아 있었고, 내가 문을 열고 들어서자 일제히 시선이 내게로 쏠렸다. 평소에 스스럼없이 인사를 주고받던 분들도 오늘만큼은 어딘가 조심스러워 보였다. 나는 가볍게 목례하며 가장 앞쪽 자리에 섰다. 회의실 한켠에는 오래된 회전식 선풍기가 천천히 돌아가고 있었고, 그 윙윙거리는 소음마저 어색한 정적을 채우고 있는 듯했다.

"다들 와 주셔서 감사합니다."

내가 조심스레 말을 꺼냈다. 목이 살짝 갈라지는 것 같아 손에 든 물병 뚜껑을 열었다 닫았다. 테이블 끝에 앉은 영업팀 김 과장이 내 동작을 유심히 지켜보고 있었다. 그의 표정에는 긴장과 걱정이 뒤섞여 있었다. 다른 직원들도 마찬가지였다. 아무래도 오늘 이 자리가 불편할 것이다. 사장님의 아들이라는 내가 갑작스레 경영을 맡아 첫 회의를 연 것이니, 무엇을 어떻게 말해야 할지 모두 조심스러울 터였다.

"제가 이렇게 임시로나마 회사를 맡게 되어 여러분과 이야기 나누고자 합니다."

나는 최대한 차분하고 진솔한 어조를 유지하려고 애썼다.

"부족한 제가 아버지를 대신하게 되어 여러분도 많이 당황하셨을 겁니다. 저도 솔직히 떨리고 어색합니다."

고백하듯 솔직히 털어놓자 몇몇이 미묘하게 고개를 끄덕이는 게 보였다.

"하지만 우리 회사가 어렵다는 건 다들 느끼고 계실 겁니다. 저는 이 상황을 어떻게든 개선해 보고 싶어서 여러분의 도움을 청하려 합니다."

여전히 정적이 감돌았다. 나는 회의 테이블 위에 가져온 수첩과 펜을 내려놓고 회의실을 둘러보았다. 타원형 테이블을 따라 직원들이 앉아 있었지만, 대부분 몸을 약간 뒤로 빼고 웅크린 듯한 자세를 취하고 있었다. 마치 꾸중이라도 들을까 봐 조심스러워하는 학생들 같았다. 그들의 마음이 이해되지 않는 건 아니다. 아버지께서 계실 때 이렇게 다 함께 속내를 털어놓는 자리를 가진 적이 거의 없었을 것이다. 더구나 이제 막 대표 대행으로 온 내가 정말 그들의 말을 듣고 받아들일지 확신하지 못할 수도 있다.

"오늘은 그냥 편하게 이야기하는 시간이라고 생각해 주세요."

나는 최대한 부드러운 미소를 지으며 말을 이었다. "지금 회사가 많이 힘든 상황인데, 각자 느끼시는 문제점이나 바라는 점… 어떤 것이든 괜찮습니다. 솔직하게 말씀해 주시면 좋겠습니다. 제가 모르는 것 투성이니까요."

몇몇 직원들이 서로 눈치를 살피는 기색이 역력했다. 영업팀 김 과장은 안경 너머로 나를 힐끗 보더니, 다시 두 손을 반듯이 모은 채 시선을 테이블 위 종이컵에 떨어뜨렸다. 생산관리팀의 박 부장은 입술을 꾹 다문 채 무릎 위에 포개놓은 손만 매만졌다. 누구도 선뜻 입을 떼지 못했다.

회의실 안 공기가 더욱 무거워졌다. 선풍기 날개가 돌아가는 소리가 유난히 크게 들렸다. 어색함을 깨기 위해 내가 먼저 사례를 들어 보기로 했다.

"음… 예를 들면, 요즘 우리 제품 판매가 왜 줄고 있는지에 대한 여러분 생각을 듣고 싶습니다. 시장 상황이나 내부 문제점들에 대해서 뭐든 좋습니다."

그래도 침묵이었다. 누군가 헛기침을 했고, 다른 누군가는 앞에 놓인 노트를 건드리기만 했다. 속이 타들어 갔다. 하지만 포기하지 않고 말을 이었다.

"어떤 이야기라도 괜찮습니다. 이 자리에서 나온 말씀은 절대 누굴 탓하거나 책임을 묻기 위한 게 아닙니다. 우리가 문제를 정확히 알아야 해결도 할 수 있으니까요. 편하게 말씀해 주세요. 저는 오늘 여러분 말씀을 듣고 배우러 온 겁니다."

내 진심이 전해졌기를 바라며 한 사람 한 사람의 얼굴을 살폈다. 그러자 정면에 앉은 회계 담당 이 대리가 조심스럽게 입을 열었다.

"그럼… 제가 말씀드려도 될까요?"

나는 반색하며 고개를 끄덕였다.

"네, 이 대리님. 편하게 말씀해 주세요."

이 대리는 서류철을 앞으로 끌어당기고 바른 자세로 앉았다. 그는 잠시 말을 골랐다가, 조용하지만 또렷한 목소리로 이야기를 시작했다.

"일단… 요즘 매출이 많이 떨어진 가장 큰 이유 중 하나는, 새로운 거래처 확보가 안 되고 있다는 점인 것 같습니다." 모두 그의 말에 귀를 기울였다.

"기존 거래처들도 주문량을 줄이고 있고, 젊은 고객층을 겨냥한 새로운 판로를 개척해야 하는데, 적극적인 영업이나 마케팅이 부족했습니다. 사실 예전부터 온라인 판매나 홍보 쪽을 강화해야 한다는 얘기가 조금씩 나오긴 했는데, 실행이 안 됐습니다."

나는 재빨리 펜을 움직여 그의 말을 받아 적었다. 온라인 판매와 홍보 부족… 이미 아버지의 메모에서도 보았던 부분이다. 이 대리의 발언이 신호탄이었는지, 옆에 앉은 영업팀 김 과장이 입을 열었다. 얼굴이 약간 상기된 그는 두 손을 모은 채 말을 이어 갔다.

"네, 맞습니다. 저희 영업팀에서도 사실 몇 차례 건의드린 적이 있었습니다. 전통시장 상인 분들과 한약방에 납품하는 정도로는 한계가 있으니, 백화점이나 온라인 쇼핑몰 같은 새로운 유통 채널을 좀 열어보자고요. 그런데 사장님께서는 기존 거래처와의 신뢰를 더 중시하시다 보니, 너무 공격적으로 판로를 넓히는 건 경계하셨습니다."

김 과장의 목소리에는 조심스러움과 아쉬움이 섞여 있었다. 아버지를 직접 언급하면서도 최대한 예의를 갖추려는 태도였다. 김 과장의 말을 들으며 내 마음이 복잡해졌다. 아버지가 지켜 온 원칙이 오히려 새로운 기회를 막는 족쇄가 되어 버린 셈이었다. 직원들 역시 사장님의 뜻을 잘 알기에 좀처럼 이런 걱정을 드러내 말하진 못했을 것이다. 그의 조심스러운 목소리에는 그동안 속으로 쌓아 두었던 안타까움이 배어 나오는 듯했다.

"그렇군요…"

나는 조용히 맞장구치며 더 말을 해 달라는 듯 고개를 끄덕였다. 김 과장은 용기를 얻은 듯 말을 이었다.

"그리고 가격 정책 면에서도, 품질은 저희가 최고라고 자부하지만 단가가 높다 보니 소비자층이 제한적이었습니다. 사장님께서 워낙 원칙을 지키시는 분이라 원가 절감을 위해 품질을 타협하지 않으셨거든요. 저희로서는 그 부분이 자랑스러우면서도, 한편으로는 시장 경쟁에서 불리하다고 느꼈습니다. 젊은 사람들은 우리 제품이 뭔지도 모르는 경우가 많으니까요."

품질과 가격, 그리고 낮은 인지도와 제한된 고객층… 나는 빠르게 노트에 키워드를 적어 내려갔다.

그러자 맞은편에 앉아 있던 생산라인 책임자 박 부장이 천천히 손을 들었다. 내가 "네, 박 부장님 말씀하십시오"하자, 굳었던 표정을 풀고 조심스럽게 말을 꺼냈다.

"생산 쪽에서도 드릴 말씀이 있습니다. 저희 공장에서 사용하는 설비들이 많이 낡았습니다. 사실 몇 년 전에 설비 교체 예산을 요청드린 적이 있었는데, 회사 사정 때문에 무산됐지요. 그래서 생산 효율이 점점 떨어지고, 같은 시간에 남들은 100개를 만들 때 저희는 70, 80개밖에 못 만드는 실정입니다. 인건비도 계속 오르는데 생산성 개선은 제자리다 보니, 단가 경쟁력이 더 떨어졌고요."

그는 어렵게 말을 꺼낸 듯 목소리는 작았지만, 내용은 묵직했다. 노후 설비로 인한 생산성 문제, 인건비 상승과 생산성 정체… 나는 이 부분도 빠짐없이 받아 적었다. 곰곰이 생각해 보니 재무제표에 드러난 제조 원가 비중이 커진 것도 이 때문일 수 있었다. 아버지는 아마 여력이 없어 설비 투자를 못 하셨거나, 위험 부담을 지고 싶어하지 않으셨겠지.

이번에는 개발팀의 젊은 직원, 민 대리가 머뭇거리며 손을 들었다. "저…

저도 한 말씀 드려도 될까요?" 아직 긴장이 채 가시지 않은 목소리였지만 용기를 낸 눈치였다. 내가 미소 지으며 고개를 끄덕이자, 그는 준비해 온 듯 앞에 놓인 메모를 한번 보고는 말을 이었다.

"저는 개발팀에 있다 보니, 신제품 관련해서 느낀 점이 있습니다. 사실 저희가 몇 년 전부터 도라지 관련 새로운 제품 아이디어를 여러 번 냈었거든요. 차, 캔디… 젊은 층도 좋아할 만한 다양한 형태로요. 그때마다 검토는 했지만 최종 결정이 나지 않고 흐지부지됐습니다. 아무래도 회사가 어려우니 모험을 피한 게 아닐까 싶습니다. 그런데 그동안 경쟁사들은 이미 유사한 신제품들을 내놓아서 시장을 선점해 버렸습니다…"

민 대리는 말끝을 흐리며 아쉬워했다. 회의실 여기저기서 그의 말에 공감하는 듯한 한숨이 터져 나왔다. 나 역시 낮에 본 개발 자료들이 떠올라 마음이 무거웠다. 좋은 아이디어들이 있었지만 실행되지 못한 채 묵혀 둔 현실이 씁쓸했다.

잠시 정적이 흘렀다. 이제 다른 이들의 표정도 조금 누그러진 것 같았다. 한 번 말을 터놓고 나니 마음이 놓였는지, 여기저기서 고개를 끄덕이며 서로의 의견에 공감하고 있었다. 처음 얼어붙었던 분위기는 다소 풀리고 있었다. 나는 이 기회를 놓치지 않고 계속 질문을 던졌다.

"말씀 감사합니다. 혹시 또 다른 의견이나 우리 회사의 문제라고 생각하시는 부분이 있으면 편하게 말씀해 주세요. 사소한 것이라도 좋습니다."

그러자 품질 관리 담당 윤 대리가 망설이다가 입을 열었다.

"사실 내부 소통도 좀 문제였던 것 같습니다. 어려운 상황일수록 부서

간에 자주 정보를 공유하고 대책을 논의해야 하는데, 부서별로 따로 움직이고 서로 답답해 하는 경우가 많았습니다. 모두들 원장님의 지시만 기다리느라, 부서 간 협의는 적극적이지 못했던 것 같아요."

그러고 보니 회사에 팀워크가 부족했다는 지적이다. 내가 미간을 살짝 찌푸리며 받아 적자, 윤 대리는 놀란 듯 손을 내저었다.

"아, 그게 누구 잘못이라기보다, 그냥 회사 분위기가 그렇게 흘러왔다는 뜻입니다. 워낙 오랫동안 해 오던 방식이 안 변해서요."

그는 황급히 부연했다. 내가 고개를 끄덕이며 "말씀 감사합니다" 하고 웃어 보이자 그제야 안심하는 표정이었다. 나는 한 사람 한 사람의 의견을 경청하며 수첩에 빼곡히 적어나갔다. 어느새 수첩 여러 장이 글자로 가득 찼다. 이야기하는 사람들의 목소리는 때로 떨리고 작았지만, 그 안에는 회사를 향한 애정과 안타까움이 배어 있었다. 직원들은 어렵게 입을 뗀 만큼 진심을 담아 말하고 있었다. 나는 그들의 말을 끊지 않고 끝까지 들으려 애썼다. 중간중간 이해를 돕기 위한 질문을 던졌고, 이해한 부분은 되짚어 확인했다. 그렇게 약 한 시간 남짓이 흘렀다.

모두가 한두 번씩은 발언을 하고 나서자, 자연스럽게 말의 흐름이 잦아들었다. 이제 이 자리에서 할 이야기는 거의 다 나온 듯했다. 회의실에는 긴 한숨과 함께 정적이 찾아왔다. 그러나 처음의 그 숨 막히던 정적과는 달리, 지금은 막막함과 숙연함이 감도는 분위기였다. 각자가 자신의 말을 곱씹으며 앞으로 어떻게 해야 할지 생각에 잠긴 듯했다.

"소중한 의견 감사합니다." 내가 마침내 입을 뗐다. 목소리가 살짝 잠겨 나왔다. 나 역시 마음이 울컥해졌다. 직원들의 솔직한 말을 들으며, 이 회사가 그저 숫자와 물건으로만 이루어진 게 아니라는 걸 새삼 느꼈다. 사람들의 땀과 열정, 그리고 삶이 고스란히 배어 있었다. 그들의 일자리와 가정까지 이 회사에 달려 있다고 생각하니 가슴 한켠이 뜨거워졌다. 이런 회사를 지켜 내지 못하면 안 된다는 절박함이 불타올랐다.

"말씀해 주신 내용은 제가 다 적어 두었습니다." 나는 노트를 들어 보이며 말했다. "여러분이 느끼시는 문제점들, 그리고 그 속에 담긴 회사에 대한 애정을 잘 알겠습니다. 들어보니 제가 몰랐던 것도 많네요. 다 제 부족함이라고 생각합니다."

"아닙니다, 대표님." 영업팀 김 과장이 얼른 손사래를 쳤다. "사실 이런 말씀을 드릴 기회가 없었는데, 이렇게 자리를 마련해 주셔서 감사합니다. 저희도 회사가 잘 되길 바라는 마음은 모두 같으니까요."

몇몇이 고개를 끄덕이며 동의했다. 나는 차분히 한 사람 한 사람의 얼굴을 바라보았다. 아까와 달리 모두 눈을 피하지 않고 나를 마주 보았다. 드디어 서로의 진심이 통한 듯했다.

"네, 저야말로 이렇게 말씀해 주셔서 감사합니다." 나는 가볍게 목례했다.

"오늘 나온 문제들에 대해서는 하나씩 같이 해결책을 찾아 봅시다. 저도 부족하지만 앞으로 여러분과 함께 뛰면서 최선을 다해 볼 테니, 앞으로도 솔직하게 말씀해 주십시오. 우리 모두 같은 목표를 가지고 있으니까요."

"네."

희미하지만 힘 있는 대답들이 여기저기서 들려왔다. 나는 회의를 마무리하며 말했다.

"다들 업무로 바쁘실 텐데 시간 내 주셔서 고맙습니다. 앞으로도 자주 소통하면서 이 어려움을 함께 이겨 나갔으면 합니다."

그리고 밝게 웃으며 한 마디를 덧붙였다. "아직 많이 배워야 하는 저를 잘 부탁드립니다."

사람들이 미소를 지으며 하나둘 고개를 끄덕였다. 굳어 있던 분위기가 한층 부드러워졌다. 회의실 밖으로 나오며 몇몇은 서로 작게 대화를 나눴다. 박 부장은 회의실 문 앞에서 내 어깨를 두드리며 조용히 말했다.

"대표님, 힘내십시오. 저희도 같이 뛰겠습니다." 그 순간 뜨거운 것이 목까지 치밀어 올라 나는 잠시 말문이 막혔다. 대표님. 나는 이제 장생도라지의 대표다. 나는 겨우 미소 지으며 "네, 고맙습니다" 하고 답했다. 함께 나오던 직원들은 환하게 웃으며 고개를 끄덕였다. 나는 연신 허리를 숙여 인사했다. 이렇게 첫 간담회는 예상보다 잘 끝난 셈이었다.

간담회를 마친 뒤, 회의실에 홀로 남았다. 수첩을 덮어 손에 쥔 채 멍하니 탁자 위를 바라보았다. 방금 쏟아져 나온 이야기들이 머릿속에서 소용돌이쳤다. 영업, 마케팅, 생산, 개발, 조직 소통까지… 지적된 문제들만 해도 한두 가지가 아니었다. 한꺼번에 너무 많은 것들이 쏟아져 나와 숨이 막힐 지경이었다. 수첩을 내려다보니 빼곡한 글자들이 마치 나를 짓누르는 무게처럼 느껴졌다.

"이 많은 문제를 내가 다 해결할 수 있을까…"

텅 빈 회의실에 나지막이 중얼거렸다. 아무도 없는 공간에 울린 내 소리는 한없이 작고 불안했다. 오후 늦은 햇살에 회의실 공기가 부옇게 빛나고 있었다. 창문 너머로 석양빛이 비쳐들고, 테이블 위 먼지들이 주황빛 속에 떠올랐다. 해가 저물어 가는 모양이었다. 한숨이 절로 나왔다. 현실의 무게가 이렇게까지 클 줄은 몰랐다. 아버지가 지켜 온 이 회사가 벼랑 끝에 서 있다는 사실을 절감하니 아찔했다.

나는 천천히 자리에서 일어나 회의실 창문을 열었다. 답답한 가슴에 바깥 공기를 쐬고 싶었다. 창밖으로 시원한 바람 한 줄기가 들어와 땀에 촉촉한 이마를 식혀 주었다. 회사 마당이 한눈에 내려다보였다. 그 한쪽에 작은 도라지 밭이 보였다. 낮에 봤던 그 푸른 도라지 잎들이 석양 아래 더욱 짙은 색으로 보였다.

작은 도라지 밭에서 출발한 회사. 언젠가 아버지의 말씀처럼 흙과 도라지는 거짓이 없을지 모른다. 그러나 시장은, 세상은 정직하기만 한 곳이 아니었다. 정성을 다했다고 반드시 보답을 주는 것도 아니었다. 나는 세상의 차가움을 알기에 아버지의 순수한 믿음을 온전히 공감하지 못했다. 그리고 지금 마주한 회사의 위기가 바로 그 간극에서 비롯된 것은 아닌지 의심이 들었다.

회의실 창가에 기대어 나는 아까 들은 직원들의 말을 되새겨 보았다. 핵심은 분명했다. 우리 제품의 경쟁력이 예전 같지 않다는 것이다. 품질은 뛰어나지만 시대의 변화에 발맞추지 못했고, 그 결과 판매망은 제한적이고 매출은 감소했다. 홍보 부족, 유통 채널 부족, 높은 가격과 낮은 인지도. 내부

적으로는 낡은 생산 시설과 떨어지는 생산성, 부서 간 소통 부족으로 조직 분위기마저 침체. 한마디로 전반적인 경영 관리 실패다. 뼈아픈 진실이었다. 나는 이를 똑똑히 인정할 수밖에 없었다.

"결국 아버지와 우리 모두의 잘못이야…"

속으로 그렇게 중얼거리며 쓰린 마음에 창틀을 힘주어 잡았다. 손끝에 느껴지는 차가운 창틀의 감촉이 현실을 일깨웠다. 그래, 현실이다. 지금 우리가 처한 상황은 이상이나 희망이 아닌 냉혹한 현실이었다. 흙과 사람과 신뢰만 외치며 버텨 오기엔 세상이 너무 변해 있었다. 아버지의 가치는 고귀했지만, 경영은 그것만으로 되는 게 아니었다는 증거가 바로 눈앞에 펼쳐져 있었다.

피할 수 없다면 부딪쳐야 한다. 현실의 벽은 도망친다고 사라지지 않는다. 아버지가 쌓아 온 가치들은 중요하다. 그러나 그 가치를 지키기 위해서라도 나는 현실과 정면으로 맞서야 한다.

나는 책상 위에 흩어진 서류들과 메모를 가지런히 정리하며 마음을 추슬렀다. 그리고 해야 할 일 목록을 머릿속으로 다시금 떠올렸다. 방금 다짐한 대로 하나씩 실천해 갈 것이다. 그 전에, 가장 먼저 해야 할 일이 있었다.

나는 다음 날로 내 개인 자산들을 최대한 빠르게 처분했다. 직장 생활을 하며 모았던 돈, 전셋집 보증금, 적금 등 있는 것들을 모두 끌어모아 현금을 마련하고, 은행을 찾아갔다. 이미 회사와 아버지의 빚들은 연체가 시작되었기에, 자칫 은행에서 공장을 경매에라도 넘겨버린다면, 더는 돌이킬 방법이 없기 때문이었다. 나는 무작정 찾아간 은행의 기업금융팀 과장에게 연체된

이자와 원금 일부를 갚으며, 말 그대로 간청하듯 말했다.

"과장님, 이것으로 끝이 아니라는 것 잘 압니다. 하지만 저희에게도 기회가 필요합니다. 제가 회사를 살릴 구체적인 방안을 가지고 있습니다. 부디 은행의 책임자분께 이 계획을 설명하고, 상환 유예 및 조건 변경을 협의할 수 있는 자리를 마련해주십시오. 단 일주일만이라도 시간을 주시면, 실현 가능한 계획을 보여드리겠습니다."

내 간절한 눈빛과 단호한 태도에 은행 과장은 잠시 생각에 잠기더니, 어렵게 입을 열었다. "알겠습니다. 대표님의 의지는 충분히 알겠습니다. 일단 부장님께 보고드리고, 가능한 한 빨리 답변을 드리도록 하죠. 하지만 큰 기대는 하지 마십시오."

희망과 불안이 교차하는 복잡한 심정으로 은행을 나섰다. 이제부터가 진짜 시작이었다. 일주일 안에 은행을 설득할 수 있는 구체적이고 실현 가능한 회생 방안을 만들어야 했다. 밤샘 작업이 불가피해 보였다. 나는 곧장 공장으로 돌아와 박 기사님과 핵심 직원 몇 명을 불러 모았다. 우리의 모든 것을 걸고, 마지막 승부수를 던져야 할 때였다.

밤늦게까지 이어지는 회의와 서류 작업에 몸은 파김치가 되었지만, 정신력으로 버텼다. 중간중간 병원에 들러 아버지 상태를 살피고 어머니를 안심시키는 것도 잊지 않았다. 아버지는 조금씩 차도를 보이고 계셨지만, 여전히 회사 걱정을 놓지 못하셨다. 나는 애써 괜찮다고, 잘 되어가고 있다고 말씀드리며 아버지를 안심시켰지만, 마음 한구석은 무거웠다.

며칠 후, 은행으로부터 연락이 왔다. 본사 심사역과 지점장, 그리고 여신 담당 부서장이 참석하는 회의가 사흘 뒤로 잡혔다는 통보였다. 심장이 쿵 내려앉는 것 같았다. 우리 회사의 운명이 결정될 시간이 다가오고 있었다. 남은 사흘 동안, 우리는 밤낮없이 프레젠테이션 자료를 만들고 예상 질문에 대한 답변을 준비했다. 나는 수십 번이고 발표 연습을 반복하며, 우리가 가진 마지막 기회를 어떻게든 살려내기 위해 필사적으로 매달렸다.

발표 자료에는 회사의 현황과 문제점, 단기적인 유동성 위기 극복 방안, 그리고 중장기적인 성장 전략과 예상 수익까지 상세하게 담았다. 특히 내가 개인 자산을 처분하여 일부 채무를 변제한 사실과, 추가적인 사재 출연 의사까지 명시하며 우리의 강력한 회생 의지를 피력했다. 마지막 장에는 아버지께서 평생을 바쳐 일궈온 이 회사를 반드시 살려내겠다는 내 다짐을 짧지만 진솔하게 담았다.

다음 날 아침, 나는 평소보다 조금 일찍 일어나 깨끗하게 정장을 차려입었다. 거울 앞에 선 내 모습은 수척해 보였지만, 눈빛만큼은 그 어느 때보다 단단했다. 박 기사님이 운전하는 차를 타고 은행으로 향하는 내내, 나는 창밖의 풍경을 보며 심호흡을 했다. '할 수 있다. 반드시 해낸다.' 스스로에게 몇 번이고 되뇌었다. 은행 건물 앞에 도착하자, 거대한 유리 건물이 위압적인 모습으로 나를 내려다보는 듯했다. 긴장감에 마른 침이 넘어갔지만, 나는 애써 태연한 표정을 지으며 차에서 내렸다. 이제 결전의 시간이었다.

은행 안내 직원의 안내를 받아 도착한 회의실은 생각보다 넓고 중후했다. 긴 테이블 상석에는 지점장과 여신 담당 부서장, 그리고 처음 보는 중년의 남성 한 명이 더 앉아 있었다. 본사에서 나온 심사역인 듯했다. 그들의 표정은 하나같이 무표정했고, 회의실 안의 공기는 무겁게 가라앉아 있었다. 박 기사님은 자료를 세팅한 후 내 옆자리에 배석했다

"안녕하십니까, 이영춘입니다. 바쁘신 와중에도 귀한 시간을 내주셔서 감사합니다."

나는 준비한 자료를 펼치며 프레젠테이션을 시작했다. 처음에는 목소리가 조금 떨렸지만, 아버지께서 평생을 바쳐 일궈온 회사에 대한 이야기, 그리고 내가 회사를 살리기 위해 어떤 각오를 하고 있는지 진심을 담아 설명하면서 조금씩 안정을 되찾았다. 회사의 부실 원인을 솔직하게 인정하고, 우리가 마련한 단기 유동성 위기 극복 방안과 중장기 성장 전략을 차근차근 설명해 나갔다. 비용 절감 계획, 주력 상품 변경 및 프리엄화 전략, 신규 온라인 판로 개척, 그리고 무엇보다 내가 개인 자산을 투입해 급한 불을 껐으며, 앞으로도 회사가 정상화될 때까지 사재를 출연할 각오가 되어 있다는 점을 강조했다.

발표가 끝나자, 침묵이 흘렀다. 본사 심사역으로 보이는 이가 가장 먼저 입을 열었다.

"대표님의 회사 정상화 의지는 잘 알겠습니다. 하지만 계획이라는 것이 항상 생각대로 되는 것은 아닙니다. 제시하신 매출 목표나 비용 절감 효과가 계획대로 이루어지지 않을 경우에 대한 대비책은 있습니까?"

날카로운 질문이었다. 나는 솔직하게 모든 위험 요소를 고려하고 있으며, 단계별 목표 미달성 시 즉각적으로 시행할 수 있는 비상 계획도 준비되어 있다고 답변했다. 이어서 지점장과 여신 담당 부서장도 회생 계획의 구

체적인 실행 가능성과 담보 가치 하락 문제, 추가 자금 지원 없이 자체적으로 버틸 수 있는지 등에 대해 꼬치꼬치 캐물었다.

한 시간 넘게 이어진 질의응답 시간 동안 나는 진땀을 흘리면서도 최대한 성실하고 논리적으로 답변하려 노력했다. 때로는 압박감에 숨이 막힐 것 같았지만, 여기서 무너지면 모든 것이 끝이라는 생각으로 버텼다.

모든 질문이 끝나고, 은행 관계자들은 잠시 자기들끼리 의견을 나누는 듯했다. 그 짧은 시간이 영원처럼 느껴졌다. 마침내 지점장이 입을 열었다.

"대표님의 열정과 계획은 잘 들었습니다. 솔직히 저희도 귀사에 대한 채권 회수가 불투명한 상황이라 고민이 많았습니다." 그는 잠시 말을 끊었다가 이어갔다. "대표님의 개인 자산 투입과 진정성을 고려하여, 저희 은행은 일단 귀사에 대한 법적 조치는 당분간 보류하기로 결정했습니다."

순간, 나는 안도의 한숨을 내쉴 뻔했다. 하지만 그의 말은 아직 끝나지 않았다.

"또한, 오늘 제시하신 회생 계획을 면밀히 검토한 후, 합리적이라고 판단될 경우 대출 원금 상환을 일정 기간 유예하고 이자율 조정을 포함한 채무 재조정안을 긍정적으로 고려해볼 생각입니다. 다만, 이는 어디까지나 대표님의 계획이 성공적으로 이행된다는 전제하에서입니다. 저희는 매 분기별로 귀사의 경영 실적을 점검하고, 계획 이행 여부에 따라 언제든지 기존 방침을 철회할 수도 있다는 점을 명심하셔야 합니다."

완벽한 승리는 아니었지만, 최악의 상황은 피한 셈이었다. 나는 자리에서 일어나 깊이 고개를 숙였다.

"감사합니다. 정말 감사합니다. 반드시 회사를 정상궤도에 올려놓아 보답하겠습니다."

지점장은 가벼운 미소와 함께 악수를 청해왔다.

"기회를 드린 만큼, 대표님께서도 책임 있는 모습을 보여주시길 기대하겠습니다."

은행을 나서는 발걸음은 천근만근 무거웠던 올 때와는 달리 조금은 가벼워져 있었다. 하늘을 올려다보니, 잿빛 구름 사이로 한 줄기 햇살이 비치고 있었다. 아직 넘어야 할 산이 많았지만, 일단 가장 큰 고비는 넘긴 것 같았다. 박 기사님도 옆에서 "대표님, 정말 잘 해내셨습니다. 이제 진짜 시작입니다!"라며 내 어깨를 두드렸다.

대표님. 나는 대표의 자격으로 이 자리에 서 있었다는 사실이 실감되었다. 막막함이 완전히 사라진 건 아니지만, 이상하게도 마음속에 불붙은 투지가 절망을 조금씩 몰아내고 있었다. 그렇다, 이렇게 된 이상 정면 돌파뿐이다. 피하지 않고 하나씩 부딪쳐 나가리라.

나는 병원이 있는 쪽으로 조용히 차를 몰았다. 가로등 불빛들이 차창 밖으로 쓸쓸히 스쳐 지나갔다. 낮에 마주했던 회사의 모습들이 계속해서 머릿속을 맴돌았다. 아침에 회사를 향하던 나와 지금 병원으로 향하는 나는 분명 달라져 있었다. 두려움보다는 결심이 자리를 잡고 있었다. 오늘 있었던 일들을 아버지께 전해 드리고 싶었다. 아니, 무엇보다도 아버지 곁을 지키고 싶었다.

늦은 밤 병실은 고요했다. 아버지가 입원해 계신 병실 문을 살그머니 열고 안으로 들어섰다. 작은 스탠드 불빛 아래, 아버지는 깊이 잠들어 계셨지만, 얼굴은 여전히 수척해 보였다. 불과 얼마 사이에 살이 부쩍 빠지신 듯했다. 그래도 안색은 전보다 한결 나아 보였다. 침대 옆에서는 링거액이 한 방울 한 방울 떨어지고 있었다. 나는 최대한 소리를 내지 않으려고 조심하며 아버지 곁으로 다가갔다.

침대 옆 의자에 앉아 아버지의 손을 살며시 잡았다. 여전히 굳은살이 느껴지는 거친 손이었다. 농사일과 사업으로 평생 고생하신 세월이 고스란히 새겨진 손… 그 손이 지금은 각종 의료 기계에 의지한 채 힘없이 놓여 있다는 사실에 가슴이 아렸다.

"아버지… 저 왔어요."

나는 아주 작은 소리로 말을 건넸다. 낮에 마주했던 회사의 모습들이 주마등처럼 스쳐 갔다. 책상 위에 쌓인 장부들, 먼지 쌓인 개발 자료, 그리고 간담회에서 본 직원들의 진지한 얼굴들… 그리고 무엇보다 아버지의 빈자리가 빚어낸 공허함까지. 나는 아버지의 손을 꼭 잡은 채 조용히 속삭이기 시작했다.

"인제 걱정 마세요. 제가 반드시 지켜 낼 거예요."

말을 잇다 보니 눈시울이 뜨거워졌다. 나는 얼른 한 손으로 눈가를 훔쳤다. 아버지는 여전히 대답이 없었지만, 잡고 있던 손끝에 약간의 온기가 도는 듯했다. 마치 내 말을 알아듣고 계신 듯, 아버지의 손가락이 희미하게 내 손을 잡았다 놓으시는 것만 같았다. 나는 마지막으로 마음 깊은 곳의 각오를 힘주어 전했다.

"그러니까 아버지, 아무 걱정 마시고 푹 쉬세요. 꼭 건강해지셔야 합니다. 회사는… 제가 반드시 다시 일으켜 세워 보이겠습니다."

나는 한동안 더 말을 잇지 못하고 아버지의 손만 잡고 있었다. 그러다 천천히 일어나 이불을 끌어 올려 드리고, 괜히 주변을 한 번 정돈했다. 아버지는 여전히 깊은 잠에 빠져 계셨다.

혁신으로 피어나는 새싹

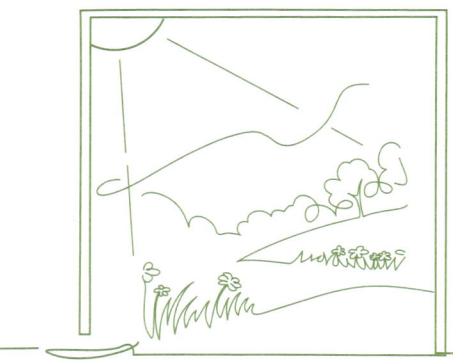

아버지는 다행스럽게도 얼마 지나지 않아 병상에서 일어나셨다. 병상에서 일어나신 아버지가 처음으로 향하신 곳은, 당연하게도 도라지 밭이었다. 회사에서 관리하는 도라지 밭에 선 아버지의 옆모습은 마치 이 땅의 일부인 양 단단하고 평온해 보였다. 가까이 다가서니 아버지의 머리칼엔 어느새 흰빛이 눈에 띄게 늘었다. 햇볕에 그을린 구리빛 얼굴과 굵고 거친 손마디가 세월의 풍상을 말해주는 듯했다. 허리도 예전보다 굽은 듯했고, 걸음걸이에도 미세한 느림이 배어 있었다. 평생 강인하시던 아버지도 이제는 적지 않은 연세가 되신 게 느껴졌다. 그 모습을 보니 마음 한켠이 짠해졌지만, 그럴수록 나는 더욱 마음을 다잡았다.

아버지가 일구신 것을 지키고 발전시켜야 할 책임이 내 어깨에 서서히 내려앉고 있다는 생각이 들었기 때문이다. 아버지는 말없이 밭둑을 따라 천천히 걸으며 주변을 둘러보고 계셨다. 내리쬐는 햇살에 눈이 부신지 손을 미간 위에 얹고 먼 곳을 바라보는 모습이 눈에 들어왔다. 농장 한 켠에 자리 잡은 작은 창고, 그리고 그 곁에 놓인 손에 익은 농기구들까지, 아버지의 시선이 스치는 곳마다 세월의 흔적이 깃들어 있었다. 나는 그 뒤를 몇 걸음 떨어져 조용히 따랐다. 굳이 말을 섞지 않아도 함께 농장을 둘러보는 이 순간이 내게는 익숙하고도 소중했다. 아버지와 아들이 나란히 밭을 도는 아침 풍경은 늘 그랬듯 잔잔하고 담담했다.

"볕이 좋네." 아버지가 문득 중얼거리듯 말씀하셨다. 나는 그런 아버지의 옆을 따라 걸으며 준비해 온 이야기를 조심스레 풀어나가기 시작했다.

"우리 회사를 앞으로 어떻게 꾸려가면 좋을지 고민해 봤습니다."

나는 말을 꺼낸 뒤 아버지의 눈치를 살폈다. 아버지는 여전히 앞을 보며 걸었지만 내 말에 귀를 기울이고 계셨다.

"철학은 지키되, 혁신이 필요합니다."

"혁신?"

내가 내린 답은 전통을 지키되 시대의 변화를 받아들이는 것이었다.

"우선, 우리 도라지 밭을 유기농 재배 단지로 인증을 받아야 합니다." 내가 조심스레 말을 꺼내자, 아버지의 눈빛이 미묘하게 변하는 것을 느꼈다. 다행히 부정적이라기보다는 의아함과 관심이 섞인 표정이었다.

"우린 애초부터 농약 같은 건 안 썼잖아."

사실이었다. 아버지는 벌레를 막기 위해 최소한의 자연 유래 농약만 쓰거나, 웬만하면 손으로 잡아내는 수고를 아끼지 않으셨다. 화학비료 대신 직접 담근 퇴비를 써 왔고, 그런 아버지를 곁에서 본 나도 자연스레 따라 배웠다. 겉으로 보기엔 이미 충분히 '유기농'이라 할 만한 농법이었다.

"저도 누구보다 잘 알지요. 그래서 더욱 공식적으로 '유기농 인증'을 받아 놓으면 좋겠다는 생각입니다. 요즘 소비자들은 눈으로 직접 보지 않으면 믿지를 못합니다. 우리가 농약 안 쓰고 정성으로 키운다는 걸 알리려면, 친환경이나 유기농 인증 마크를 받는 게 좋을 것 같습니다."

나는 천천히 설명을 이었다.

"우리 제품에 그 마크가 붙으면 사람들이 신뢰하고 찾아줄 거예요."

아버지는 잠자코 내 말을 듣고만 계셨다.

"그런데, 유기농 단지를 조성하려면 사실 우리 밭만 가지고는 부족합니다."

나는 주위를 둘러보며 말을 이었다. 우리가 서 있는 이곳에서 멀리 보이는 언덕 너머까지, 이 마을에는 크고 작은 도라지 밭들이 여럿 있다. "마을에 있는 다른 밭들도 함께 참여해서, 주변 몇 개 마을을 유기농 재배 시범 단지로 지정받을 수 있다고 들었습니다."

"남의 밭까지?"

"네. 혼자서 하기보단, 이왕이면 이웃 농가들과 같이 하면 좋을 것 같아서요." 나는 서둘러 부연 설명을 했다. "혼자 농사 지어 봐야 규모가 작으면 한계가 있으니, 마을 분들과 협력해서 큰 틀을 만들자는 거죠. 다 같이 유기농으로 전환해서 생산량도 늘리고 품질도 같이 관리하면… 우리 마을 도라지를 하나의 브랜드로 키울 수 있을 거라고 봅니다. 그러면 생산자들끼리 경쟁하기보다 힘을 합쳐 제값을 받고 팔 수 있을 테고, 생긴 이익은 함께 나누는 구조가 되겠지요. 소비자들도 믿고 찾을 수 있고요. 결국 다 같이 잘되는 상생의 길이겠지요."

아버지는 팔짱을 낀 채 천천히 고개를 끄덕였다.

"다 같이 유기농으로 하자는 게 쉬울까 모르겠다만…" 하고 아버지는 걱정 반, 흥미 반 담긴 목소리로 말씀하셨다. 나 역시 그 부분이 가장 어려우리라는 것을 알고 있었다. 주변 농가들을 설득하고 모두 함께 새로운 방식을 도입한다는 게 어디 쉬운 일이겠는가. 하지만 뜻이 옳다면 해볼 만한 가치가 있다고 생각했다.

"물론 쉽지 않겠지요." 나는 솔직히 인정했다. "하지만 제가 이웃 어르신들하고 천천히 이야기 나눠 보겠습니다. 이미 젊은 후계농 몇 분은 관심을 보이고 계십니다. 농업기술센터에서도 유기농 전환 지원을 해준다고 했습니다. 사실 지난주에 시청에서 열린 친환경 농업 설명회에 다녀왔습니다."

나는 구체적인 이야기도 덧붙였다.

"그 자리에서 들었는데, 우리 시에서 유기농 시범마을을 선정해서 지원하는 사업이 있는데, 마을 사람들이 함께 유기농을 하면 일정 기간 농자재 값도 보조해 주고, 인증 비용도 지원해준답니다. 기술 교육도 해 주고요."

아버지는 살짝 눈썹을 치켜올리셨다.

"관에서 그런다고 다 잘되는 건 아니더라."

"저도 알고 있습니다. 예전에도 보여주기식 지원이 많았다는 거…" 나는 차분히 맞장구쳤다. "그래도 받을 수 있는 지원은 최대한 받아가면서, 보여주기 식이 아니라 진주 시가 자랑할 수 있는 성과로 크게 키워보는 겁니다."

"진주 시가 자랑할 수 있는 성과…"

아버지는 한동안 말없이 걸음을 옮기셨다. 나도 잠자코 그 옆을 걸었다. 농장 뒤편으로 향하는 길가에 얼마 전 심어둔 도라지 모종들이 줄지어 늘어서 있었다. 어린 도라지 새싹들이 도열하듯 줄을 맞춰 햇살을 받고 있었다. 아버지와 나는 거의 동시에 그쪽을 바라보았다. 아버지가 잠시 걸음을 멈추고 허리를 굽혀 모종 하나를 살펴보셨다. 투박한 손으로 흙을 만지작거리며 싹 주변의 잡초를 뽑아 내시는 모습이 눈에 들어왔다. 몇 가닥 안 되는 잔디 같은 풀이었지만 그냥 지나치지 않으시는 분이었다. 나는 곁에서 그 모습을 지켜보았다. 이런 사소한 손길 하나에도 아버지의 진심이 담겨 있다는 생각이 들었다. 잡초를 뽑은 아버지가 자리에서 일어서며 내게 물었다.

"그리고 또?"

간결한 물음이었다. 나는 기다렸다는 듯, 준비한 다음 계획을 꺼냈다.

"체계적으로 품질 인증을 받고, 더 철저히 품질 관리를 해야합니다."

이미 아버지는 진주전문대, 조선대, 경상대 등과 산학협력을 맺고, 우리 도라지의 성분과 효능을 분석하기 위해 막대한 돈을 투자하여 그 근거들을 마련해 두신 상태였다. 당시 시대 상황을 고려하면, 고작 농작물에 그런 정도의 연구 비용을 투자하는 회사는 전례를 찾아볼 수 없는 정도였다. 심지어 다년생 도라지 재배에 대한 특허까지 획득했을 정도로, 아버지는 나름의 혁신을 시도하셨었다. 그러나 이런 내용들은 우리에게는 자부심이었을지언정, 소비자들에게는 전혀 와 닿지 않는 내용들이었다.

"품질 인증?"

"예를 들면, ISO 같은 국제 표준 인증도 있고, HACCP 같은 식품 안전 관리 인증도 있습니다. 비료나 농약뿐 아니라, 생산물 보관, 가공 과정까지 위생적으로 관리한다는 증표들이지요. 물론 지금도 깨끗하게 하고 있지만, 절차를 정립하고 공식 인정을 받으면 우리 제품의 신뢰도가 훨씬 높아질 겁니다."

아버지는 나를 바라보며 희미하게 웃으셨다.

"그런 건 난 잘 모르지만… 네가 알아서 할 수 있겠나?"

"제가 공부해 보겠습니다." 나는 힘주어 말했다. 사실 이미 관련 책자와 인터넷 자료를 찾아보며 개략적인 방법을 파악해 놓은 상태였다. 며칠 전에는 시청 농정과 공무원을 찾아가 상담도 받았었다. 하지만 이런 내 준비 과정을 아버지께 일일이 말씀드리지는 않았다. 다만 스스로 확신을 가지고 있다는 것을 느끼실 수 있도록 침착하게 말할 뿐이었다.

"품질 관리 책임자를 두고, 수확부터 포장까지 한 사람 한 사람이 맡은 부분을 꼼꼼히 확인하는 체계를 만들 생각입니다. 그리고 그 과정을 투명하게 기록으로 남길 겁니다." 내가 말을 이어가자, 아버지는 어느새 주머니에서 담배를 꺼내들고는 한 개비를 입에 물었다. 그러나 불을 붙이지는 않으셨다. 그저 생각에 잠긴 듯 성냥을 손가락 사이에서 굴리기만 했다. 나는 계속해서 내 계획을 이야기했다.

"예전에 우리 제품에서 흙이 좀 덜 털려서 납품처에서 클레임이 왔었다던데, 그런 실수가 다시 없도록 작업 공정을 표준화하려고 합니다. 세척, 건조, 선별, 포장까지 한 번에 처리할 수 있는 가공 시설을 만들면 좋겠습니다."

"가공 시설이라…"

공장에 설치되어있는 시설이라야 세척 통과 건조기, 추출기가 전부였다. 주력 제품은 장생도라지를 단순 가공하여 약용으로 복용하는 것이었다. 상품으로써의 가치보다, 오래 묵은 도라지 자체의 약성을 중시한 원물에 가까웠던 것이다. 아버지는 주위를 둘러보시더니 현실적인 걱정을 내비치셨다.

"돈이… 있겠나?"

돈과 관련된 이야기가 아버지의 가장 큰 족쇄인 것 같았다.

"저도 계산을 해 봤습니다. 다행히 정부에서 농촌에 작은 가공 시설을 마련하면 보조금을 준다고 하더라고요. 농협에 가서 물어보니 필요한 기계를 사는 데 낮은 이자로 융자도 가능하다고 했습니다."

"빚은 될 수 있으면 이제 안 지는 게 좋을 텐데."

"예, 저도 무리하고 싶진 않습니다. 처음부터 큰 공장을 세우겠다는 건 아니고, 시범적으로 운영을 해보면서 가급적 지원금 안에서 해 보고요. 절대 빚을 많이 내서 무리하지 않을 테니 걱정 마십시오."

아버지는 잠자코 나를 바라보셨다. 내가 단단히 준비하고 신중하게 생각하고 있다는 것을 느끼신 것 같았다. 잠시 고요가 흘렀다. 나는 아버지의 반응을 기다리며 손에 맺힌 땀을 옷에 슬쩍 닦았다. 오래도록 생각을 정리해 온 계획들을 하나하나 털어놓으니 긴장이 조금 풀리는 듯도 했다. 하지만 아직 다 전하지 못한 이야기가 남아 있었다. 나는 마음을 다잡고 말을 이었다.

"그리고 한 가지 더 있습니다. 다양한 소비자들의 구미에 맞는 제품을 만들어서 팔아야 합니다."

아버지는 담배를 입에 문 채 조용히 고개를 돌려 나를 바라보셨다. 나는 계속해서 내 구상을 설명했다.

"우리 브랜드를 만들고 예쁘게 포장해서 직접 팔아보자는 거예요. 우선 인터넷 직거래나 로컬푸드 직매장을 통해 시작하고, 차츰 자리가 잡히면 도시의 유기농 전문 상점이나 백화점 선물세트 코너에도 내어볼 수 있지 않을까 생각해 봤습니다."

아버지는 천천히 담배를 입에서 떼며 물으셨다.

"제품으로 만들어 판다… 구체적으로 뭘 말하는 게냐?"

드디어 핵심이 나왔다. 나는 마음속으로 여러 차례 시뮬레이션해 본 장면에 진입하고 있었다.

"예를 들면, 도라지 차나 캔디, 수험생용 환 같은 것들을 직접 만들어보자는 겁니다. 지금까지는 도라지 즙이나 말린 것만 파셨는데, 앞으로는 우리 브랜드 이름으로 병에 담은 도라지청이라든지, 뜨거운 물만 부으면 우러나는 티백 형태의 도라지 차 같은 걸 생산해보자는 거죠."

"그런 것까지 직접 한다…"

"처음부터 크게 하기는 어렵겠지요." 나는 차분히 웃어 보였다. "작게 시작해 보려고 합니다. 우선 우리 도라지로 집에서 먹을 수 있는 진액이랑 차를 제가 한번 시제품으로 만들어 봤습니다."

"시제품?"

나는 아침에 집을 나서며 몰래 챙겨온 유리병 하나와 봉투 몇 개를 꺼냈다. 유리병에는 밤색 도라지청이 담겨 있었고, 봉투에는 내가 직접 덖어 만든 도라지 차 시범품이 들어 있었다. 라벨도 나름대로 꾸며 붙여 두었는데, 서툰 솜씨지만 '흙내음 도라지청'이라는 이름과 간단한 설명글을 인쇄해 붙였다. 아버지는 유리병을 천천히 들어올려 빛에 비춰 보셨다. 투명한 병 너머로 햇빛이 스며들어 진한 갈색 액이 반짝였다. 아버지는 아무 말씀 없이 병 뚜껑을 열어 조심스레 냄새를 맡아 보셨다. 그리고는 살짝 한 모금 입에 머금으셨다. 내가 긴장된 마음으로 지켜보는 사이, 아버지는 조용히 고개를 끄덕였다.

"그럴듯하네." 한 마디를 내뱉은 아버지는 병을 들고 흘러내리는 진액을 물끄러미 바라보셨다. "너희 엄마 젊었을 적에 이 도라지청을 잘도 만들곤 했는데…" 조용한 회상의 말씀이 이어졌다. 나도 어린 시절 그때를 생생히 떠올렸다. 겨울이면 온종일 가마솥에 도라지청을 고아내시던 어머니의 모습이 눈앞에 그려졌다. 집안에 퍼지던 달콤 쌉싸름한 냄새며, 내가 주전자 뚜껑을 열었다가 뜨거운 김에 놀라 펄쩍 뛰던 일까지 생생했다. 그렇게 정성들여 고은 도라지청을 한 숟갈 떠먹으면 목이 싸하면서도 달콤하게 풀리던 기억이 난다. 아버지는 평소 도라지가 사람의 폐를 깨끗이 씻어주는 귀한 뿌리라고 말씀하시곤 했다. 마을 어르신들 중 기침으로 고생하시는 분이 있으면 직접 달인 도라지청을 한 병씩 건네 드릴 만큼 정이 많으신 분이었다.

"직접 만들었나?"

"예, 며칠 동안 시험해 봤습니다. 여기저기서 방법도 찾아보고, 예전에 어머니가 도라지청 다리시던 거 옆에서 도운 기억도 떠올리면서… 아직 맛은 부족할지 몰라도 제 손으로 만들어 봤습니다."

"맛이 괜찮네." 아버지가 담백하게 평하셨다. 그것이면 충분했다. 나는 환하게 웃었다.

"차도 한번 보시겠어요."

나는 아버지께 종이 봉투를 내밀었다. 아버지는 봉투를 열어 안의 티백 하나를 꺼내보셨다. 말린 도라지 조각과 허브를 조금 섞어 둔 티백이었다.

"뜨거운 물만 부으면 바로 우리 도라지 차를 우려드실 수 있게 만들어 봤습니다."

아버지는 티백을 손바닥에 올려놓고 이리저리 살펴보셨다.

"참, 세상 좋아졌네. 이런 것도 다 하는구나." 나지막이 내뱉는 말씀이었지만 싫지 않은 기색이었다.

"요즘 도시 소비자들은 편한 걸 찾거든요. 예전처럼 뿌리채 사다 손질해서 드시는 분들도 계시지만, 이렇게 차로 간편히 마실 수 있게 하면 더 많이들 찾으실 거예요."

나는 내 계획의 또 다른 면을 설명드렸다.

"대신 품질은 최고로 유지해야지요. 직접 키운 좋은 도라지로 만들고,

방부제나 첨가물은 최소화해서요. '프리미엄'이라는 말이 아깝지 않게 제대로 만들어 보려고 합니다."

"프리미엄…" 아버지가 낯선 듯 그 단어를 되뇌며 미소 지으셨다.

"옛날 사람인 나는 그런 거 욕심내 본 적 없는데, 인자 내가 필요가 없겠네. 허허…" 하고는 말끝을 흐리셨다.

"왜 필요가 없습니까! 아버지는 도라지 전문가니까, 도라지 명인으로 계속 저를 도와주셔야지요."

"도라지 명인?"

"경영은 제가, 생산이랑 연구는 아버지가 해주셔야 제 계획이 실현 가능한 겁니다."

"허허, 명인은 무슨…"

말씀은 다르게 하시지만, 얼굴에는 흐뭇한 기색이 배어 있었다.

"아버지가 키우는 최고의 도라지가 있어야, 이 모든 게 가능하다 이 말입니다. 최고의 도라지는 있으니까, 제대로 포장하고 소개해서 가치 있게 만들어 보자는 말입니다."

아버지는 대꾸 없이 천천히 고개를 끄덕이셨다. 나는 그 조용한 고갯짓에 큰 격려를 받는 기분이었다. 우리는 잠시 말없이 앉아 따뜻한 햇살을 쬐었다. 머리 위로 참새 한 쌍이 나뭇가지 사이를 오가며 짹짹거리는 소리가 들려왔다. 그 소리를 들으며 나는 멀리 밭둑 너머 우리가 걸어온 길을 바라보았다. 그리고 마음속으로 이제까지 아버지와 함께 걸어온 세월과 앞으로 함께 걸어갈 시간을 떠올렸다. 얼마 후 아버지가 먼저 자리에서 일어섰다.

"가자."

짧은 한 마디, 그러나 나는 무엇을 의미하는지 바로 알아챘다. 함께 가서 할 일이 있다는 뜻이었다. 나는 얼른 가방과 시제품들을 챙겨 아버지의 뒤를 따랐다. 말없이 앞서 걸어가는 아버지의 뒷모습은 마치 한 그루 듬직한 느티나무처럼 느껴졌다. 나는 그 넓은 등을 바라보며 묵묵히 그 뒤를 따랐다.

"그런데, 아까 그 병에 뭐라 써있었지? 흙내음?"

"흙내음 도라지청입니다."

"흙내음… 흙내음… 젊은 친구들 입에 이 이름이 붙겠나?"

이름. 당시의 우리 회사의 이름은 "다년생 도라지 영농조합"로 불리고 있었다. 나는 조심스레 아버지께 말씀드렸다.

"그래서 말인데… 우리 회사 이름 말입니다."

"이름?"

"장생도라지 어떻겠습니까?"

"장생도라지?"

아버지는 눈을 동그랗게 뜨시더니, 이내 박장대소하셨다. 말장난처럼 불리던 우리 다년생 도라지의 별명. 하지만 이보다 우리 도라지에 담긴 수많은 의미를 잘 표현하는 단어는 없으리라.

한참을 웃으시던 아버지는 외치셨다.

"장생도라지! 좋네!"

아버지와 나의 세계가, '장생도라지'라는 브랜드로 하나가 되는 순간이었다.

승승가도

유기농 재배 단지 조성, 체계적인 품질 인증 확보, 가공 시설 현대화, 그리고 '장생도라지'이라는 이름으로 시작될 우리만의 브랜드까지. 계획들은 하나하나 구체화되고 있었지만, 내 마음 한구석에는 여전히 풀리지 않는 숙제가 남아 있었다. 그것은 바로 '장생도라지'만이 가진 특별한 가치를 어떻게 세상 사람들에게 '증명'해 보일 것인가 하는 문제였다.

아버지께서는 평생 장생도라지의 약효를 몸소 체험하고 확신하셨지만, 그것은 아버지의 신념과 경험에 기댄 것이었다. 이미 진주전문대, 조선대, 경상대 등과 산학협력을 맺고 우리 도라지의 성분과 효능을 분석하여 그 근거들을 마련해 두신 바 있었고, 다년생 도라지 재배에 대한 특허까지 획득하신 것은 시대를 앞서나간 혁신이었다. 하지만 그것이 우리에게는 크나

큰 자부심이었을지언정, 냉철한 시장과 까다로운 현대 소비자들에게는 충분치 않을 수 있다는 생각이 들었다. 특히 '프리미엄'을 내세우며 기존 도라지 제품들과 차별화된 가치를 인정받기 위해서는, 감성적인 이야기나 전통적인 명성만으로는 부족했다. 아버지께서 평생을 바쳐 이룩하신 장생도라지의 깊이를, 그 진가를 보다 객관적이고 과학적인 언어로 세상에 알려야만 했다.

'그래, R&D다.'

단순한 품질 관리를 넘어선, 우리 장생도라지의 핵심 효능과 성분을 규명하고 그 우수성을 입증할 본격적인 연구개발이 필요했다. 아버지께서 이미 초석을 다져 놓으신 연구 협력들을 이제는 내가 한 단계 더 발전시켜야 할 때였다. 하지만 당장 회사의 재정은 넉넉지 않았다. 가공 시설 투자와 마케팅 비용도 빠듯한 상황에서 연구개발에 대규모 자금을 투입하는 것은 모험일 수 있었다. 직원들 사이에서도 신중론이 고개를 들었다.

"대표님, 물론 좋은 생각입니다만, 지금 우리가 연구개발에 그만한 투자를 할 여력이 될까요? 당장 급한 불부터 꺼야 하지 않겠습니까?"

생산팀 박 부장의 조심스러운 우려였다. 그의 말에도 일리가 있었다. 하지만 나는 단기적인 성과에만 매몰되어서는 안 된다고 생각했다. 장생도라지가 단순히 '오래 키운 좋은 도라지'를 넘어, 그 이름에 걸맞은 독보적인 가치를 지닌 약용식품으로 인정받기 위해서는 과학적 근거 확보가 필수적이었다. 그것이야말로 수많은 경쟁 제품들 사이에서 우리만의 강력한 해자를 파는 일이며, 장기적으로 회사의 성장을 이끌 핵심 동력이 될 것이라 믿었다.

나는 먼저 아버지께서 과거에 협력하셨던 대학 연구실들의 문을 다시 두드렸다. 몇몇 교수님들은 여전히 아버지의 열정과 우리 장생도라지의 가능성을 기억하고 반겨주셨지만, 우리가 원하는 수준의 심도 있는 공동 연구를 진행하기에는 예산과 인력, 그리고 시설 면에서 한계가 있었다. 일부는 "도라지가 거기서 거기 아니겠냐"며 시큰둥한 반응을 보이기도 했다. 그럴 때마다 오기가 생겼다. '반드시 당신들의 그 편견을 깨주리라.'

몇 날 며칠을 수소문하고 발품을 판 끝에, 나는 마침내 한 줄기 빛을 발견했다. 서울 소재의 한 명문대학 생명과학부에서 약용식물 유효성분 연구에 평생을 바친 노교수님이 계시다는 소식을 접한 것이다. 퇴임을 앞두고 계셨지만, 여전히 연구에 대한 열정만큼은 누구에게도 뒤지지 않는 분이라고 했다. 나는 주저 없이 상경했다. 낡은 연구동 복도를 따라 가장 안쪽에 자리한 교수님의 연구실 문을 두드렸을 때, 나는 마치 수험생처럼 떨리는 가슴을 애써 진정시켜야 했다.

"들어오게."

안경 너머로 온화하지만 날카로운 눈빛을 지닌 백발의 교수님은, 내가 내민 장생도라지 샘플과 관련 자료들을 한참 동안 말없이 살펴보셨다. 침묵이 길어질수록 내 입은 바싹 말라갔다. 마침내 교수님은 돋보기를 내려놓으시며 나지막이 입을 여셨다.

"이 대표라고 했나… 자네 부친께서는 참으로 대단한 일을 해내셨구먼. 이 정도 연근의 도라지에서 이런 성분들이 나온다는 건, 학계에서도 매우 흥미로운 일이야."

가슴이 뛰기 시작했다. 교수님은 잠시 창밖을 바라보시더니 말씀을 이으셨다.

"하지만, 이게 정말로 인체에 어떤 영향을 미치는지, 기존의 약재들과 비교하여 어떤 특장점이 있는지를 과학적으로 규명하는 것은 또 다른 차원의 문제일세. 시간도 오래 걸리고, 비용도 만만치 않을 것이야. 자네, 그걸 감당할 각오가 되어 있나?"

나는 망설임 없이 대답했다.

"예, 교수님. 저희 장생도라지의 모든 것을 걸고서라도, 그 가치를 제대로 입증하고 싶습니다. 시간과 비용이 얼마가 들든, 저희가 할 수 있는 모든 지원을 아끼지 않겠습니다."

내 진심이 전해졌던 것일까. 교수님은 희미하게 미소를 지으시더니, 당신의 연구팀과 함께 장생도라지의 핵심 성분 분석 및 효능 검증 연구를 진행해보자고 하셨다. 그렇게, 우리 장생도라지의 과학적 가치를 규명하기 위한 위대한 여정이 시작되었다.

연구는 생각보다 더디고 힘난했다. 매달 연구팀에 보내는 지원금은 빠듯한 회사 살림에 적지 않은 부담이었고, 몇 번의 초기 실험에서는 기대했던 만큼 뚜렷한 결과가 나오지 않아 애를 태우기도 했다. 밤늦도록 사무실에 홀로 남아 보고서를 들여다보며, '내가 너무 무모한 도전을 시작한 것은 아닐까' 하는 회의감에 휩싸인 적도 한두 번이 아니었다. 하지만 그때마다 아버지의 얼굴과, 척박한 땅에서 기어코 새싹을 틔워내셨던 그분의 집념을 떠올리며 마음을 다잡았다.

그러던 어느 봄날, 마침내 교수님으로부터 전화 한 통이 걸려왔다. 잔뜩 상기된 목소리였다.

"이 대표! 우리가 드디어 의미 있는 결과를 찾아낸 것 같네!"

나는 심장이 멎는 듯한 기분으로 수화기에 귀를 기울였다. 교수님은 흥분을 감추지 못하며, 장생도라지에서 추출한 특정 사포닌 성분이 일반 도라지에 비해 월등히 높은 함량으로 존재할 뿐 아니라, 동물 실험 결과 기존의 어떤 약용식물보다 강력한 항염 및 면역 증진 효과를 보였다고 설명하셨다. 게다가, 그 성분은 놀랍게도 특정 암세포의 성장을 억제하는 유의미한 결과까지 나타냈다는 것이었다. 수화기를 쥔 내 손이 부들부들 떨렸다. 눈시울이 뜨거워지며 눈앞이 흐려졌다.

"교수님… 정말, 정말입니까?" 목소리가 제대로 나오지 않았다.

"아직 더 많은 검증이 필요하겠지만, 이건 분명 엄청난 발견일세! 자네 부친의 신념이 틀리지 않았다는 것이 증명된 셈이야!"

전화를 끊고 나서도 한동안 나는 자리에서 일어설 수 없었다. 창밖으로 쏟아지는 햇살이 유난히 눈부시게 느껴졌다. 아버지께서 평생을 바쳐 지켜온 '흙의 약속'이, 이제 과학이라는 이름으로 그 찬란한 꽃을 피우기 시작한 것이었다. 나는 당장이라도 아버지께 달려가 이 기쁜 소식을 전하고 싶었지만, 꾹 참고 연구 결과를 최종적으로 정리하여 발표할 날을 기다렸다.

몇 달 후, 우리는 대학 연구팀과 공동으로 국내 최고 권위의 생약학회에 연구 논문을 발표했다. '장생도라지 추출물의 특이 사포닌 성분 규명 및 항암·면역 증진 효과에 관한 연구.' 발표장에는 관련 학계 연구자들과 많은 제

약회사 관계자들이 찾아왔고, 질의응답 시간에는 수많은 질문이 쏟아졌고, 몇몇 제약회사에서는 기술 이전이나 공동 연구 개발에 대한 가능성을 타진해오기도 했다.

그날, 나는 학회 발표를 마치고 돌아오는 기차 안에서 처음으로 아버지께 전화를 드렸다. 그리고 떨리는 목소리로 우리 장생도라지가 마침내 과학적으로 그 가치를 인정받았음을 소상히 아뢰었다. 한참 동안 아무 말씀이 없으시던 아버지께서는, 마침내 깊은 한숨과 함께 나지막이 말씀하셨다.

"그래… 고맙다, 아들아. 내 평생의 숙제를… 네가 풀어주었구나."

깊은 안도와 오랜 기다림 끝에 얻은 평온함이 담긴 목소리였다. 나는 기차 창에 이마를 기댄 채, 소리 없이 눈물을 흘렸다. 아버지의 신념을, 그리고 나의 믿음을 지켜낼 수 있어서, 그것만으로도 나는 세상 모든 것을 얻은 듯했다.

이 연구 결과는 우리 장생도라지에게 새로운 날개를 달아주었다. 우리는 이 과학적 근거들을 바탕으로 제품의 효능을 당당하게 알릴 수 있게 되었고, 소비자들의 신뢰는 더욱 깊어졌다. 도라지청을 비롯한 신제품들은 '과학적으로 검증된 명품 도라지'라는 입소문을 타기 시작했고, 까다로운 백화점 바이어들조차 먼저 우리에게 손을 내밀기 시작했다.

학회 발표는 시작에 불과했다. 우리의 연구 결과는 예상보다 훨씬 큰 파장을 일으켰다. 언론은 앞다투어 '흙 속의 숨은 진주, 과학으로 깨어나다'와 같은 제목으로 우리 장생도라지의 가능성을 대서특필했고, 방송국의 취재 요청도 쇄도했다. 무엇보다 고무적인 것은 소비자들의 직접적인 반응이었다. 아버지의 신념과 나의 노력이 담긴 이 이야기에 감동하고, 과학적 근거에 신뢰를 보낸 소비자들이 우리 브랜드를 찾기 시작한 것이다.

우리는 이 기회를 놓치지 않았다. 학회 발표 자료와 언론 보도 내용을 바탕으로 체계적인 홍보 전략을 수립하고, '과학이 증명한 장생도라지'라는 슬로건을 전면에 내세웠다. 아버지께서 다져 놓으신 초석에 '과학'이라는 강력한 날개를 달아준 셈이었다. 기존에 협의 중이던 백화점 입점은 일사천리로 진행되었고, 오히려 다른 유통 채널에서 먼저 입점 제안을 해오는 역전 현상까지 벌어졌다.

소비자들은 기꺼이 연구의 가치를 인정해주었다. 나는 밤낮없이 공장을 돌려도 주문량을 맞추기 어려울 정도의 행복한 비명을 지르면서도, 한편으로는 늘어나는 수요에 맞춰 품질 관리가 소홀해지지 않도록 더욱 엄격한 기준을 적용했다. 아버지께서 평생을 지켜온 '품질 제일주의'만큼은 어떤 상황에서도 타협할 수 없는 원칙이었다.

늘어나는 매출은 가장 먼저 아버지의 멍에였던 빚을 청산하는 데 쓰였다. 빚을 모두 갚던 날, 아버지는 아무 말 없이 내 손을 잡고 한참을 마당의 장독대만 바라보셨다. 그리고 처음으로, 정말 오랜만에 환하게 웃으셨다. 그 웃음은 내게 그 어떤 상보다 값진 것이었다. 아버지의 얼굴에 다시 미소가 돌아오자, 회사의 분위기도 한층 밝아졌다. 직원들은 우리 제품에 대한 자부심으로 가득 찼고, 생산팀 박 부장님도 "대표님, 그때 연구개발에 투자하자고 하신 게 정말 신의 한 수였습니다"라며 엄지를 치켜세웠다.

그러나 나는 여기서 만족할 수 없었다. 장생도라지의 가능성은 무궁무

진했다. 우리는 연구팀과의 협력을 더욱 강화하여, 이번에 발견된 특이 사포닌 성분의 추가적인 효능 연구와 함께 다른 유효 성분 발굴에도 박차를 가했다. 아버지께서 평생을 바쳐 쌓아 올리신 재배 노하우와 우리의 과학적 성과를 결합한 새로운 제품 개발에도 힘썼다. 도라지청의 성공을 발판 삼아, 고농축 진액, 간편하게 즐길 수 있는 차와 캔디, 그리고 피부 건강을 위한 비누까지 제품 라인업을 확장해 나갔다. 각 제품군마다 장생도라지의 핵심 효능을 극대화하면서도 소비자의 다양한 니즈를 충족시킬 수 있도록 연구와 개발을 멈추지 않았다.

물론 모든 과정이 순탄하지만은 않았다. 신제품 개발 과정에서의 수많은 시행착오, 급격한 성장에 따른 조직 관리의 어려움, 유사 제품들의 견제와 도전도 끊이지 않았다. 하지만 그때마다 나는 아버지의 뚝심과 노교수님의 격려, 그리고 우리 장생도라지의 과학적 가치를 믿고 앞으로 나아갔다. 회사는 빠르게 성장 가도를 달렸고, '장생도라지 연구원장'이라는 직함으로 아버지께서 연구개발의 중심을 잡아주시니 더욱 든든했다. 아버지는 당신의 경험과 과학적 데이터를 접목해 재배 환경을 최적화하고, 최고 품질의 원료를 안정적으로 공급하는 데 핵심적인 역할을 해주셨다.

그렇게 한 해 한 해, 벽돌을 쌓듯 내실을 다져나갔다. 학회 발표 후 쏟아지던 관심이 단발성으로 끝나지 않도록, 우리는 끊임없이 혁신하고 품질을 높이며 고객과의 신뢰를 쌓아갔다. 자체 가공 시설을 더욱 확장하고 현대화했으며, 전국 단위의 유통망을 확보하고, 체계적인 고객 관리 시스템을 도입하는 등 기업의 규모와 시스템을 착실히 갖추어 나갔다. '장생도라지'

는 이제 단순한 제품 브랜드를 넘어, 우리의 역사와 과학, 그리고 정성을 담은 약속의 이름이 되었다.

그렇게 10년이라는 세월을, 나는, 우리는 정신없이 앞만 보며 달려왔었다. 이제 장생도라지는 이제 더 이상 시골의 작은 영농조합이 아닌, 진주시를 대표하는 기업으로 자리잡을 수 있었다.

그 강인하던 아버지를 무너뜨린 빚도 모두 갚았고, 철저히 관리되는 생산 공정과 자체 유통망, 다양한 제품 라인업으로 소비자층을 넓혀왔다. 또한 지역사회와의 상생을 통해 기업의 가치를 인정 받았고, 모두 기억하기 힘들 정도로 다양한 상들을 받으며 장생도라지의 입지를 다져왔다.

아버지께 약속드린 계획들을 하나하나 실현해 나가며, 걸어온 시간들은 사실 순조롭다는 표현으로 함축하기에는 너무나 많은 땀과 눈물의 시간이었다. 그러나 이런 노력들이 모두 보답 받을 수는 없는 세상이라는 것을 잘 알고 있기에, 하늘에게, 사람에게, 흙에게 감사하며 살아가려 노력해왔다. 그러나 이 정도로 만족하고 제자리에 머무를 수는 없었다. 지금의 상황은 장생도라지의 가치를 더 넓은 세상으로 펼치는 새로운 도전의 출발점이라 여겨야만 했다. 바로 해외 시장으로의 진출을 고민할 때가 다가왔던 것이다.

결국 이 년 가까운 준비 끝에 다가온 국제 식품 박람회에는 최대한 많은 직원들과 함께 가 현장의 분위기를 느끼기로 결정하고, 함께 일본으로 향했다.

마쿠하리 멧세 전시장 안은 인파로 북적이고 있었다. 각 나라에서 온 식품 회사들의 화려한 부스 사이로 호기심 어린 눈빛의 참관객들이 오가고, 여러 언어로 된 안내 방송과 사람들의 웅성임이 뒤섞여 귀를 간질였다. 온갖 향신료와 커피 향이 공기를 타고 흘렀고, 영어, 중국어, 프랑스어 등 다양한 언어의 말소리가 곳곳에서 들려왔다. 바로 옆 부스에서는 독일 업체가 소시지와 맥주를 선보이고 있었고, 건너편에는 태국 과일 주스 시음 코너가 사람들로 북적였다. 그야말로 세계 각국의 맛과 멋이 한데 모인 축제 현장이었다.

그런 풍경 한가운데에 선 우리 부스를 바라보니 설렘 반, 긴장 반의 감정이 교차했다. 나는 잠시 부스 한쪽에 기대어 주변을 둘러보았다. '드디어 우리가 여기까지 왔구나.' 가슴 한켠이 뭉클해졌다. 몇 년 전만 해도 해외 진출은 막막한 꿈처럼 여겨졌는데, 이제 우리 장생도라지 제품이 이 국제 식품 박람회 한가운데에 자리 잡고 있었다.

국내 시장 안착 이후, 일본 시장에 도전하기로 결정했을 때의 기억이 떠올랐다. 아버지와 나는 주말 늦은 밤까지 회사 사무실에서 앞으로의 계획을 논의하곤 했다.

"이제 슬슬 바깥 세상으로 나가봐야 하지 않겠나?"

아버지는 진지한 얼굴로 내게 말씀하셨다. 일본은 지리적으로도 가깝고, 건강식품에 관심 많은 나라이니 한번 부딪쳐 볼 만하지 않냐는 것이 아버지의 생각이었다. 결심을 굳히기까지는 망설임도 있었다.

"일본에 우리가 통할까요?"

나는 조심스럽게 물었다. 국내에서는 어느 정도 성과를 내고 있었지만,

일본은 아무래도 낯선 땅이자 까다로운 시장이라는 생각이 머릿속을 떠나지 않았다.

그러자 아버지는 잠시 생각에 잠기더니, 담담한 목소리로 말씀하셨다.
"일본은 세계에서 가장 수준 높은 건강식품 시장이야. 거기서 통하면 어디서든 통하지."

실제로 일본에는 '용각산'이라는 유명한 제품이 있었는데, 1~2년근 도라지를 갖고 만든 것이다. 그에 비해 우리가 다루는 20년 이상 된 도라지는 그들에게도 생소하고 특별한 원료였다.

"그들에게도 초유의 약초라면," 아버지는 눈빛을 반짝이며 덧붙이셨다.
"그게 확실한 경쟁력이 될 수도 있지 않겠나?"

그 순간, 내 안의 걱정이 조금씩 자신감으로 바뀌기 시작했다. 우리가 가진 것을 믿고, 새로운 시장에 당당히 나아가야 할 이유가 분명해졌기 때문이다.

결국 우리는 일본 시장 진출의 첫 걸음으로 도쿄 국제 식품 박람회, FOODEX JAPAN에 참가하기로 결정했다. 결정하고 나니 곧장 준비에 착수해야 했다. 박람회까지 몇 달 남짓한 시간 동안 해야 할 일이 산더미였다. 우선 출품 신청부터 마쳤다. 다행히도 지역 농산물 수출 지원 사업에 선정되어 부스 임차료 일부를 지원받을 수 있었다. 진주시 공동브랜드 '진주드림' 소속으로 우리 회사가 함께 일본에 나가는 것이었다. 출품 품목은 주력 제품인 도라지 진액과 도라지 분말 스틱, 그리고 현지인 입맛에도 맞을 법한 도라지 캔디로 정했다. 무엇보다 일본 바이어들에게 우리 제품의 강점을 효과적으로 전달할 방법을 고민했다. 제품 설명 자료와 홍보 브로셔를 일본어로 제작하는 일도 만만치 않았다. 자료에 들어갈 내용 모두를 전문 번역 업체에 의뢰했고, 번역된 문구 하나하나를 검토하며 뜻이 제대로 전달되는지 확인했다.

가령 '장생도라지'라는 이름의 의미를 어떻게 전할지가 고민이었는데, 번역가는 '長生トラジ'라는 표현과 함께 '오래 살게 하는 도라지'라는 설명을 덧붙여 줬다. 어색하지 않을까 걱정됐지만, 현지인들에게 브랜드 의미를 전달하려면 필요하리라 생각했다. 제품 포장 역시 손볼 게 있었다. 기존에는 한글 위주 표기였는데, 일본 소비자들이 읽을 수 있도록 작은 한글 글씨 아래에 일본어 스티커 라벨을 추가하기로 했다. 원재료명, 함량, 섭취 방법 같은 정보를 일본어로 표기한 스티커를 수작업으로 하나하나 붙여야 했다. 직원들과 야근을 불사하며 수천 개의 제품에 라벨을 붙이는 작업을 했다. 모두들 피곤했지만, 해외 첫 인상인 만큼 허투루 할 수 없다는 생각에 사소한 부분까지 신경을 곤두세웠다.

"라벨 한 장이라도 삐뚤면 일본 손님들이 어떻게 보시겠어요."

품질관리팀장이 걱정스럽게 말하면, 나와 다른 직원들은 각자 돋보기까지 동원해가며 꼼꼼히 확인했다. 그렇게 준비한 제품 샘플 상자들을 출발 일주일 전 미리 일본으로 발송했다. 국제 배송과 통관 절차에 시간이 걸릴 것을 감안해서였다. 처음 해보는 해외 선적은 예상치 못한 난관의 연속이었다. 인천항에서 일본으로 보내는 통관 서류를 작성할 때, 자잘한 부분에서 몇 차례나 보완 요청이 왔다. 도라지 추출물은 식품인지 건강기능식품인지 분류를 명확히 하라는 요구부터, 성분 분석표와 제조 성적서를 첨부해 달라는 얘기까지 나왔다. 일본 측 세관과 검역 기관에서 요구하는 서류 목록은 국내 유통 때와는 차원이 달랐다. 밤늦게까지 해당 서류들을 준비하느라 애를 먹었지만, 차츰 요령이 생겼다. 다행히 주변에 수출 경험이 있는 다른 업체 대표님들의 조언을 구할 수 있었다.

"일본은 처음 통관이 제일 까다로워. 처음만 넘기면 다음부터는 좀 수월해질 거야."

선배들의 이 말에 힘을 얻어 하나씩 대응해나갔다. 결국 출국 직전에 겨우 "통관심사 승인" 연락을 받고 가슴을 쓸어내렸다. 만약 이게 지연됐더라면, 우리는 빈 손으로 박람회에 참가할 뻔했다. 출발 전날 밤, 나는 캐리어를 열어 짐을 다시 점검했다. 양복 두 벌, 편한 복장, 명함 넉넉히, 노트북과 제품 소개자료 파일… 그리고 무엇보다 중요한 아버지의 낡은 수첩 한 권을 챙겼다. 그 수첩에는 아버지가 창업 초기부터 적어온 각종 메모와 격려의 말들이 가득했다. 마지막으로 아버지와 통화했을 때, 아버지는 "긴장되면 그 수첩 한 번 들춰봐라. 내가 곁에 있는 셈 치고."라고 하셨다. 평소 겉으론 무뚝뚝해도 늘 뒤에서 응원해 주시는 아버지 생각에 코끝이 시큰해졌다. '잘 해내고 돌아와야 할 텐데…' 누군가의 기대가 부담으로 다가올 법도 했지만, 이상하게 마음이 차분해졌다. 할 수 있는 데까지 최선을 다했으니 이젠 부딪쳐 보는 일만 남았다는 담담함이었다. 일본행 비행기에 몸을 실었다.

창가 너머로 어느새 땅과 바다가 작아지고 하늘 위로 솟구치는 구름들만 보였다. 옆자리의 김대리는 벌써부터 박람회 일정표를 꺼내 들여다보고 있었다. 그는 우리 회사 마케팅 담당 대리로, 해외 출장은 처음이라며 며칠째 설레서 잠도 제대로 못 잤다고 했다.

"대리님, 내일 가면 바로 장시간 서 있어야 하니 오늘 푹 주무셔야 해요."

내가 웃으며 말했지만, 정작 나 자신도 긴장된 건 마찬가지였다. 두근거리는 마음을 달래려 애써 눈을 감았지만, 머릿속에는 내일 부스에서 겪게 될 장면들이 마구 떠올랐다. 일본 바이어들과 무슨 말을 주고받을지, 혹시 내가 실수하지는 않을지, 별별 걱정과 기대가 교차했다. 비행기에서 내려 도쿄 공항에 도착했을 때부터 모든 것이 새롭게 느껴졌다. 입국 심사대의 일본 직원에게 서툰 일본어 인사말을 건넸더니, 그는 미소 지으며 안내를 해주었다. 공항 밖으로 나오자 맑지만 쌀쌀한 3월의 바람이 피부에 와 닿았다. 우리는 곧장 짐을 찾아 공항 리무진 버스에 몸을 실었다. 창밖으로 스치는 도시 풍경이 낯설고도 흥미로웠다. 번쩍이는 일본어 네온사인 간판들과 거리의 사람들, 그리고 왼쪽으로 달리는 차들까지 모든 것이 우리가 떠나온 한국과는 조금씩 달랐다.

"진짜 일본에 왔네요."

김대리가 창밖을 보며 중얼거렸다. 나 역시 실감이 나지 않아 가슴이 뛰었다. 어쩌면 우리 인생의 새로운 챕터가 이곳에서 시작될지도 모른다는 생각에, 설렘과 책임감이 동시에 밀려왔다. 호텔에 도착한 우리는 짐을 풀고 곧장 박람회장으로 향했다. 박람회 공식 일정은 내일부터였지만, 미리 부스를 준비할 수 있는 시간대가 정해져 있었다. 전시품들도 사전에 도착해 있을 터라 확인이 필요했다. 지하철과 JR선을 갈아타고 마쿠하리 멧세에 가까스로 도착했을 때는 이미 늦은 오후였다. 넓은 전시장 입구에는 각국에서 온 참가업체 직원들이 물품을 옮기거나 부스 설치를 점검하느라 분주했다. 우리도 출입증을 받아 들고 안내에 따라 한국관 쪽으로 걸음을 재촉했다.

"진주드림" 로고가 붙은 공동 부스를 금세 찾을 수 있었다. 다행히 배송한 박스들도 무사히 도착해 있었다. 나는 안도의 한숨을 쉬었다. 직원들과 함께 포장 상자를 열어 제품들이 깨지거나 새지 않았는지 하나하나 확인했다. 진액 병도, 캔디 포장도 모두 상태가 양호했다. 부스 배치는 이미 기본 골격이 마련되어 있었고, 우리는 가져온 현수막과 포스터, 제품 진열대를 꾸미기 시작했다. '장생도라지'라는 한글 로고와 함께 영어로 'Jangsaeng Doraji'라 적힌 배너를 가장 잘 보이는 위쪽에 걸었다. 그 아래에는 도라지밭 사진과 21년근 도라지 원뿌리 사진이 들어간 포스터를 붙였다. 오가는 사람들이 눈길이라도 줄 수 있게 큼지막한 사진을 준비한 것이었다.

진열대에는 제품 샘플들을 보기 좋게 배열했다. 반짝거리는 갈색 유리병에 담긴 도라지 진액, 휴대하기 좋게 포장된 분말 스틱 상자, 그리고 보랏빛 도라지 꽃 그림이 그려진 캔디 봉투까지. 각 제품마다 작은 설명 팻말도 세워 두었다. 물론 일본어와 영어 병기된 것으로. 마지막으로 시음용 일회용 컵과 캔디 시식 바구니, 그리고 일본어 브로셔 철도 준비했다. 브로셔 표지에는 최대한 눈에 띄게 '肺と喉に良い 韓国の桔梗, 長生トラジ'(폐와 목에 좋은 한국의 도라지, 장생도라지)라고 적어 두었다. 과했나 싶었지만, 설명이 없으면 그냥 지나칠까봐 과감하게 내건 문구였다.

다음 날 아침, 박람회 첫날이 밝았다. 설렘에 새벽부터 잠이 달아난 나는 일찍 일어나 호텔 로비에서 준비해온 도라지 진액 한 포를 물에 타 마셨다. 긴장해서 목이 칼칼했는데, 씁쓰레하면서도 은근한 단맛의 도라지 진액을 한모금 넘기니 마음이 조금 진정되는 듯했다. '그래, 우리 제품 먹고 힘내자' 속으로 다짐하며 옷차림을 단정히 갖췄다. 정장 차림의 김대리와 숙소 로비에서 합류한 후 함께 전시장으로 향했다.

지하철역부터 박람회장까지 가는 길에 벌써부터 각국 참가자들이 줄지어 걷고 있었다. 이름 모를 외국 업체 로고가 박힌 유니폼을 입은 사람들, 서류 가방을 든 정장 차림의 바이어들, 그리고 우리처럼 약간은 긴장되고 들뜬 얼굴의 참가자들이 한데 섞여 장사진을 이뤘다. 난생 처음 보는 규모에 압도되면서도 그 행렬 속에 우리가 있다는 사실이 묘하게 자부심으로 다가왔다. 오전 10시, 드디어 FOODEX JAPAN의 개막을 알리는 방송이 울렸다. 전시장 안 조명이 한층 밝아지고, 각 부스에서는 저마다 손님맞이 인사를 시작했다. 우리도 부스 앞에 나란히 섰다.

"오하요 고자이마스! (안녕하세요)"라며 지나가는 사람들에게 인사를 건네보기로 했다. 김대리는 서툴지만 용감하게 목소리를 냈다. 나도 약간 어색한 억양으로 "こんにちは、どうぞ試食してください! (안녕하세요, 시식해보세요!)"라고 말을 붙였다. 처음엔 쑥스럽고 어색했지만, 몇 번 해보니 조금씩 자연스러워졌다. 우리는 자연스레 역할을 나눴다. 김대리가 밝은 목소리로 손님들을 맞아 먼저 말을 걸면, 내가 옆에서 시음 컵을 건네며 제품 설명을 덧붙이는 식이었다. 통역이 필요할 땐 근처에 있던 안내 요원의 도움을 받기로 했다. 둘 다 첫 해외 박람회라 미숙했지만, 정성을 다하면 통

흙의 약속

하리라는 믿음으로 부딪쳐 보기로 했다.

지나가던 몇몇 사람들이 우리 인사에 고개를 돌려 부스를 흘끗 쳐다보았다. 그중 한두 명은 발걸음을 멈추고 다가왔다. 바로 그 순간이 왔다. 우리가 그토록 준비하며 기다려온, 일본 손님과의 첫 대면이었다. 처음 우리 부스를 찾아준 사람은 중년의 일본인 남성이었다. 그는 손에 작은 수첩을 들고 있었고, 가슴에는 출입증과 함께 어느 식품 수입업체의 이름이 적힌 명찰을 달고 있었다. 바이어임이 분명했다. 나는 얼른 허리를 굽혀 인사하며 준비해둔 명함을 두 손으로 내밀었다.

"처음 뵙겠습니다. 장생도라지 회사의 이영춘입니다."

내가 일본어로 더듬더듬 자기소개를 건네자, 그는 반갑게 웃으며 자신의 명함을 건넸다. 일본어로 된 명함에는 그의 이름과 함께 식품무역주식회사 구매담당 이사라는 직함이 적혀 있었다. 명함을 받아 들고 간단히 읽은 후, 내가 아는 한도 내에서 일본어로 노력해 말을 이어갔다.

"저희 제품은 한국의 도라지로 만든 건강식품입니다."

그러나 복잡한 설명은 어휘가 딸려서 곤란했다. 다행히 근처 한국관 안내데스크에 상주하던 통역 자원봉사자가 눈치껏 다가와 도와주었다. 나는 감사한 마음으로 영어로 설명을 시작했고, 통역자가 이를 일본어로 옮겼다. 바이어는 고개를 끄덕이며 진열된 제품들을 유심히 살펴보았다. 그러더니 질문을 던졌다. 일본어였지만 통역을 거쳐 들으니 "이건 어떻게 섭취하는 제품인가요?" 하는 내용이었다. 나는 준비해둔 멘트를 침착하게 늘어놓았다.

"이 액상 진액 제품은 하루에 한 포씩 원액 그대로 드시거나 물에 타서 차처럼 드시면 됩니다. 기관지와 목 건강에 특히 좋습니다. 그리고 이 분말 스틱은 분말 형태로, 요거트나 음료에 타서 드시거나 직접 입에 털어 넣어도 되는 제품입니다. 마지막으로 이건 도라지 즙으로 만든 캔디로, 아이들도 맛있게 먹으면서 건강에 도움을 받을 수 있는 상품입니다."

통역을 통해 설명을 들은 바이어는 연신 "오오"하고 감탄사를 내뱉었다. 그는 특히 기관지와 목 건강에 좋다는 말에 흥미를 보였다.

"지금 한 번 맛볼 수 있을까요?"

당연한 질문이었다. 나는 기다렸다는 듯 작은 컵에 진액을 한 포 따라 드렸다. 바이어는 그것을 코 가까이 가져가 향을 맡더니 한모금 마셨다. 약간 떨떠름한 표정을 지었지만 곧 고개를 끄덕였다.

"약간 씁쓸하지만, 몸에 좋을 것 같네요."

그는 그렇게 평하며 빈 컵을 내려놓았다. 내친김에 나는 도라지 분말이 들어있는 스틱 한 포와 캔디도 건넸다. 그는 분말 스틱은 나중에 시도해보겠다며 주머니에 넣고, 캔디는 즉석에서 하나 까서 입에 넣었다. 당장 목을 시원하게 하는 향과 맛이 씁쓸한 진액 맛을 달래주었을 것이다. 그는 미소를 지으며 "이건 맛있네요. 목이 시원해지는 느낌입니다."라고 말했다.

짧은 대화였지만, 나는 속으로 쾌재를 불렀다. 드디어 우리 제품이 일본인에게 첫 인상을 심어준 순간이었다. 그가 명함 뒤에 무언가 메모를 하기 시작하길래 옆에서 조용히 기다렸다. 아마도 우리 제품과 회사에 대한 간단한 기록을 해두는 것 같았다. 메모를 마친 그의 얼굴에는 흥미로운 제품을 발견했다는 뿌듯함이 배어 있었다. 그 바이어와 몇 가지 실무적인 이야기를 더 나눴다. 그는 일본 시장에서 건강식품은 규제가 엄격하니, 수입을 위해서는 제품 성분표와 효능에 대한 공인된 자료가 필요할 수 있다고 조언해주었다.

나는 고개를 끄덕이며 우리가 한국에서 받은 각종 검사 성적서와 인증서가 준비되어 있다고 답했다. 또 가격대와 최소 주문 수량 등도 간단히 묻길래, 현장에서 구체적으로 말하기는 조심스러웠지만 대략적인 수치를 알려주었다. 대신 "자세한 제안서는 이메일로 보내드리겠다"고 덧붙였다. 그는 이해한다는 듯 미소 지으며 명함을 다시 한 번 가리켰다.

"여기에 이메일 있으니 보내주시면 검토해보겠습니다. 제가 취급하는 제품군과 잘 맞으면 좋겠네요."

나는 연신 감사하다는 인사를 표했다. 첫 상담치고는 꽤 긍정적인 반응을 얻은 셈이었다. 그는 손을 흔들며 부스를 떠났고, 우리는 배웅하며 깊이 허리 숙여 인사했다. 등이 땀으로 축축해진 게 그제야 느껴졌다. 첫 번째 상담부터 정신이 쏙 빠졌지만, 동시에 말로 형언하기 힘든 보람이 밀려왔다. '해냈다'까지는 아니더라도, '통했다'는 느낌. 그제야 비로소 이국의 땅에서 진짜로 사업을 하고 있다는 실감이 들었다.

잠시 숨 돌릴 틈도 없이 다음 방문객들이 이어졌다. 어떤 이는 호기심 많은 표정으로 시음용 캔디를 집어 들었고, 또 어떤 이는 지나치다 포스터 속 도라지 사진이 신기했던지 발걸음을 돌려 부스로 다가왔다. 특히 도라지꽃 사진이 예쁘다며 말을 거는 일본인 아주머니도 있었다.

"이 꽃이 그렇게 몸에 좋아요?"

그녀의 순진한 질문에 웃음이 나왔지만, 나는 차근차근 설명해 드렸다. 도라지 꽃 자체보다는 그 뿌리가 건강에 좋은 것이라고. 아주머니는 고개를 끄덕이며 "그 뿌리가 이 조그만 병 안에 들어있다는 거군요!"라며 진액 병을 가리켰다. 내가 그렇다고 하자, 옆에 있던 그녀의 남편 되는 분이 "한 병 사서 먹어볼까?"하고 농담처럼 말했다. 우리는 상업 판매는 이 자리에서 할 수 없고, 샘플만 드릴 수 있다고 정중히 안내해 드렸다. 대신 관심 있는 분들께는 추후 연락을 주시면 구매할 수 있는 방법을 알려드리겠다고 브로셔를 건넸다. 부부는 연신 "재밌는 걸 알았다"며 웃으며 부스를 떠났는데, 돌아서면서도 캔디를 맛본 소감을 서로 이야기하는 모습이었다.

우리끼리 그 모습을 보며 살짝 미소를 지었다. 비록 당장의 매출과 연결되지는 않아도, 모르는 사람들이 우리 도라지를 맛보고 이야기 나누는 장면 자체가 뿌듯했다. 점심시간 무렵이 되자 슬슬 피로가 몰려왔다. 오전 내내 수십 명과 대화하고 설명하다 보니 목이 칼칼해졌다. 김대리와 교대로 잠깐씩 자리를 비워 점심을 해결하기로 했다. 나는 근처 매점에서 대충 주먹밥과 차가운 녹차 한 병을 사 와서 부스 뒤편에서 급히 허기를 달랬다. 앉아 있는 몇 분 동안 아침부터의 상황을 곱씹어봤다. 일본인들의 반응은 생각보다 긍정적이었다. 물론 대부분은 우리 제품을 처음 접해본 터라 신기해했고, 구체적으로 구매 의사를 밝힌 이는 드물었다.

그래도 "건강에 좋다니 부모님께 드리면 좋겠다", "한국에 이런 것도 있었네" 등 여러 반응을 직접 들을 수 있었다.

특히 몇몇 바이어들은 한 걸음 떨어져서 관심 있게 지켜보다가 브로셔만 슬쩍 집어가는 경우도 있었다. 그럴 때면 아쉬운 마음에 내가 먼저 말을 걸며 한마디라도 더 설명하려 애썼다. 어떤 이는 끝내 발길을 돌렸지만, 어떤 이는 내 열정에 이끌렸는지 몇 마디 더 물어보기도 했다. 하나라도 더 알리고 싶어 절박했던 마음이 통했기를 바랄 뿐이었다.

같은 한국관 내 다른 부스들의 분주한 모습도 눈에 들어왔다. 옆 부스에서는 전라도의 한 식품업체가 전통 발효차를 선보이고 있었는데, 그쪽 직원도 쉴 새 없이 차를 따르고 설명하느라 진땀을 흘리는 모습이었다. 우리는 중간중간 서로 눈이 마주치면 피식 웃으며 "화이팅"이라 인사를 건넸다. 또 다른 한쪽에선 파프리카를 잔뜩 쌓아 놓고 홍보하는 부스도 보였다. 무지갯빛 파프리카 더미 앞에서 일본 바이어들이 "오이시이!"를 연발하며 신기해했다. 한국 신선 농산물에 대한 관심도 상당해 보였다. 그걸 보며 나도 덩달아 뿌듯했다.

우리는 저마다 다른 제품을 가지고 나왔지만, 결국 함께 한국 농식품의 우수함을 알리는 동료라는 생각이 들었다. 그렇게 정신없이 오전을 보내고 나니, 남은 박람회 일정에 대한 감각도 조금 잡혔다. 무엇보다 지나친 기대보다는 묵묵히 우리 할 일을 하자는 마음으로 가라앉았다. '한번에 대박나진 않겠지. 대신 오늘 얻은 피드백으로 내일은 더 나아지자.' 스스로 다짐해 보았다.

그날 저녁, 박람회 첫날 일정이 끝난 후 숙소로 돌아오는 길에 나는 녹초가 되어 버스 좌석에 몸을 기댔다. 김대리 역시 말수가 줄어 있었다. 온종일 서서 응대하느라 다리도 아팠고 목소리도 쉬었다. 하지만 둘 다 얼굴에는 묘한 흡족함이 비치고 있었다.

"생각보다 반응이 괜찮았죠, 대표님?"

김대리가 먼저 입을 열었다.

"그러게. 솔직히 이렇게 관심 가져줄지 몰랐는데… 그래도 역시 바로 계약하겠다는 곳은 없었지만."

내가 현실적인 평가를 덧붙이자, 김대리는 웃으며 말했다.

"당연하죠. 첫날인데요 뭐. 그래도 느낌 좋았어요. 내일 모레 더 열심히 해서 딱 한 군데라도 제대로 꼬셔봅시다!"

그의 의욕적인 말에 나도 피곤한 와중에 힘이 났다. 맞다, 아직 이틀이나 남았다. 오늘의 경험을 바탕으로 더 나은 대응을 하면 분명 좋은 결과가 있을 거라는 희망이 생겼다. 숙소에 도착해서 씻고 눕자마자 깊은 잠에 빠져들기 전까지, 나는 머릿속으로 내일의 시나리오를 그려보았다.

'오늘 우리 제품을 사 가겠다던 그 오사카 유통사 사람, 내일 다시 오면 가격 제안을 해볼까? 저녁에 미리 견적서를 써두는 게 좋겠어…'

이런 생각들을 정리하다보니 어느새 꿈속으로 떨어져 버렸다. 박람회 둘째 날 아침이 밝았다. 우리는 전날보다 한결 여유로운 마음으로 부스로 향했다. 첫날 실전 경험 덕분에 이제는 어떻게 손님들을 대해야 할지 감이 좀 잡힌 듯했다. 개장 시간 전에 잠깐 다른 한국 부스 직원들과 이야기를 나눴는데, 다들 비슷한 긴장과 기대 속에서 하루를 보냈다고 했다.

"어제 어땠어요? 꽤 관심 보이던가요?"라며 서로 정보를 주고받으며 용기를 북돋았다. 그렇게 서로 응원하는 사이, 전시장이 다시 하루를 시작할 준비에 들어갔다. 잠시 후 한국관 관계자들과 경상남도 직원들이 부스들을 둘러보며 참가 기업들을 격려해주었다. 우리 부스에도 한 무리의 방문객이 다가왔는데, 진주시에서 함께 온 통상지원 담당 공무원과 일본의 행사 담당 공무원이었다.

"어제 첫날 고생 많으셨습니다. 반응이 어떻던가요?"

우리는 느낀 그대로 솔직히 답했다. 낯설어하지만 흥미는 보이는 것 같다고, 몇몇 잠재 바이어와 얘기가 오갔다고 보고드렸다. 지사장님은 고개를 끄덕이며 "한 번 나왔다고 바로 성과가 나는 건 아니지만, 이렇게 시장에 노크하는 게 중요합니다. 일본 바이어들은 신뢰를 중시하니 꾸준히 얼굴을 비추면 분명 길이 열릴 겁니다"라고 조언했다.

모두의 응원과 조언에 힘이 났다.

"감사합니다. 열심히 뛰겠습니다!"

나는 허리 숙여 인사하며 다짐했다. 잠시였지만 이런 격려의 말 한마디가 큰 용기가 되었다. 이튿날 오전에도 다양한 관람객들이 부스를 찾았다. 하루 지나니 우리도 조금씩 말에 유연함이 생겼다. 김대리는 익혀둔 일본어 문구로 능숙하게 인사를 건넸고, 나도 어제보다는 긴장이 풀려 가벼운 농담으로 분위기를 누그러뜨리곤 했다. 그런데 그 날 오전에는 기억에 남는 까다로운 손님도 한 분 있었다. 머리가 희끗한 60대쯤 되어 보이는 일본인 남성이었는데, 명찰을 보니 일본 전통 건강식품 업체의 고문으로 계신 분이었다. 그는 진열된 도라지 진액 병을 들고 한참 바라보더니 우리에게 말을 걸었다. 통역 직원의 도움으로 대화가 시작되었다.

"도라지라… 생약재로 쓰이는 식물이지요. 이걸 일본 시장에 팔아보겠다고요?"

그의 목소리에는 약간의 의구심이 담겨 있었다. 나는 긴장했지만 침착하게 도라지의 효능과 우리가 개발한 제품의 특장점을 설명했다. 폐와 기관지에 좋아 감기 예방에 도움을 줄 수 있고, 한국에선 오랜 세월 식품과 약재로 애용되어 왔다고 강조했다. 하지만 그는 곧바로 고개를 끄덕이지 않았다.

"일본 소비자들은 맛에도 민감합니다. 너무 쓰거나 생소하면 받아들이기 어려울 수도 있어요."

그는 진액을 맛보지도 않고 그렇게 지적했다. 사실 일리 있는 말이었다. 어제도 몇몇 일본인들이 진액의 쓴맛에 놀라는 모습을 봤으니까. 내가 잠시 할 말을 잃자, 그는 부스 한쪽에 놓인 도라지 캔디를 집어 들었다.

"이 정도 단맛과 함께라면 모를까… 흠, 어쨌든 흥미롭습니다. 하지만 시장성은 두고 봐야겠어요."

그는 솔직하게 평을 남겼다. 마지막으로 "まあ、頑張ってくださいね (뭐, 잘 해보세요)"라고 덧붙이며 자리를 떠났다. 그의 뒷모습을 보며 나는 마음이 조금 무거워졌다. 정면으로 마주한 냉정한 평가였지만, 그런 비판도 새겨들어야 했다. 김대리가 내 어깨를 살짝 두드리며 말했다.

"너무 기죽지 마세요. 어디까지나 저 분 개인 의견이잖아요. 입맛은 사람마다 다르니까요."

나는 고개를 끄덕였지만, 쓴맛을 완화하는 방안이나 현지인 취향에 맞추는 법 등에 대해 생각이 많아졌다. 아직 갈 길이 멀다는 걸 다시금 실감했다. 순간 제품 개발 당시 아버지와 나눴던 대화가 떠올랐다. 처음 도라지 진액의 맛을 조율하던 때였다. 나는 쓴맛을 줄이기 위해 꿀이나 감초를 더 첨가하는 방안을 제안했다.

"아무래도 너무 쓰면 젊은 사람들이 안 먹을 것 같아요."

그때 아버지는 고개를 저으셨다.

"몸에 좋은 약이 입에 쓰다는 말 모르냐? 괜히 단맛 더 넣다가 약효만 반감될 수 있다. 자연 그대로의 맛에 익숙해지도록 해야지."

나는 아버지의 완고함이 답답하면서도 한편으로는 그 신념을 존중했다. 결국 지금의 제품은 적당한 쓴맛과 은근한 단맛의 균형을 이루게 되었다. 아버지의 말대로 효능을 지키면서도 먹기 좋게 만든 최선의 절충안이었다. 그러나 오늘 만난 일본인 손님처럼 이 쓴맛에 적응하지 못하는 외국 소비자들도 많을지 모른다.

'과연 정직한 쓴맛으로 승부하는 게 맞을까? 아니면 현지 입맛에 더 맞게 변화를 줘야 할까?'

여러 생각이 머리를 스쳤다. 쉽게 답을 내릴 순 없었지만, 최소한 소비자들의 솔직한 반응을 알게 된 것만으로도 수확이라 여겼다. 아버지라면 뭐라고 하실까 궁금했지만, 섣불리 결론짓지 않기로 했다. 우리 제품의 정체성을 지키면서도 세계인의 입맛을 사로잡을 방법, 그 해답을 찾는 것도 앞으로 내가 풀어가야 할 숙제일 것이다.

그래도 곧 희망적인 만남도 이어졌다. 오전 내내 오가며 우리 부스를 눈여겨보던 한 중년 남성이 약속이나 한 듯 점심 즈음 다시 찾아온 것이다. 자세히 보니 전날 브로셔만 챙겨갔던 오사카 건강식품 유통사 바이어였다. 어제는 시간이 없다며 명함만 두고 간 분이었는데, 오늘 와 준 걸 보니 흥미를 놓지 않았다는 뜻일 터였다. 나는 반갑게 그를 맞이했다. 그는 처음부터 구매 조건에 대해 꽤 구체적인 질문들을 쏟아냈다. 마치 우리 제품을 판매할 전제하에 확인할 사항들을 점검하는 느낌이었다. 나는 준비해 온 자료를 꺼내 하나하나 답했다. 생산량은 연간 어느 정도 가능하며, 유통기한은 제조일로부터 2년, 한국 내 각종 품질 인증을 받았고, 일본 수출을 위해 필요한 절차도 진행 중이라고 설명했다. 그도 진지한 표정으로 메모를 하며 경청했다. 주변에서는 통역 자원봉사자가 도움을 주며 일본어로 대화를 이어갔다. 한참을 서로 질의응답한 끝에, 그는 고개를 끄덕이며 말했다.

"좋습니다. 우리 회사에서도 충분히 취급을 검토해볼 만한 제품인 것 같습니다."

드디어 마음을 연 듯한 반응에 내심 가슴이 뛰었다. 그러면서 구체적인 거래 조건을 논의하고 싶다고 했다. 우리는 부스 뒤쪽 작은 테이블에 마주앉아 본격적인 상담을 시작했다. 그는 예상 주문 물량과 납기, 가격대를 조심스레 타진했다. 당장 정확한 가격을 흥정하긴 어려웠지만, 나는 국내에서 책정한 도매가격과 일본 시장에서의 목표 소비자 가격을 고려해 대략적인 범위를 제시했다. 서로 수첩에 계산을 적어가며 진지하게 의견을 주고받았다. 통역을 거쳐 협상이 이어지는 동안, 내 손바닥에는 땀이 배어났다. 하지만 분위기는 나쁘지 않았다. 몇 가지 조건에서 이견이 있었지만, 큰 틀에서는 서로 윈윈할 수 있다는 공감대를 이룬 듯했다.

결국 그는 "귀국하고 나면 이메일로 구체적인 제안을 보내달라"고 했다. 당장은 현장에서 계약서를 쓰진 못했지만, 충분히 긍정적인 의사를 확인한 것이다. 마지막으로 우리는 힘껏 악수를 나눴다. 그의 손에 닿은 힘을 통해 나도 모르게 벅찬 감정이 밀려왔다. 우리의 도라지가 마침내 일본 시장을 향해 한 발 내딛는 순간이라는 실감이 들었다. 마침 근처에서 상황을 지켜보던 진주시 관계자가 내게 다가왔다. 우리가 일본 바이어와 협의를 마친 모습을 보고 무척 반가워했다.

"좋은 소식이네요! 혹시 가능하시다면 내일 폐막 전에 간단하게 양측 MOU 체결식을 가지면 어떨까요?"

그는 제안했다. 예정보다 빠른 전개에 나와 바이어는 잠시 서로의 얼굴을 보았지만, 곧 동시에 고개를 끄덕였다. 공식 계약은 아니어도 향후 협력을 약속하는 서류에 사인해두는 건 서로에게 의미 있는 일일 터였다. 그렇게 해서 우리 장생도라지와 오사카 바이어 간의 수출 의향서를 다음 날 체결하기로 약속했다. 그 자리에서 우리는 다시 한 번 명함을 맞교환하며 재차 인사를 나눴다.

"내일 뵙겠습니다."

일본어로 건넨 내 인사에 바이어가 환하게 웃으며 답했다. 처음 일본 땅을 밟았을 때부터 꿈꿔온 순간이 현실로 다가오는 느낌이었다. 그날 밤 숙소로 돌아와서도 우리는 좀처럼 쉽게 잠들지 못했다. 김대리와 나는 침대 머리맡에 앉아 오늘 오간 상담들을 하나하나 복기했다. 받은 명함과 메모를 펼쳐보니, 적잖은 후속 과제가 눈에 보였다.

"이 분께는 제품 샘플 보내드리기로 했고, 저쪽 회사엔 견적서… 기억나시죠?"

김대리가 확인하듯 묻자, 나는 끄덕이며 중요한 사항들을 수첩에 정리했다. 오사카 바이어와의 MOU 체결 준비도 챙겨야 했다. 내일 행사장에서 사용할 간단한 양해각서 문안을 미리 이메일로 받아 검토하고, 아버지께도 전화를 걸어 오늘 있었던 일들을 전해드렸다. 아버지는 조용히 이야기를 들으시더니, 전화 너머로 한마디만 하셨다.

"그렇다니 다행이다. 마무리 잘 하고 와라."

들뜬 나를 다독이는 담담한 목소리였다. 그제야 마음이 차분해졌다. 모든 게 끝날 때까지 방심하지 말자고 스스로 되새기며 잠자리에 들었다. 박람회 마지막 날 아침, 우리는 묘한 긴장감과 함께 부스에 나섰다. 오늘은 일반 참관객 입장이 제한된 비즈니스 데이였고, 오전 중에 예정된 중요한 행사가 있었다. 바로 어제 약속한 MOU 체결식이었다. 진주시 공동브랜드 참여 업체 중 우리를 포함한 몇 개 기업이 일본 바이어들과 맺은 수출 의향서에 공식 서명하는 자리였다. 행사 시간에 맞춰 잠시 부스를 비우고 한국관 중앙 무대로 향했다. 작지만 간소한 세리머니가 준비되어 있었다. 진주시 관계자들과 해당 바이어들이 배석한 가운데, 나와 오사카 바이어는 각각 서류에 차례로 서명했다. 잉크 펜촉이 종이 위를 달릴 때 손이 약간 떨렸다. 싸인이 끝나자 서로 서류를 맞교환하고 굳게 악수를 나눴다. 여기저기서 박수가 터져 나왔다. 플래시 불빛이 몇 차례 번쩍였다.

가슴이 뜨겁게 달아올랐다. 마치 정식 계약이라도 체결한 듯 몸이 경직되었지만, 마음 한구석에서는 기쁨이 조용히 피어올랐다. 종이에 적힌 몇 줄의 약속이지만, 이것은 우리 장생도라지가 해외 시장에 내딛는 역사적인 첫 걸음임이 분명했다. 행사장에는 우리 외에도 파프리카 수출농가 대표, 배 가공품 업체 팀장 등 고향에서 함께 온 몇몇 업체들이 각각 일본 바이어와 약속을 맺고 있었다. 옆 테이블에서는 파프리카 농가 사장님이 현지 대형마트 구매담당자와 활짝 웃으며 악수하는 모습이 보였다. 서로 눈이 마주치자 우리는 환하게 웃으며 고개를 끄덕였다. 같은 고향에서 함께 건너온 동료로서, 말없이도 그 마음을 알 수 있었다. 모두들 긴 고생 끝에 작은 결실을 맺어가는 중이었다. 체결식이 끝난 뒤 진주 기업 관계자들이 한데 모여 기념사진을 찍었다. 우리는 어깨동무까지 하며 "진주 화이팅!"을 외쳤다. 고향에서 함께 땀 흘려 길러낸 결실을 이곳 일본 땅에서 함께 나눈 기쁨에 다들 눈시울이 붉어졌다. 정신없이 사진 촬영을 마치고 나서야 모든 실감이 천천히 밀려왔다. 마치 꿈속을 걷는 기분이었다. 나중에 사진을 돌려보니, 내 얼굴은 잔뜩 긴장한 채 굳어 있었지만 눈빛만은 누구보다 반짝이고 있었다.

'아, 이것이 바로 새로운 도전의 첫 열매를 맺은 순간의 내 모습이구나.'

내심 쑥스럽고도 뿌듯한 마음에 혼자 웃고 말았다. 행사를 마치고 다시 부스로 돌아오니, 어느덧 박람회 막바지의 느긋한 공기가 감돌고 있었다. 나는 문득 부스 가장자리에서 주변을 둘러보았다. 3일간의 짧지 않은 여정 동안, 이 거대한 전시장의 한 구석에서 참 많은 일들이 지나갔다. 브로셔도

백여 부 넘게 나눠준 것 같았고, 시음용 진액과 캔디도 거의 소진되었다. 그만큼 우리 제품을 알린 셈이다. 부스를 찾은 사람들마다 각기 다른 표정과 반응을 보여줬지만, 공통적으로 '새로운 것을 접했다'는 흥미를 읽을 수 있었다.

낯선 한국의 뿌리 식품이 누군가의 기억에 남았고, 누군가는 그것을 통해 건강에 대한 새로운 아이디어를 얻었을지도 모른다. 그런 상상을 하니 뿌듯하면서도 묘한 책임감이 들었다. 앞으로도 저 사람들의 기대를 저버리지 않도록 더 열심히 좋은 제품을 만들어야겠다는 다짐이 마음속에 차올랐다. 잠시 후 전시장 스피커를 통해 오늘 일정이 모두 끝났다는 안내 방송이 흘러나왔다. 이웃 부스들에서도 직원들이 삼삼오오 모여 장비를 철거하고 박스를 정리하는 모습이 보였다. 여기저기서 마지막 인사를 나누는 웃음 섞인 목소리도 들려왔다. 아쉬움과 안도가 교차하는 순간이었다. 철수를 준비하며, 우리는 가져온 물품들을 다시 상자에 하나둘 정리하기 시작했다. 주머니 속에는 박람회 기간 동안 주고받은 명함들이 두툼하게 들어 있었다. 하나하나 소중한 인연의 증표였다. 귀국 후 이분들께 일일이 연락을 드리며 약속을 이어가야 할 것이다.

또한 우리가 매일 꼼꼼히 기록해 둔 상담 일지를 보며, 어떤 바이어에게 무슨 설명을 했고 문의사항은 무엇이었는지 다시 한번 점검했다. 여분으로 가져온 제품 샘플 몇 박스는 유망 바이어들에게 전달하기 위해 현지 물류센터로 별도 발송을 의뢰해둔 상태였다. 남은 짐들은 우리가 직접 한국으로 가져가야 했다. 사실 우리는 큰 성과를 이뤘다기보다는 첫 단추를 잘 끼운 것에 불과했다. 하지만 시작이 반이라고 하지 않던가.

　나는 박람회장에서 나오기 전, 텅 빈 공간이 된 우리 부스 자리위를 마지막으로 바라보았다. 그리고 속으로 조용히 인사했다. 비록 눈에 보이는 열매는 작고 단단한 씨앗처럼 느껴지지만, 분명 시간이 지나면 더 크게 여물 것이라 믿었다. 한국으로 돌아오는 비행기 안에서 나는 창밖의 구름을 멍하니 바라보며 생각에 잠겼다. 이번 박람회 참가를 통해 얻은 것은 단순한 수출 상담 실적 그 이상이었다. 새로운 시장의 문화를 배우고, 우리 제품을 객관적인 눈으로 바라볼 소중한 기회를 얻었다.

　무엇보다 적지 않은 나이지만, 나 자신이 한 뼘 성장한 느낌이었다. 문득 앞으로의 계획들이 머릿속에 그려졌다. 일본에서 맺은 인연들을 어떻게 이어갈지 구체적인 그림이 그려지기 시작했다. 우선 오사카 바이어에게는 귀국하자마자 샘플 추가 발송과 상세 제안서를 보내야 한다. 가능하다면 조만간 그를 한국으로 초청해 우리 농장을 직접 보여주고, 도라지 재배지의 흙 내음과 정성을 느껴보게 하고 싶었다.

　다른 상담자들에게도 잊히지 않도록 꾸준히 이메일로 소식을 전하고, 필요시 일본을 다시 찾아 직접 미팅을 가져야지. 해외 시장 개척이란 한 번 스쳐간 만남을 오래된 인연으로 키워가는 과정이라는 생각이 들었다. 그러려면 이번 첫 발자국을 헛되지 않게 이어가는 끈기가 필수일 것이다. 하지만 이상하게 두렵기보다 설레는 마음이 컸다. 낯선 땅에서 가능성을 확인한 이상, 이제는 그 가능성을 현실로 만들 차례라는 각오가 생겼다. 어깨에 짊어진 책임도 무겁지만, 그만큼 기대와 희망도 크다는 것을 느끼며 미소 지었다. 문득 한국에서 이 소식을 기다리고 있을 회사 식구들의 얼굴이 하나둘 떠올랐다. 우리의 분투를 알기에 누구보다 기뻐해 주리라 믿었다. 돌아가면 직원들과 함께 이번 박람회 경험을 나누고자 마음먹었다. 이 작은 씨앗을 키워 더 큰 열매로 만들어가는 일은 온 우리 팀의 몫일 테니까. 한 뼘 성장한 느낌이었다. 비행기 좌석 등받이에 머리를 기대자 그제야 몰려오는 피로가 느껴졌다.

문득 가방 안에 있는 아버지의 낡은 수첩 생각이 났다. 조심스럽게 꺼내어 펼쳐보니, 첫 장에 적힌 문구가 눈에 들어왔다. "흙은 거짓말하지 않는다." 아버지가 평소 입버릇처럼 하시던 말씀이다. 흙에서 자란 도라지는 우리에게 거짓말을 하지 않았다. 정성을 다한 만큼 무럭무럭 자라주었고, 그 진심을 제품에 담아내니 결국 사람들의 마음도 조금씩 움직일 수 있었다. 나는 수첩의 빈 공간에 살며시 적어두었다.

"새로운 도전의 첫 열매를 딴 날"

비록 작고 조심스러운 첫 열매이지만, 이것이 더 많은 열매로 이어지는 시작이 되리라 마음속으로 다짐했다. 비행기가 인천공항에 착륙하고 휴대폰을 켜자마자, 아버지에게서 메시지 한 통이 도착해 있었다. "수고했다. 별일 없었지?" 아버지의 메시지는 언제나 이처럼 짧고 담담했다. 굳이 많은 말을 하지 않으셔도 그 속에 담긴 깊은 의미를 나는 잘 알고 있었다. 젊은 시절부터 줄곧 흙을 일구고 도라지를 길러오신 아버지였다. 그 긴 세월 동안 처음 해외로 내딛은 우리의 발걸음을 아버지는 누구보다 감격스러워하시리라. 하지만 그 마음을 자랑 대신 묵묵히 격려로 전해주시는 분이었다.

단 두 문장이었지만 그 속에 담긴 위로와 격려를 읽어낼 수 있었다. 나는 활주로를 굴러가는 비행기 창밖으로 저무는 저녁 하늘을 바라보며 짧게 답장을 썼다. "네, 잘 다녀왔습니다. 많이 배웠습니다."

이렇게 나의 첫 해외 도전은 막을 내렸다. 수치로 환산할 수 없는 값진 경험과 함께, 나는 새로운 길 위에 서 있었다.

기로

　늦가을로 접어든 밤공기는 칼날처럼 차가웠다. 온종일 도라지 선별 작업과 일본 수출용 제품 포장으로 분주했던 공장은 이제야 깊은 정적 속에 잠겨 있었다. 그러나 내 사무실의 형광등은 아직도 창백한 빛을 토해내며 꺼질 줄 몰랐다. 나는 일주일 뒤면 선적해야 할 일본 수출 물량과 관련된 서류를 처리하고, 회사의 재무와 관련된 서류들을 검토하고 있었다. 해외 진출을 앞두고 모두가 들떠 있는 동안, 이번 수출 건의 이익을 다시 한번 검토하면서 무언가 이상한 불안함을 감지했던 것이다.

　매출액만 놓고 본다면, 이번 수출 건과 앞으로 일본 시장 진출은 분명 회사에 큰 이익이 되는 일이 분명했다. 하지만 이상하게도 마음 한구석은 계속해서 불안감으로 술렁였다. 겉으로는 평온해 보이는 이 숫자들 뒤에 무

흙의 약속 | 169

언가 감당하기 힘든 진실이 숨겨져 있을 것만 같은 불길한 예감이었다. 나는 자리에서 일어나 차가운 물로 세수를 하고 돌아와, 지난 몇 년간의 기록들을 모두 뒤지며 계산기를 두드려댔다.

한 장, 한 장 넘길수록 내 미간에는 깊은 주름이 패였다. 생산량과 매출액은 해마다 조금씩 늘어왔지만, 그에 비례하여 영업이익은 오히려 줄어들거나 제자리걸음을 하고 있었다. 심지어 지난 분기에는 상당한 규모의 적자까지 기록되어 있었다.

'어째서일까… 분명히 판매는 꾸준히 이루어지고 있는데, 왜 수익은 이토록 형편없는 것일까.'

나는 마치 복잡하게 얽힌 실타래를 풀어내듯, 각종 비용 항목들을 하나하나 되짚어보며 문제의 원인을 찾아 헤맸다. 원재료인 도라지 수매 비용, 가공 시설 유지비, 인건비, 물류비, 판매관리비… 겉으로 드러난 비용들은 크게 변동이 없거나 오히려 효율적으로 관리되고 있는 것처럼 보였다.

그러나 직감적으로 무언가 잘못되었다는 것을 느꼈다. 보이지 않는 구멍이 어딘가에 있는 것이 분명했다. 나는 책상 서랍 깊숙한 곳에서 아버지께서 사용하시던 낡은 금전출납부 몇 권을 꺼냈다. 십수 년도 더 된, 손때 묻은 그 장부들에는 아버지의 투박한 글씨로 매일의 수입과 지출이 꼼꼼하게 기록되어 있었다. 나는 그 빛바랜 장부들과 최근 몇 년간의 전산화된 재무제표를 밤늦도록 번갈아 대조하기 시작했다. 마치 숨은 그림 찾기라도 하듯, 과거와 현재의 숫자들 사이에서 어떤 결정적인 단서를 찾아내려 애썼다.

아버지의 손글씨가 남은 장부 속 숫자들은 놀랍도록 단순하고 명료했다. 원료 매입가, 생산비, 최소한의 관리비, 그리고 판매 수익. 그 시절에는 모든 것이 지금보다 훨씬 더 열악하고 부족했을지언정, 수입과 지출의 흐름만큼은 건강하게 유지되고 있는 듯 보였다. 물론, 큰돈을 벌지는 못했지만, 적어도 회사가 빚더미에 올라앉을 정도는 아니었다. 아버지께서는 특유의 꼼꼼함과 절약 정신으로 허투루 나가는 돈 없이 살뜰하게 회사를 꾸려오셨던 것이다.

그러나 내가 물려받은 최근 몇 년간의 재무제표는 전혀 다른 이야기를 하고 있었다. 언뜻 보면 그럴듯한 매출액 뒤에는, 과거에는 상상할 수도 없었던 다양한 비용 항목들이 거미줄처럼 얽혀 있었고, 그 비용들은 해마다 눈덩이처럼 불어나 있었다. 특히 일반 작물의 수배에서 수십배에 달하는 '재배관리비'나 '신품종 개발을 위한 연구 투자 비용' 같은 항목들은 아버지의 자부심이 담긴 부분이었지만, 동시에 엄청난 고정 비용으로 회사 전체의 수익성을 갉아먹고 있었다.

아버지께서는 언제나 "최고가 아니면 만들지 않는다"는 신념으로, 일반 도라지보다 몇 배나 더 긴 시간과 정성을 들여 장생도라지를 재배하셨다. 그 과정에서 들어가는 인건비와 관리비는 상상을 초월했지만, 아버지는 그것을 비용으로 생각하기보다 '최고의 품질을 위한 당연한 투자'라고 여기셨다. 또한, 계약 재배 농가들에게는 언제나 시장 가격보다 후한 값을 쳐주셨고, 그들의 어려움을 외면하지 않으셨다. 그것이 아버지의 '상생' 철학이었고, 장생도라지가 지역 사회에서 신뢰를 얻을 수 있었던 가장 큰 이유이기도 했다.

하지만 그 모든 '좋은' 가치들이, 냉정한 시장의 논리 앞에서는 오히려 회사의 발목을 잡는 족쇄가 되어 돌아오고 있었다. 소비자들은 장생도라지의 뛰어난 품질과 그 안에 담긴 아버지의 철학을 어렴풋이는 알지언정, 경쟁사들의 저가 공세와 화려한 마케팅에 더 쉽게 현혹되었다. 우리는 품질을 유지하기 위해 높은 생산 단가를 감수해야 했고, 그 결과 가격 경쟁력에서 밀릴 수밖에 없었다. '좋은 제품은 언젠가 소비자가 알아줄 것이다'라는 아버지의 믿음은, 안타깝게도 현실에서는 너무나 더디고 힘겨운 과정이었다.

시간이 얼마나 흘렀을까. 창밖이 희미하게 밝아오기 시작할 무렵, 나는 마침내 문제의 핵심을 파악하고 깊은 탄식을 내뱉었다. 우리 회사는, 생산량이 늘면 늘수록, 판매량이 증가하면 증가할수록, 오히려 손실이 커져가는 기형적인 수익 구조에 빠져 있었던 것이다. 마치 밑 빠진 독에 물을 붓는 것처럼, 아무리 열심히 일하고 많이 팔아도 결코 이익이 남지 않는 구조. 나는 온몸에서 힘이 쭉 빠져나가는 것을 느끼며 의자 등받이에 깊숙이 몸을 기댔다.

이것이 '장생도라지'의 현주소란 말인가. 이토록 위태로운 상황에 놓여 있었다는 것을, 왜 나는 미처 깨닫지 못했던 것일까. 이대로도 물론 어찌저찌 회사는 운영될 것이다. 그러나 예정된 파멸을 향해 천천히 다가갈 터였다. 어쩌면 나는, 아버지의 그늘 아래 안주하며, 아버지께서 닦아 놓으신 길 위를 그저 편안히 걸어왔던 것은 아닐까. '장생도라지'라는 이름이 가진 명성과 아버지의 신뢰를 방패 삼아, 현실의 냉혹한 변화를 애써 외면해왔던 것은 아닐까.

어떻게든 방법을 찾아야 했다. 그러나 어디서부터, 무엇부터 시작해야 할지 막막하기만 했다. 창밖은 이미 먼동이 트기 시작해, 공장 마당의 풍경이 희미하게 눈에 들어왔다. 밤새 차갑게 식어버린 사무실의 공기가 폐부 깊숙이 스며들며, 정신이 번쩍 드는 듯했다. 나는 자리에서 벌떡 일어나, 다시 한번 서류 뭉치들을 뒤적이기 시작했다. 조금이라도 비용을 줄일 수 있는 부분은 없는지, 새로운 수익을 창출할 수 있는 방법은 없는지, 마치 마른 행주를 쥐어짜듯 하나하나 검토하고 또 검토했다.

급변하는 시장 환경 속에서, 우리 '장생도라지'는 마치 홀로 외딴 섬에 고립된 채, 과거의 방식만을 고집하고 있는 듯한 느낌을 지울 수 없었다.

몇 해 전, 나는 조심스럽게 아버지께 새로운 마케팅 전략의 필요성을 말씀드린 적이 있었다. 젊은 세대들에게도 어필할 수 있는 세련된 디자인의 포장재를 개발하고, 유명 연예인을 모델로 기용하여 TV 광고라도 한번 해보자고 건의했다. 그러나 아버지의 반응은 싸늘했다.

"겉만 번지르르하게 꾸며서 될 일이 아니다. 우리는 품질로 승부하는 사람들이야. 그런 잔꾀 부릴 시간에 도라지 뿌리 하나라도 더 정성껏 돌보는 것이 우리가 할 일이다."

아버지의 그 한마디에, 나는 더 이상 아무 말도 꺼내지 못했다. 아버지의 신념은 확고했고, 그 앞에서 내 주장은 한낱 철없는 아들의 잔꾀로 치부될 뿐이었다. 물론 아버지의 말씀이 틀린 것은 아니었다. 품질은 우리 '장생도라지'의 생명과도 같은 것이었다. 그러나 아무리 좋은 품질이라도 소비자들이 알아주지 않으면, 그래서 결국 회사가 문을 닫게 된다면, 그 모든 것이 다

무슨 소용이란 말인가.

사실 단순히 마케팅이나 포장의 문제를 넘어, 나는 회사의 근본적인 체질 개선이 필요함을 절감하고 있었다. 한번은, 젊은 세대와 해외 시장을 동시에 공략할 수 있는 새로운 제품 라인 개발을 추진했던 적이 있었다. 기존의 농축액이나 환 제품은 그 효능은 뛰어났지만, 젊은층에게는 너무 고루하고 섭취하기 불편하다는 인식이 강했다. 나는 연구팀과 함께 몇 달간의 노력 끝에, 도라지 함량은 낮추고, 천연 과일 농축액과 허브를 첨가하여 맛과 향을 개선하고, 휴대와 섭취가 간편한 다이어트 보조 제품을 개발했다. 시제품에 대한 내부 평가도 좋았고, 몇몇 젊은 직원들은 '이거라면 우리도 사 먹겠다'며 반색했다.

나는 조심스럽게 그 시제품과 사업 계획서를 들고 아버지께 찾아갔었다. 나는 최대한 부드럽고 논리적인 어조로 신제품의 필요성과 시장의 긍정적인 반응, 그리고 기대되는 효과에 대해 설명드렸다. 아버지는 아무 말씀 없이 내 설명을 끝까지 들으시더니, 조용히 시제품을 들어 맛을 보셨다. 잠시 미간을 찌푸리시는가 싶더니, 이내 고개를 가로저으셨다.

"이건… 장생도라지가 아니다."

아버지의 목소리는 낮고 단호했다. 나는 가슴이 철렁 내려앉았지만, 애써 태연한 척 반문했다.

"아버지, 물론 기존 제품과는 맛과 형태가 다릅니다. 하지만 주원료는 분명 우리 장생도라지이고, 젊은 사람들도 쉽게…"

"내 말은 그게 아니다."

아버지께서는 내 말을 자르셨다. 그리고는 한참 동안 창밖을 바라보시더니, 나지막하지만 힘 있는 목소리로 말씀을 이으셨다.

"우리가 평생 지켜온 것은 도라지 그 자체의 순수한 힘이다. 다른 것을 섞어 그 본질을 흐리게 하는 것은, 결국 소비자를 기만하는 것과 다르지 않다. 일시적으로는 사람들의 입맛을 사로잡을 수 있을지 모르겠지만, 그것은 모래 위에 지은 성과 같다. 진실하지 않은 것은 결코 오래갈 수 없는 법이다."

아버지의 그 말씀은 마치 비수처럼 내 가슴에 꽂혔다. '진실하지 않은 것'. 나는 단지 시대의 흐름에 맞춰 회사의 활로를 찾고자 했을 뿐인데, 아버지께서는 그것을 '진실하지 않은 것'으로 규정하신 것이다. 그 순간, 나는 아버지의 그 깊고도 완고한 철학의 벽 앞에서 다시 한번 좌절감을 느껴야 했다. 아버지의 눈에는, 내가 아들의 도리를 넘어 회사의 근본을 흔들려는 불순한 시도를 하는 것처럼 비쳤을지도 모른다.

결국 그 신제품 개발 계획은 없던 일이 되었다. 나는 아버지의 뜻을 거역할 수 없었고, 어쩌면 내 마음 깊은 곳에서도 아버지의 말씀이 옳다고 생각하고 있었는지도 모른다. 하지만 그날 이후, 나는 종종 깊은 회의감에 빠지곤 했다. 아버지의 신념은 과연 이 변화무쌍한 세상 속에서 언제까지나 우리를 지켜줄 수 있을까. 진실함만으로는 넘을 수 없는 현실의 벽이 너무나도 높고 견고하게 느껴졌다. 그 좌절감은 마치 무거운 쇠사슬처럼 내 발목을 옭아매고, 새로운 시도를 하려는 나의 용기를 꺾어버리곤 했다.

아버지의 '그림자'는 비단 직접적인 반대나 꾸지람의 형태로만 내 앞을 가로막았던 것은 아니었다. 그것은 때로 회사 전체에 보이지 않는 거대한 장막처럼 드리워져, 새로운 변화의 숨통을 옥죄곤 했다. 아버지께서 건강 문제로 경영 일선에서 한 걸음 물러나신 이후에도, 그분의 철학과 방식은 마치 신성불가침의 영역처럼 여겨졌다. 오랜 시간 아버지를 모셔온 임직원들은 물론이고, 나 자신조차도 아버지의 뜻을 거스르는 듯한 결정을 내리는 것에 대한 심리적 부담감에서 자유롭지 못했다.

몇 년 전, 나는 생산 효율성을 높이기 위해 일부 가공 설비의 현대화를 추진하려 한 적이 있었지만, 아버지의 우려로 설비 전면 현대화 계획은 최소한의 수리 및 보수로 축소되었고, 농가와의 관계에서도 비슷한 어려움은 반복되었다. 아버지께서는 계약 재배 농가들에게 언제나 시장 가격보다 훨씬 높은 가격을 쳐주셨고, 그들의 생활 안정까지도 세심하게 배려하셨다. 그것은 '상생'이라는 아버지의 숭고한 철학의 발로였지만, 회사의 재정에는 엄청난 부담으로 작용하고 있었다. 나는 몇몇 농가 대표들과 만나, 현재 회사의 어려운 사정을 솔직하게 설명하고, 당분간만이라도 수매 가격을 현실적인 수준으로 조정하는 것에 대한 양해를 구하려 시도한 적이 있었다.

그러나 농민들의 반응은 냉담했다. 그들은 아버지와의 오랜 신뢰를 내세우며, "원장님이라면 절대 이러시지 않았을 것"이라며 오히려 나를 질책했다. 그들의 눈에는 내가 아버지의 유지를 저버리고 농민들을 착취하려는 악덕 기업주로 비치는 듯했다. 그 순간, 나는 아버지께서 평생을 바쳐 쌓아 올린 '신뢰'라는 유산이 얼마나 무겁고도 양면적인 것인지를 깨달았다. 그 신뢰는 우리 회사의 가장 큰 자산이었지만, 동시에 어떤 변화도 용납하지 않는 견고한 성벽이 되어 나를 가로막고 있었던 것이다.

'무엇을 바꿔야 하는가. 아니, 무엇을 포기해야 하는가.'

한숨을 쉬던 찰나, 오늘이 지역 경제인들의 조찬 모임이 있다는 사실을 깨달았다. 나가고 싶지 않은 마음이었지만, 아버지 대부터 이어온 지역 사회와의 관계도 무시할 수 없었고, 혹시라도 이 위기를 타개할 실마리나 조언을 얻을 수 있을까 하는 실낱같은 기대감에 나는 무거운 발걸음을 옮겼다.

모임이 열리는 시내 호텔의 연회장은 이른 아침임에도 불구하고 제법 많은 사람들로 북적였다. 은은한 커피 향과 갓 구운 빵 냄새가 뒤섞인 공기 속으로, 나지막한 대화 소리와 식기 부딪치는 소리가 경쾌하게 울려 퍼졌다. 창가 쪽으로는 하얀 테이블보가 깔린 원형 테이블들이 줄지어 놓여 있었고, 지역 방송국에서 취재를 나온 듯 카메라를 든 기자들의 모습도 간간이 눈에 띄었다. 대부분의 참석자들은 깔끔한 정장 차림에 자신감 넘치는 표정으로 서로 명함을 주고받으며 인맥을 다지고 있었다. 그들의 활기찬 모습은, 마치 나 혼자만 다른 세상에 동떨어져 있는 듯한 깊은 이질감을 느끼게 했다.

나는 입구에서 몇몇 안면 있는 인사들과 의례적인 목례를 나누고는, 최대한 눈에 띄지 않는 구석자리에 자리를 잡았다. 며칠 밤을 제대로 자지 못한 탓에 머리는 무겁고 속은 쓰렸지만, 애써 태연한 표정을 지으며 테이블 위의 차가운 주스 잔만 만지작거렸다. 연단에서는 지역 상공회의소 회장의 연설이 이어지고 있었지만, 그 내용은 조금도 귀에 들어오지 않았다.

그때였다. 누군가 내 어깨를 가볍게 툭 치며 다가왔다. 돌아보니, 한 번도 본 적 없는 말쑥한 차림의 중년 사내가 환한 미소를 지으며 서 있었다. 그는 값비싸 보이는 감색 실크 정장에, 손목에는 번쩍이는 금장 시계를 차고 있었다. 머리에는 포마드를 발라 깔끔하게 넘겼고, 얼굴에는 여유와 자신감이 넘쳐흘렀다. 첫인상부터 나와는 살아온 세계가 전혀 다른 사람이라는 느낌이 강하게 풍겼다.

"혹시 장생도라지 이영춘 대표님 아니십니까? 말씀은 익히 들었습니다. 저는 아르떼 라이프 대표 윤성철이라고 합니다."

그는 부드러운 중저음의 목소리로 자신을 소개하며 명함 한 장을 건넸다. 아르떼 라이프? 처음 들어보는 회사 이름이었지만, 명함 한구석에 적힌 '토탈 뷰티 & 헬스케어 솔루션'이라는 문구와 화려한 로고 디자인이 예사롭지 않아 보였다. 나는 얼떨결에 자리에서 일어나 그의 명함을 받고 내 명함을 건넸다.

"아, 예. 이영춘입니다. 그런데 아르떼 라이프라면…."

내 말꼬리가 흐려지자, 윤 사장은 호탕하게 웃으며 말을 받았다.

"허허, 저희 같은 신생 기업을 아직 모르시는 게 당연합니다. 저희 아르떼 라이프는 설립된 지는 이제 겨우 5년 남짓 되었지만, 최첨단 바이오 기술을 접목한 기능성 화장품과 건강기능식품으로 최근 업계에서 가장 빠르게 성장하고 있는 회사 중 하나입니다. 특히 저희 '에너지 셀 세럼'과 '이너뷰티 콜라겐 앰플' 같은 제품들은, 충성도 높은 저희 회원님들 사이에서 폭발적인 인기를 얻고 있지요."

그의 말에는 조금의 망설임도, 겸손도 없었다. 오직 자신의 성공에 대한 확신과 자부심만이 가득했다. 나는 그의 말을 들으며, 어렴풋이 업계에 떠돌던 소문들을 떠올렸다. 아르떼 라이프라는 회사는, 일반적인 유통망을 통하지 않고, 수만 명에 달하는 자체 회원 판매망을 통해 제품을 공급하는, 일종의 다단계 판매 방식과 유사한 모델로 사업을 확장하고 있다는 이야기였다.

그들의 판매원들은 대부분 주부나 은퇴한 중장년층으로 이루어져 있으며, 높은 판매 수수료와 직급 상승이라는 목표 아래, 열정적으로 지인과 친척들에게 제품을 권유하고 새로운 회원을 유치한다고 했다. 그 방식에 대한 윤리적인 논란이나 피해 사례에 대한 흉흉한 소문도 없지 않았지만, 어쨌든 아르떼 라이프가 단기간에 엄청난 매출 신장을 이루며 업계의 다크호스로 떠올랐다는 것만큼은 부인할 수 없는 사실이었다.

윤 사장은 내 어색한 표정이나 짧은 대답에는 아랑곳하지 않는다는 듯, 마치 오랜 지기를 만난 사람처럼 스스럼없이 내 옆자리에 가방을 내려놓고 앉았다. 그리고는 웨이터를 불러 능숙하게 커피를 주문하고는, 다시 나를 향해 몸을 돌려 호탕한 웃음과 함께 말을 이어갔다. 그의 주변에서는 값비싼 향수 냄새와 함께, 성공한 사업가 특유의 넘치는 활기가 느껴졌다. 그와 마주 앉아 있는 것만으로도 기가 빨리는 듯한 기분이었다.

"이 대표님, 사실 제가 평소에 장생도라지 제품에 대해 관심이 아주 많았습니다. 저희 아르떼 라이프에서도 최근 이너뷰티 제품 라인업을 강화하면서, 전통적인 약용식물 소재에 대한 연구를 진행하고 있거든요. 그러던 중

장생도라지의 뛰어난 품질과 그 안에 담긴 이성호 원장님의 철학에 대해 익히 듣고 깊은 감명을 받았습니다. 한평생 한우물만 파신다는 게, 요즘 같은 세상에 어디 쉬운 일입니까. 존경스럽습니다, 정말로."

그의 말은 번지르르한 칭찬 일색이었지만, 나는 그 말속에 숨겨진 어떤 의도를 감지하며 내심 경계심을 늦추지 않았다. 그의 눈빛은 사람 좋은 미소 뒤에서 예리하게 빛나고 있었고, 마치 내 속을 꿰뚫어 보려는 듯 집요하게 느껴졌다. 나는 애써 표정을 관리하며 마른침을 삼켰다.

"과찬이십니다. 아버지께서 평생을 바쳐 일궈오신 것을 제가 이어받았을 뿐입니다."

"아닙니다, 아닙니다. 부친의 업적을 이어받아 더욱 발전시키는 것 또한 아무나 할 수 있는 일이 아니지요. 그런데 이 대표님, 제가 이런 말씀드리면 혹시 결례가 될지 모르겠습니다만…"

윤 사장은 잠시 말꼬리를 흐리며 내 눈치를 살피는 듯했다. 나는 직감적으로 그가 본격적인 용건을 꺼내려 한다는 것을 알 수 있었다. 그의 입에서 과연 어떤 이야기가 나올 것인가. 긴장감과 함께 불길한 예감이 엄습했다.

"장생도라지 제품의 품질이야 두말할 나위 없이 최고라는 것을 저도 잘 압니다. 다만… 요즘 같은 불경기에, 너무 정직하고 원칙적으로만 사업을 하시는 것은 아닌가, 하는 안타까움이 가끔 들었습니다. 물론 이성호 원장님의 그 장인정신과 철학은 존경받아 마땅합니다만, 시대가 변하지 않았습니까. 이제는 그 좋은 품질을 바탕으로, 조금 더 '영리하게' 사업을 펼쳐나가야 할 때가 아닌가 싶습니다."

'영리하게 사업을 펼쳐나가야 한다….' 그의 말은 마치 내 고민의 핵심을 정확히 짚어낸 것처럼 느껴졌다. 나는 그의 다음 말을 기다렸다. 그는 마치 내 속마음이라도 읽었다는 듯, 은밀한 목소리로 조언을 시작했다.

"이 대표님, 사업이라는 게 결국엔 뭡니까? 물론 좋은 제품을 만들어 소비자에게 제공하고, 사회에 기여하는 그런 숭고한 목표도 중요하지요. 하지만 본질적으로는 이윤을 창출해야 하는 것 아닙니까? 회사가 이익을 내지 못하면, 아무리 좋은 철학이라도 지켜낼 수 없는 것이 현실입니다. 직원들 월급은 줘야 하고, 은행 빚도 갚아야 하고, 또 새로운 투자도 해야 지속적인 성장이 가능한 것 아니겠습니까."

그의 말은 지극히 현실적이고 논리적이었다. 내가 밤새도록 고민했던 문제의 핵심을, 그는 너무나도 쉽게, 그리고 당연하다는 듯 이야기하고 있었다. 나는 그의 말에 반박할 거리를 찾지 못한 채, 그저 마른 입술만 축일 뿐이었다

윤 사장은 테이블 위에 놓인 내 커피 잔을 슬쩍 자기 쪽으로 끌어당기더니, 마치 내 잔을 대신 채워주기라도 할 것처럼 친근하게 말을 이어갔다.

"이 대표님, 제가 드리는 말씀이 조금은 거북하게 들리실 수도 있겠습니다만, 다 장생도라지의 앞날을 걱정하는 마음에서 드리는 말씀이니 오해 없이 들어주십시오. 우선 가장 시급한 것은 원가 절감입니다. 아무리 좋은 물건이라도 가격 경쟁력이 없으면 시장에서 살아남기 어렵습니다. 대표님네 주력 제품인 그 귀한 도라지 진액 말입니다. 물론 그 효능과 품질은 타의 추종을 불허하겠지요. 하지만, 솔직히 말씀드려서, 요즘 소비자들, 그렇게

까지 예민하지 않습니다."

그는 마치 엄청난 비밀이라도 알려주는 것처럼 목소리를 낮추고 주위를 한번 쓱 둘러보는 시늉까지 했다. 나는 그의 과장된 몸짓에 실소를 금치 못했지만, 동시에 그의 입에서 나올 다음 말에 바짝 긴장하지 않을 수 없었다.

"예를 들어, 도라지 농축액의 함량을⋯ 아주 약간만, 정말 티 안 날 정도로만 살짝 낮춘다고 해서 과연 일반 소비자들이 그 차이를 알아챌 수 있을까요? 제 생각엔 거의 불가능하다고 봅니다. 효능에 치명적인 차이가 발생하는 것이 아니라면, 그리고 그 미세한 차이를 상쇄할 만한 다른 부가가치를 제공할 수 있다면, 그것은 충분히 고려해볼 만한 카드입니다. 가령, 포장을 훨씬 더 고급스럽게 만들고, 요즘 유행하는 유명 인플루언서들을 통해 '프리미엄 건강 비결' 같은 스토리텔링 마케팅을 대대적으로 펼치는 겁니다. '장생도라지 시그니처 골드' 뭐 이런 식으로 근사한 이름을 붙여서 말이지요. 그러면 원가는 확 줄어들고, 판매가는 오히려 지금보다 더 높게 책정해도 소비자들은 기꺼이 지갑을 열 겁니다. 왜냐? 사람들은 제품 그 자체의 가치만큼이나, 그 제품이 주는 이미지와 만족감을 소비하는 존재들이니까요."

나는 순간 할 말을 잃었다. 아버지께서 평생을 바쳐 지켜온 '정직'과 '품질 제일주의'라는 가치가, 그의 입에서는 너무나도 쉽고 간단하게, 심지어는 어리석은 고집처럼 치부되고 있었다. 아버지께서 밤낮으로 고민하며 단 1%의 유효성분이라도 더 담아내려 애쓰셨던 그 모든 노력이, 윤 사장에게는 한낱 '티 안 날 정도의 미세한 차이'에 불과한 것이었다. 분노와 함께 참담함이 밀려왔다.

하지만 윤 사장은 내 표정 변화 따위는 아랑곳하지 않는다는 듯, 더욱 열을 올리며 말을 이어갔다. 그의 목소리에는 자신의 방식에 대한 확신과, 어쩌면 나를 계몽시키고 있다는 듯한 묘한 우월감마저 서려 있는 듯했다.

"원료 수매 방식도 마찬가지입니다. 물론 계약 재배 농가들과의 끈끈한 신뢰와 의리, 중요하지요. 하지만 사업은 자선사업이 아닙니다, 이 대표님. 언제까지 시장 가격보다 훨씬 높은 가격으로 모든 원료를 수매해주실 겁니까? 회사가 살아야 농가도 있는 것 아닙니까? 물론 하루아침에 모든 것을 바꿀 수는 없겠지요. 하지만 장기적인 관점에서, 보다 '효율적인' 원료 공급망을 구축하셔야 합니다. 예를 들어, 일부 제품 라인에는 품질 기준을 약간 낮춘, 보다 저렴한 외부 도라지를 활용하는 방안도 있지 않겠습니까. 모든 제품에 최고급 원료만을 고집하는 것은, 솔직히 말해 요즘 같은 시대에는 미련한 일입니다. 소비자들은 다양한 가격대의 제품을 원하고, 기업은 그에 맞춰 유연하게 대응할 줄 알아야 합니다."

윤 사장은 잠시 내 표정을 살피는 듯하더니, 이내 보란 듯이 자신의 값비싼 시계를 매만지며 화제를 전환했다. 그의 손목에서 번쩍이는 금빛은 마치 그의 성공을 대변하는 징표처럼 느껴져, 그렇지 않아도 위축된 내 마음을 더욱 초라하게 만들었다.

"이 대표님, 사실 원가 절감은 기본 중의 기본입니다. 진짜 '영리한 사업'은 판매 방식에서 판가름 나는 법이지요. 아무리 좋은 물건이라도 팔리지 않으면 무슨 소용이겠습니까. 혹시 저희 아르떼 라이프가 어떻게 지금과 같은 성공을 거두었는지 궁금하지 않으십니까?"

그의 목소리에는 노골적인 자신감과 함께, 마치 비법이라도 전수해주겠다는 듯한 은근한 유혹의 기운이 감돌았다.

"저희 아르떼 라이프의 핵심 경쟁력은, 바로 '열정으로 똘똘 뭉친 아르떼 플래너'들입니다."

윤 사장은 마치 비밀 조직의 수장이라도 되는 것처럼 목소리를 낮추며 말했다.

"저희는 일반적인 광고나 유통망에 의존하지 않습니다. 대신, 저희 제품의 가치를 진정으로 믿고 사랑하는 플래너님들이 직접 소비자들을 찾아가, 일대일 맞춤형 컨설팅과 함께 제품을 전달합니다. 그분들은 단순한 판매원이 아니라, 아름다움과 건강을 전파하는 '라이프스타일 큐레이터'이자, 자신의 사업을 키워나가는 독립 사업가들이지요."

나는 그의 말을 들으며 입가에 쓴웃음이 번지는 것을 애써 참았다. '라이프스타일 큐레이터', '독립 사업가'. 그럴싸한 이름으로 포장했지만, 결국 그것은 주변 사람들을 상대로 물건을 팔고, 또 다른 판매원을 모집하여 그 실적에 따라 수수료를 챙기는 다단계 판매 방식의 전형적인 수사법과 다르지 않았다. 아버지께서 가장 경멸하고 혐오하시던 방식 중 하나였다. '물건으로 사람을 속이고, 관계로 사람을 얽어매는 천박한 장사치들의 수법'이라고, 아버지는 늘 그런 이들을 향해 혀를 차곤 하셨다.

"플래너님들은 자신의 판매 실적과 하위 플래너 육성 성과에 따라 파격적인 인센티브와 직급 상승의 기회를 얻게 됩니다. 그렇기 때문에 그분들은 누구보다 열정적으로 저희 제품을 홍보하고, 새로운 고객과 사업 파트너를 발굴해냅니다. 마치 거대한 인적 네트워크가 살아 움직이는 것처럼, 저희 아르떼 라이프의 가치는 그렇게 입소문을 타고 폭발적으로 확장되어 나가는 것이지요. 초기 투자 비용도 거의 들지 않고, 재고 부담도 없습니다. 얼마나 효율적이고 혁신적인 시스템입니까?"

윤 사장의 얼굴은 자신의 사업 모델에 대한 자부심으로 번들거렸다. 그의 눈에는 오직 '성장'과 '확장'이라는 단어만이 존재하는 듯했다. 그 과정에서 발생할 수 있는 수많은 부작용이나 윤리적인 문제점 따위는 조금도 고려하지 않는 듯한 태도.

"이 대표님, 제가 너무 속 보이는 이야기만 늘어놓은 것 같아 죄송합니다만, 이것이 바로 사업의 본질이자 냉혹한 현실입니다. 고리타분한 생각은 이제 버리셔야 합니다. 회사는 결코 자선단체가 아닙니다. 돈을 벌어야 조직이 유지되고, 직원들 월급도 주고, 은행 빚도 갚고, 더 나아가 새로운 연구 개발에 투자해서 미래를 준비할 수도 있는 것 아니겠습니까? 우리가 아무리 좋은 뜻과 이상을 가지고 있다 한들, 회사가 망해버리면 그 모든 가치도 하루아침에 물거품처럼 사라지고 마는 겁니다."

그의 말은 마치 날카로운 칼날이 되어 내 가슴을 후벼 파는 듯했다. '회사가 망하면 모든 가치도 끝장이다.' 그 말은 내가 밤새도록 되뇌었던, 그러나 차마 입 밖으로 꺼내지 못했던 가장 근본적인 두려움이었다. 아버지의 신념을 지키는 것도 중요하지만, 그 신념을 지키기 위해서라도 일단 회사가 살아남아야 한다는 것. 이 간단명료한 사실 앞에서, 나는 아무런 반론도 제

기할 수 없었다.

"혹시라도 저희와 함께 시너지를 내 보고 싶으시다면, 꼭 한번 연락 주십시오. 제가 따로 자리를 한번 만들어 보겠습니다."

그는 은근히 자신의 영향력을 과시하며, 마치 구세주라도 되는 것처럼 한 마디를 남기고, 자리를 떠나 또다른 기업인에게로 향했다. 마치 자신이 세상의 모든 이치를 깨달은 현자라도 되는 것처럼 여유로워 보였다.

자기네 다단계 판매망에 우리 장생도라지 제품을 납품하게 하려는 의도였을 테지. 일말의 가치도 없는 제안이었지만, 그가 남긴 말들은 독처럼 온몸으로 퍼져나가, 내 정신을 마비시키는 듯했다.

'죽은 사자는 살아있는 여우보다 못하다는 말인가…'

아버지의 신념은 사자처럼 위대했지만, 그 신념을 지키다 회사가 망해버린다면, 그것은 결국 아무것도 지키지 못한 패배자의 자기 위안에 불과할지도 모른다.

어느새 조찬 모임은 파하는 분위기였다. 사람들이 하나둘 자리를 뜨기 시작했고, 나 역시 무거운 몸을 일으켜 연회장을 나섰다. 밖으로 나오자, 이른 아침의 상쾌했던 공기는 온데간데없이, 매캐한 자동차 매연과 도시의 소음만이 나를 맞이했다.

그날 이후, 나는 홀린 사람처럼 다른 건강기능식품 회사들의 자료를 닥치는 대로 수집하기 시작했다. 잠자는 시간까지 줄여가며 인터넷을 뒤지고, 업계 보고서를 탐독했으며, 익명을 가장해 경쟁사들의 투자 설명회 자료까지 구해 분석했다. 평생 당신만의 길을 묵묵히 걸어오신 아버지셨기에, 나는 우리 '장생도라지'와 비슷한 규모, 비슷한 분야의 다른 회사들이 어떤 방식으로 생존하고 성장하는지 제대로 알지 못했다. 책상 위에는 각종 회사들의 연차보고서, 제품 카탈로그, 시장 분석 자료들이 산더미처럼 쌓여갔다. 그것들을 비교하고 분석하며 성공과 실패 사례들을 면밀히 검토했다. 어떤 회사는 우리처럼 전통을 고수하다 도태되었고, 또 어떤 회사는 과감한 혁신과 공격적인 마케팅으로 눈부신 성장을 이루고 있었다.

특히 내 시선을 사로잡은 것은, 최근 몇 년 사이 급격하게 성장한 몇몇 중소기업들의 사례였다. 그들의 성공 방식은 놀라울 정도로 윤 사장이 속삭였던 '영리한' 방법들과 닮아 있었다. '선택과 집중'이라는 이름 아래, 소비자들이 쉽게 알아채지 못하는 부분에서 교묘하게 원가를 절감하고 있었다. 주력 제품에는 최고급 원료를 사용하는 것처럼 대대적으로 홍보하면서도, 실제로는 대중적인 라인업의 제품에는 기준치에 미달하는 원료를 사용하거나 값싼 수입 원료를 혼합하는 식이었다.

또한, 그들은 제품의 실제 효능보다는 소비자의 감성을 자극하는 '스토리텔링'과 화려한 '이미지 마케팅'에 엄청난 비용을 투자했다. 유명 연예인을 동원한 TV 광고, 소셜 미디어를 통한 바이럴 마케팅, 체험단 운영과 후기 조작까지 서슴지 않는 듯했다. 그들의 제품은 우리 '장생도라지'보다 품질 면에서는 현저히 떨어져 보였지만, 시장의 반응은 폭발적이었다. 소비자들은 그들이 만들어낸 환상과 이야기에 기꺼이 지갑을 열고 있었다.

나는 그 자료들을 읽어 내려가면서, 한편으로는 그들의 대담함과 시장을 읽는 능력에 혀를 내두르면서도, 다른 한편으로는 깊은 환멸과 알 수 없는 불안감에 휩싸였다. 이것이 과연 내가 나아가야 할 길이란 말인가. 아버지께서 그토록 지키고자 했던 '정직'과 '신뢰'라는 가치는, 이처럼 냉혹한 시장 논리 앞에서 한낱 고리타분한 이상주의에 불과했던 것인가.

'흙은 거짓말을 안 한다. 사람을 속여서 얻은 이익은 결코 오래가지 못하는 법이다.'

그 목소리는 나침반처럼 가야 할 길을 가리키고 있었지만, 동시에 현실이라는 거대한 폭풍우 속에서 표류하는 내 작은 배를 더욱 위태롭게 만들었다.

특히 나를 혼란스럽게 만든 것은, 한때 우리와 비슷한 철학을 가졌던 것처럼 보였던 몇몇 전통적인 건강식품 회사들의 변모였다. 창업 초기에는 정직한 원료와 전통적인 제조 방식을 고수했지만, 시장 경쟁이 치열해지고 경영난이 심화되자 결국 '현실과 타협'하는 길을 선택한 듯했다. 점차 원료의 품질 기준을 낮추고, 대량 생산을 통해 원가를 절감했으며, 그 과정에서 초기 창업 정신은 퇴색되어 버린 것처럼 보였다. 아이러니하게도, 그들의 회사는 위기를 극복하고 오히려 이전보다 더 큰 규모로 성장해 있었다.

그들의 성공 사례는 내게 '타산지석'이 되어야 할 교훈이었을까, 아니면 달콤한 '유혹의 속삭임'이었을까. 어쩌면, 정말 어쩌면, 아버지가 틀렸을 수도 있다는, 혹은 적어도 아버지의 방식이 지금 이 시대와는 맞지 않을 수도 있다는 위험한 생각이, 마치 독버섯처럼 내 마음 한구석에서 자라나기 시작했다.

그들의 변명은 한결같았다. '시대가 변했다', '소비자의 요구에 부응해야 한다', '기업은 이윤을 추구해야 지속 가능하다'. 그리고 그 결과는 대부분 눈부신 성장과 시장 지배력 강화로 나타나고 있었다. 나는 그들의 보고서에 적힌 화려한 숫자들과 성장 그래프를 보면서, 아버지께서 평생을 외면해 오셨던 '자본의 논리'라는 것이 얼마나 강력하고 매혹적인 힘을 가지고 있는지를 새삼 깨닫고 있었다.

원가 절감 방식, 마케팅 기법, 유통망 확대 전략, 심지어는 경쟁사를 견제하고 시장을 독점하는 방법까지. 그것들은 하나같이 교묘하고 때로는 비정했지만, 놀라울 정도로 효율적이고 체계적으로 보였다. 나는 그들의 방식을 우리 '장생도라지'에 적용한다면 어떤 결과가 나올지, 밤새도록 시뮬레이션을 반복했다. 그리고 그 결과는, 놀랍게도, 지금의 절망적인 상황을 단숨에 역전시킬 수 있을지도 모른다는 달콤한 가능성을 보여주고 있었다.

만약 우리가 도라지 농축액의 고형분 함량을 법적 기준치 하한선에 아슬아슬하게 맞춘다면? 혹은, 수십 년간 고집해온 장생도라지 대신, 품질 검증이 다소 미흡하더라도 단가가 훨씬 저렴한 외국산 도라지를 일부 혼합한다면? 당장에라도 수치상으로는 엄청난 원가 절감 효과를 가져올 수 있었다. 그 차액만큼 판매가를 낮추거나, 마케팅 비용으로 전환한다면, 단숨에 시장의 주목을 받고 매출을 끌어올릴 수도 있을 터였다.

'신규 저가형 제품 라인 출시: 젊은 세대 공략을 위한 트렌디한 디자인과 합리적인 가격대의 제품 개발. 기존 프리미엄 라인과 차별화.' '공격적인 SNS 마케팅 및 인플루언서 협찬 진행: 단기간 내 브랜드 인지도 극대화 및 바이럴 효과 창출.' '원료 공급처 다변화 및 탄력적 가격 협상: 안정적인 공

급망 확보 및 원가 경쟁력 강화.'

하나하나 아이템을 적어 내려갈 때마다 손이 떨리고 식은땀이 흘렀지만, 나는 멈출 수가 없었다. 물론 그들의 방식이 모두 옳다고는 할 수 없었다. 성공 이면에는 분명 누군가의 희생과 눈물이 있었을 테고, 윤리적으로 비난받아 마땅한 편법과 탈법의 그림자도 어른거리고 있었다. 하지만 그럼에도 불구하고, 그들은 결국 살아남았고, 심지어 이전보다 더욱 강력한 기업으로 거듭나 있었다.

'생존이야말로 최고의 선이다. 그리고 그 생존을 위해서는 어떤 수단과 방법도 정당화될 수 있다.' 윤 사장의 그 냉소적인 목소리가, 이제는 마치 내 마음속 깊은 곳에서 울려 나오는 나 자신의 목소리처럼 느껴지기 시작했다.

참된 의미

며칠 밤낮으로 고민하며 다듬은 '장생도라지 경영 혁신안'을 손에 쥔 채, 나는 회사 회의실로 들어섰다. 테이블에는 이미 각 부서의 팀장급 이상 임원들이 모두 착석해 있었다. 그들의 얼굴에는 회사의 불투명한 미래에 대한 걱정과 함께, 오늘 내가 어떤 이야기를 꺼낼 것인가에 대한 불안한 궁금증이 뒤섞여 있었다. 특히 아버지와 함께 회사의 창립 초기부터 동고동락해온 박 부장이나 최 공장장 같은 임원들의 표정은 유난히 무거워 보였다.

나는 애써 태연한 표정을 지으며 준비해온 발표 자료를 테이블 위에 펼쳐놓았다. 그것은 더 이상 아버지의 '흙의 약속'을 담고 있지 않았지만, 지금의 '장생도라지'를 살릴 수 있는 유일한 처방전이라고 나는 스스로를 설득하고 있었다.

"바쁘신 와중에도 이렇게 모여주셔서 감사합니다."

나는 마른 입술을 한번 축이고는, 최대한 차분하고 단호한 목소리로 회의를 시작했다.

"오늘 제가 여러분들을 모신 이유는, 현재 우리 회사가 처한 심각한 위기 상황을 공유하고, 이 위기를 극복하기 위한 구체적인 경영 혁신 방안에 대해 논의하기 위해서입니다."

내 말이 끝나자, 회의실 안에는 다시 한번 무거운 침묵이 내려앉았다. 나는 아랑곳하지 않고 준비해온 프레젠테이션 화면을 띄웠다. 첫 화면에는 지난 몇 년간 급격하게 하락해온 우리 회사의 매출 그래프와 함께, 바닥을 드러낸 수익률 지표가 적나라하게 표시되어 있었다. 임원들은 약속이나 한 듯 일제히 낮은 탄식을 내뱉었다.

"보시는 바와 같이, 우리 장생도라지는 지금 심각한 경영 위기에 직면해 있습니다. 이대로 가다간 일본 수출 건은커녕, 당장 다음 달 직원들 월급조차 제대로 지급하기 어려울지도 모르는 상황입니다. 우리는 더 이상 과거의 성공 방식에만 안주하며 현실을 외면할 수 없습니다. 살아남기 위해서는, 뼈를 깎는 혁신과 변화가 필요합니다."

나는 단호한 어조로 위기 상황을 다시 한번 각인시킨 후, 본격적으로 내가 구상한 '경영 혁신안'의 내용을 설명하기 시작했다. 그 핵심은 철저한 '원가 절감'과 '공격적인 시장 확대'였다.

"첫째, 생산 원가 구조를 혁신적으로 개선해야 합니다. 이를 위해, 기존의 고비용 원료 수급 체계를 전면 재검토하고, 보다 효율적이고 탄력적인 방식으로 전환해야 합니다. 또한, 일부 대중적인 제품 라인업에 대해서는 소비자들이 납득할 수 있는 범위 내에서 원료 함량을 합리적으로 조정하고, 대신 포장 디자인과 마케팅을 강화하여 부가가치를 높이는 전략을 추진할 것입니다."

내 설명이 이어지는 동안, 회의실의 분위기는 극명하게 나뉘기 시작했다. 비교적 젊은 축에 속하는 마케팅팀장이나 신사업 개발팀장 같은 이들의 얼굴에는 기대감과 함께 일말의 흥분감마저 감도는 듯했다. 그들은 아마도 내가 제시한 '공격적인 목표치'와 '구체적인 실행 방안'에서 새로운 가능성을 보았을지도 모른다. 그러나 박 부장이나 최 공장장 같은 임원들의 표정은 점점 더 어둡게 굳어져 갔다. 그들의 눈빛 속에는 깊은 우려와 함께, 이해할 수 없다는 듯한 당혹감이 서려 있었다.

나는 애써 그들의 굳은 표정을 외면하며, 준비한 다음 계획들을 힘주어 설명해 나갔다. 목소리가 미세하게 떨려 나오는 것을 느꼈지만, 여기서 물러설 수는 없었다.

"둘째, 공격적인 시장 확대를 통해 새로운 고객층을 확보하고 매출을 증대시켜야 합니다. 이를 위해, 기존의 전통적인 유통 방식에서 벗어나 온라인 플랫폼과 홈쇼핑 위주로 영업을 펼치겠습니다. 또한, 젊은 세대들에게 어필할 수 있는 트렌디한 신제품 라인업을 개발하고, SNS와 인플루언서를 활용한 과감한 마케팅 전략을 실행하여 브랜드 인지도를 획기적으로 끌어 올릴 계획입니다."

내 설명이 여기까지 이르렀을 때, 마침내 침묵을 지키고 있던 박 부장이 무겁게 입을 열었다. 그는 아버지와 함께 회사를 창립했던 멤버이자, 평생을 장생도라지 연구 개발에만 몰두해온 우리 회사의 산증인과도 같은 인물이었다. 그의 목소리에는 깊은 실망감과 함께, 차마 믿을 수 없다는 듯한 격한 감정이 서려 있었다.

"대표님, 원료 함량을 조정하고 저가형 제품을 만들겠다니요! 그것은 원장님께서 평생을 지켜오신 장생도라지의 철학을 정면으로 부정하는 일이 아닙니까! 원장님께서는 단 한 번도 품질과 타협하신 적이 없으셨고, 눈앞의 이익 때문에 소비자를 기만하는 행위는 상상조차 하지 않으셨던 분입니다. 그런데 지금 대표님께서는…."

그는 차마 말을 잇지 못하고 거친 숨을 몰아쉬었다. 그의 얼굴은 실망과 분노로 붉게 상기되어 있었다. 그의 말에 동조하듯, 생산라인을 책임지고 있는 최 공장장 역시 떨리는 목소리로 거들었다.

"맞습니다, 대표님. 이것은 장생도라지의 근간을 흔드는 일입니다. 우리가 어떻게 그런… 그런 편법과 같은 방식으로 제품을 만들고 판매할 수 있겠습니까. 농민들은 또 어떡하고요. 그분들과의 신뢰는 또 어떻게 지키실 생각이십니까."

임원들의 격한 반발에, 회의실의 분위기는 순식간에 얼어붙었다. 젊은 간부들은 어쩔 줄 모르겠다는 듯 서로 눈치만 살피고 있었고, 나 역시 그들의 날카로운 지적 앞에서 잠시 할 말을 잃었다. 하지만 나는 이내 마음을 다잡았다. 여기서 물러선다면, 회사는 정말로 끝장이다. 나는 두 주먹을 불끈 쥐고, 단호한 어조로 그들의 반박에 맞섰다.

"박 부장님, 최 공장장님. 두 분의 우려, 잘 알고 있습니다. 그리고 누구보다 아버님의 철학을 존중하는 사람이 바로 저라는 것도 두 분은 잘 아실 겁니다. 하지만 지금은 전시 상황과 같습니다. 살아남기 위해서는, 때로는 우리가 가장 지키고 싶었던 가치조차도 잠시 내려놓아야 할 때가 있는 법입니다."

내 단호한 말에도 불구하고, 박 부장과 최 공장장의 얼굴에서는 좀처럼 충격과 우려가 가시지 않는 듯했다. 박 부장은 떨리는 손으로 테이블 위에 놓인 찻잔을 매만지며, 마치 마지막 간청이라도 하듯 내게 다시 한번 호소했다.

"대표님, 회사가 어려운 것은 사실입니다. 하지만… 하지만 우리가 그동안 쌓아온 신뢰와 명예를 한순간에 저버리는 방식으로 회사를 살린들, 그것이 과연 무슨 의미가 있겠습니까. 원장님께서는 늘 '느리더라도 바른길을 가야 한다'고 말씀하셨습니다. 지금 대표님께서 가시려는 길은, 어쩌면 원장님의 평생을 부정하는 길이 될 수도 있습니다. 부디… 부디 다시 한번 생각해 주십시오."

"모든 경영상의 책임은 대표인 제가 지는 것입니다. 이 계획으로 인해 발생하는 모든 문제와 비판 또한 제가 감당할 것입니다. 여러분들께서는 저를 믿고 따라와 주시기만 하면 됩니다. 우리는 더 이상 과거의 방식만을 고집하며 현실을 외면할 수는 없습니다. 이제는 변화해야 합니다. 그리고 그 변화의 중심에 제가 서겠습니다."

내 선언이 끝나자, 회의실 안에는 숨 막히는 침묵이 흘렀다. 임원들의 얼굴에는 여전히 깊은 수심과 함께 일말의 체념 같은 것이 드리워져 있었지만, 더 이상의 반박은 나오지 않았다. 반면, 젊은 간부들의 눈빛 속에서는 희미하게나마 어떤 기대감과 함께, 이 어려운 상황을 함께 헤쳐 나가 보자는 암묵적인 동의의 기운이 감지되기도 했다.

한참 동안의 무거운 침묵 끝에, 마침내 박 부장이 깊은 한숨과 함께 입을 열었다.

"……알겠습니다, 대표님. 대표님의 뜻이 그러하시다면… 저희도 따르겠습니다. 다만, 부디… 부디 원장님의 이름에 누가 되지 않는 방향으로, 지혜롭게 이 위기를 헤쳐나가 주시길 간곡히 부탁드립니다."

그의 목소리는 힘없이 갈라져 있었고, 눈가에는 희미한 물기마저 어려 있는 듯했다. 나는 그의 눈을 정면으로 바라보며, 무겁게 고개를 끄덕였다.

박 부장의 그 말은, 단순한 동의가 아니었다. 그것은 오랜 시간 아버지의 곁을 지켜온 원로 직원의 마지막 충심이자, 어쩌면 체념 섞인 탄식과도 같은 것이었다. 그의 말에, 그동안 무거운 침묵으로 일관하던 다른 임원들 역시 하나둘 힘없이 고개를 끄덕이기 시작했다. 그들의 눈빛에는 여전히 깊은 회의와 불안감이 서려 있었지만, 더 이상 내 결정에 맞서 싸울 힘도, 명분도 남아있지 않은 듯 보였다. 그들은 어쩌면, 이 모든 것이 시대의 거스를 수 없는 흐름이라고, 혹은 젊은 대표의 독단적인 결정이라고 스스로를 위안하며, 이 불편한 상황을 애써 외면하려 하는 것인지도 몰랐다.

나는 그들의 침묵을 '불안한 동의'로 받아들였다. 그리고 그것으로 충분하다고 생각했다. 지금 나에게 필요한 것은 그들의 전폭적인 지지나 열렬한

환호가 아니었다.

나는 길고 무거웠던 회의를 마무리하며 자리에서 일어섰다.

"오늘 논의된 경영 혁신안에 대한 구체적인 실행 계획은, 각 부서별로 검토하여 조속한 시일 내에 다시 보고해주시기 바랍니다. 그리고… 오늘 이 자리에서 나왔던 모든 우려와 걱정들, 제가 가슴 깊이 새기고 잊지 않겠습니다. 감사합니다."

임원들은 하나둘 자리에서 일어나, 말없이 회의실을 빠져나가기 시작했다. 모두가 떠나고 텅 빈 회의실에 홀로 남았을 때, 나는 비로소 참았던 숨을 길게 내쉬었다. 주사위는 던져졌다. 나는 더 이상 망설이거나 뒤를 돌아볼 여유가 없었다.

임원회의가 끝난 후 며칠 동안, 회사 안에는 보이지 않는 긴장감이 계속해서 감돌았다. 가장 먼저 손을 댄 것은 역시 '원가 절감' 부분이었다. 나는 생산팀장과 구매팀장을 따로 불러, 도라지 원물 수매 방식과 제품 생산 공정에 대한 대대적인 개선 방안을 지시했다. 물론, 그 과정에서 아버지께서 평생을 지켜온 몇 가지 원칙들은 어쩔 수 없이 수정되거나 포기되어야 했다. 예를 들어, 나는 모든 계약 재배 농가에 일괄적으로 적용되던 높은 수매 단가 대신, 도라지의 연근과 품질에 따라 가격을 차등 지급하는 새로운 기준을 마련하라고 지시했다. 또한, 일부 대중적인 제품에 한해서는, 장생도라지 외에, 품질 기준을 통과한 저가의 수입산 도라지를 일정 비율 혼합하여 사용하는 방안도 검토하라고 지시했다.

또한, 마케팅팀에는 새로운 브랜드 슬로건과 광고 전략을 수립하라고 지시했다. 아버지께서 평생을 강조하셨던 '정직'과 '신뢰'라는 가치도 중요하지만, 이제는 그것만으로는 부족했다. 젊은 세대들의 감성을 자극하고, 그들의 구매욕을 불러일으킬 수 있는 보다 세련되고 감각적인 메시지가 필요했다. 나는 팀원들에게 경쟁사들의 성공 사례들을 참고하여, 최대한 짧은 시간 안에 '장생도라지'의 브랜드 이미지를 혁신적으로 바꿀 수 있는 방안을 강구하라고 독려했다.

그렇게 시작된 나의 '혁신'은, 그러나 처음부터 삐걱거리는 소리를 내며 위태롭게 나아가고 있었다. 임원회의에서의 '불안한 동의'는 말 그대로 불안한 봉합에 불과했고, 각 부서에서 실제로 계획을 실행에 옮기려 하자 보이지 않는 저항과 예기치 못한 문제들이 곳곳에서 터져 나오기 시작했다.

가장 먼저 삐걱거린 것은 역시 원료 수급 문제였다. 내가 새로운 계약 조건을 가지고 몇몇 농가 대표들을 만났을 때, 그들의 반응은 예상보다 훨씬 더 싸늘했다. 그들은 수십 년간 이어져 온 아버지와의 신뢰를 거론하며, 하루아침에 손바닥 뒤집듯 계약 조건을 바꾸려는 나를 원망과 불신의 눈초리로 바라보았다.

"대표님, 우리가 장생도라지와 함께한 세월이 얼만지 아십니까? 원장님께서는 우리를 단순한 계약 농가가 아니라 한 가족처럼 여기셨습니다. 그런데 이제 와서, 시장 가격이 조금 떨어졌다고 해서, 회사가 조금 어렵다고 해서, 이렇게 일방적으로 수매가를 후려치려 하시는 겁니까? 이건 약속 위반입니다!"

한 농민 대표의 격앙된 목소리에는 깊은 배신감마저 서려 있었다. 나는 애써 침착하게 회사의 어려운 사정과, 이것이 모두가 함께 살기 위한 어쩔 수 없는 선택임을 설명하려 했지만, 그들의 굳게 닫힌 마음을 열기란 쉽지 않았다.

생산 라인에서도 문제는 끊이지 않았다. 내가 지시한 '효율적인' 생산 방식, 즉 일부 저년근 도라지나 수입산 원료를 혼합하여 사용하는 것에 대해, 평생 아버지 밑에서 정직하게 제품을 만들어온 숙련된 기술자들은 공공연히 불만을 터뜨렸다.

"대표님, 이런 식으로 만든 제품을 어떻게 '장생도라지'라는 이름으로 내놓을 수 있겠습니까. 이것은 소비자를 기만하는 행위입니다. 저희는 원장님께 배운 대로, 정직하게 물건을 만들고 싶습니다."

나는 그의 마음을 이해 못 하는 바는 아니었지만, 그렇다고 이제 와서 계획을 물릴 수도 없는 노릇이었다. 나는 그의 어깨를 두드리며 "이것은 어디까지나 회사를 살리기 위한 임시방편일 뿐이오. 회사가 안정되면 반드시 예전 방식으로 돌아갈 것이니, 나를 믿고 따라와 주시오."라고 설득하는 수밖에 없었다.

마케팅팀에서 가져온 새로운 광고 시안 또한, 젊은 세대들의 시선을 사로잡을 만큼 세련되고 감각적이었다. 자극적인 문구와 화려한 이미지로 소비자의 구매욕을 부추기는, 윤 사장이 말했던 바로 그 '이미지 마케팅'의 전형처럼.

나의 '혁신안'은 그렇게 내가 예상했던 것보다 훨씬 더 많은 내부 저항과 예기치 못한 문제들과 함께 시작됐다. 아니, 제대로 시작하기도 전부터 가장 큰 벽을 만나게 됐다.

"대표님! 원장님께서… 원장님께서 회사로 오고 계신답니다!"

도라지 재배와 관련해서 아버지께 보고 차 갔던 부서장의 다급한 전화가 내 귀를 때렸다. 그러나 채 몇 분도 지나지 않아, 내 사무실 문이 거칠게 열어젖혀졌다. 그리고 그 문 앞에는, 평생 단 한 번도 본 적 없는 분노와 실망감으로 일그러진 아버지의 얼굴이 서 있었다.

아버지의 두 눈에서는 금방이라도 불꽃이 터져 나올 듯 이글거리는 노기가 뿜어져 나오고 있었다. 아버지의 한 손에는 평소 사용하시던 지팡이 대신, 내가 작성했던 '경영 혁신안' 서류 뭉치가 구겨진 채 들려 있었다.

"네 이놈!"

아버지의 입에서 터져 나온 첫마디는, 천둥과도 같은 호통이었다. 그 소리에 사무실 안의 모든 공기가 얼어붙는 듯했고, 나는 온몸의 피가 싸늘하게 식는 것을 느꼈다.

"네가 지금… 네가 지금 제정신으로 이따위 짓을 벌였다는 말이냐! 이 애비가 평생을 바쳐 이룩한 이 장생도라지를, 네놈 손으로 망쳐놓으려고 작정을 한 게냐!"

아버지의 목소리는 분노와 배신감으로 심하게 떨리고 있었고, 그의 이마에는 시퍼런 힘줄이 돋아 있었다. 나는 차마 아버지의 얼굴을 정면으로 마주할 용기가 나지 않아, 그저 떨리는 목소리로 변명하듯 말을 내뱉었다.

"아버지, 그게… 그게 아니라, 회사가 지금 너무나 어려운 상황이라… 제가 어떻게든 이 위기를 극복해보려고…"

"닥치거라!"

아버지께서는 내 말을 가로막으며 버럭 소리를 지르셨다. 그리고는 손에 들고 있던 서류 뭉치를 내 얼굴을 향해 집어던지셨다. 종이들이 사방으로 흩날리며 내 책상 위와 바닥으로 어지럽게 떨어져 내렸다.

"아버지, 제발 제 말씀을 한번만이라도 들어주십시오!"

나는 거의 절규하듯 외치며, 바닥에 흩어진 서류들 중에서 가장 처참한 수치를 보여주는 재무제표 한 장을 집어 아버지 눈앞에 내밀었다.

"이것이 지금 우리 회사의 현실입니다, 아버지! 제가 왜 이런 극단적인 계획을 세울 수밖에 없었는지, 이 숫자들을 보시면 아시게 될 겁니다! 이대로 가다간, 아버지께서 평생을 바쳐 이룩하신 이 장생도라지가… 정말 한순간에 물거품처럼 사라져버릴지도 모릅니다!"

내 목소리는 다급함과 절박함으로 심하게 떨리고 있었다. 나는 어떻게든 아버지의 분노를 가라앉히고, 내가 왜 이런 선택을 할 수밖에 없었는지, 그 처절했던 고민의 과정을 이해시키고 싶었다. 나는 떨리는 손으로 책상 위에 놓여있던 다른 자료들을 끌어모아 아버지 앞에 펼쳐 보였다.

"제가 밤새도록 분석한 자료들입니다. 경쟁사들은 이미 저만치 앞서나가고 있고, 우리 회사의 수익 구조는 생산을 하면 할수록 오히려 손해가 나는 기형적인 구조입니다. 지금 당장 이 구조를 혁신하지 않으면, 우리는 더 이상 버텨낼 수가 없습니다. 제가 제안드린 방안들은, 비록 아버지의 신념과는 다소 거리가 있을지 모르지만, 현재 우리가 선택할 수 있는 유일한… 아니, 최선의 생존 전략입니다. 이 계획대로만 진행된다면, 단기적으로는 원가를 20% 이상 절감하고, 매출은 최소 30% 이상 끌어올릴 수 있습니다. 그렇게만 된다면…"

"닥쳐라, 이놈!"

그러나 아버지는 내 필사적인 항변을 매몰차게 가로막았다. 그의 눈빛은 조금의 흔들림도 없이, 오직 깊은 실망과 분노로 이글거리고 있었다.

"네놈 눈에는 아직도 그깟 종이 위에 적힌 숫자들이 전부로 보이더냐! 내가 평생을 지켜온 것이 고작 그따위 숫자놀음으로 보이느냔 말이다!"

아버지의 목소리는 사무실 전체를 뒤흔들 듯 우렁찼다. 나는 그 기세에 눌려 다시 한번 할 말을 잃고 말았다. 내가 그토록 중요하다고 생각했던 데이터와 예상 성장률, 그리고 논리적인 설명들이, 아버지 앞에서는 한낱 부질없는 변명으로 치부되고 있었다. 아버지에게 중요한 것은 눈에 보이는 숫자가 아니라, 그 이면에 담긴 보이지 않는 가치, 즉 정직과 신뢰, 그리고 사람과 흙에 대한 약속이었던 것이다.

아버지의 그 호통은 단순한 분노를 넘어선, 마치 평생을 지켜온 신념이 송두리째 부정당한 것에 대한 깊은 절망과 배신감에서 터져 나오는 절규와도 같았다. 나는 그 앞에서 어떤 논리적인 설명이나 현실적인 수치도 아무런 힘을 갖지 못한다는 것을 깨달았다. 아버지에게 '장생도라지'는 단순한 사업체가 아니라, 당신의 삶이자 철학이었고, 세상과 맺은 가장 성스러운 약속이었던 것이다.

"네놈이 말하는 그 '생존'이라는 것이 대체 무엇이냐!"

아버지는 지팡이로 바닥을 내리치며 다시 한번 고함을 지르셨다. 그의 병약한 모습은 온데간데없이, 마치 젊은 시절의 그 호랑이 같은 기백이 되살아난 듯했다.

"사람을 속이고, 흙을 더럽히고, 수십 년간 쌓아온 농민들과 소비자들의 믿음을 하루아침에 헌신짝처럼 내팽개치고 얻는 그따위 목숨 부지가, 그게 과연 살아있다고 할 수 있는 것이냐! 나는 그런 식으로 연명하느니, 차라리 깨끗하게 망하고 마는 길을 택하겠다!"

아버지의 모든 말은 한 치의 물러섬도 없는 단호함으로 가득 차 있었다. 그분에게는 회사의 존립보다 더 중요한 것이 바로 '어떻게' 사느냐 하는 문제였고, 그것은 곧 '장생도라지'가 어떤 가치를 지키며 존재해야 하느냐 하는 근본적인 질문과 맞닿아 있었다.

"아버지, 제발 현실을 좀 보십시오! 저도 이러고 싶어서 이러는 것이 아닙니다! 이대로 가다가는 정말 모두가 길거리에 나앉게 됩니다! 직원들은 어떡하고, 우리와 평생을 함께 해 온 농민들은 또 어떡합니까! 그분들의 생계는 누가 책임진단 말입니까!" 나는 거의 울부짖듯 항변했다. 어떻게든 아버지의 그 완고한 신념을 조금이라도 현실적인 방향으로 돌려놓고 싶었다. 그러나 아버지는 내 말을 들으려 하지 않으셨다.

"시끄럽다! 네놈은 그저 네 자신의 무능함과 나약함을 그럴듯한 말로 포장하려는 것뿐이다! 진정으로 직원들을 생각하고 농민들을 생각한다면, 어찌 감히 그들을 속이고 기만하는 방식으로 회사를 운영하려 한단 말이냐! 그것은 그들을 두 번 죽이는 행위와 다르지 않다!"

아버지의 눈에는 깊은 실망감과 함께, 아들에 대한 처절한 연민마저 어리는 듯했다. 그는 가쁜 숨을 몰아쉬며, 떨리는 목소리로 말을 이었다.

"내가 평생을 통해 너에게 가르친 것이 무엇이었더냐. 정직하게 땀 흘려 얻은 결실만이 진정한 가치가 있고, 사람 사이의 믿음보다 더 소중한 자산은 없다고 하지 않았더냐. 그런데 너는 지금, 그 모든 가르침을 한순간에 부정하고, 가장 손쉬운 길, 가장 비겁한 길을 선택하려 하고 있구나. 이 애비는… 이 애비는 너를 그렇게 가르치지 않았다."

나는 더 이상 아무런 말도 할 수 없었다. 그 어떤 변명도, 어떤 하소연도 아버지의 그 깊은 절망 앞에서는 무의미하다는 것을 깨달았기 때문이다. 아버지는 더 이상 말로는 이 어리석은 아들을 깨우칠 수 없다고 판단하신 듯, 거친 숨을 몰아쉬며 사무실 안을 휘둘러보셨다. 그의 시선은 사무실 한쪽 구석, 먼지가 뽀얗게 내려앉은 낡은 자개 서랍장 위에서 멈췄다. 그 서랍장은 아버지가 이 회사를 처음 세웠을 때부터 사용하시던 것으로, 이제는 그 빛깔마저 바래 초라한 모습이었지만, 아버지께서는 유독 그 서랍장만큼은 버리지 못하고 늘 곁에 두곤 하셨다

아버지는 마치 홀린 사람처럼, 비틀거리는 걸음으로 그 낡은 서랍장을 향해 다가가 서랍장의 가장 아래 칸, 수십 년은 족히 되어 보이는 빛바랜 손잡이를 움켜쥐었다. 삐걱거리는 마찰음과 함께 서랍이 힘겹게 열리자, 그 안에서 퀴퀴한 먼지 냄새와 함께 오래된 종이 냄새가 왈칵 풍겨 나왔다.

마침내, 아버지는 서랍 깊숙한 곳에서 누렇게 변색된 편지 다발들과 낡은 노트 몇 권을 힘겹게 꺼내 드셨다. 아버지께서는 그 먼지 쌓인 꾸러미들을 마치 세상에서 가장 소중한 보물이라도 되는 것처럼 떨리는 두 손으로

감싸 안으셨다. 그리고는 천천히 몸을 돌려, 다시 한번 나를 향해 불타는 듯한 눈빛을 던지셨다.

"네놈이 말하는 그 '데이터'나 '예상 성장률' 따위에는 결코 담길 수 없는 것, 네놈이 그토록 경멸하는 이 낡고 비효율적인 방식 속에 숨겨진 진짜 배기 가치, 그것이 무엇인지 네 두 눈으로 똑똑히 확인해야 한다! 네가 지금 하려는 그 모든 잔꾀와 술수들이, 이 종이 한 장에 담긴 진심 앞에서 얼마나 하찮고 부질없는 것인지, 네놈 스스로 깨달아야 한단 말이다! 네가 지금 무엇을 짓밟고 있는지, 네가 지금 누구의 가슴에 대못을 박으려 하는지, 똑똑히 보아라, 이 어리석은 놈아!"

그렇게 외치는 아버지의 눈가에는 어느새 뜨거운 눈물이 주르륵 흘러내리고 있었다. 평생 단 한 번도 남 앞에서 약한 모습을 보이려 하지 않으셨던 아버지. 그 강인했던 아버지의 눈에서 흘러내리는 눈물을 보자, 나는 마치 심장이 멎는 듯한 깊은 충격과 함께, 말할 수 없는 죄책감에 휩싸였다. 내가, 내가 감히 아버지의 평생을, 아버지의 신념을, 이렇게까지 고통스럽게 만들었단 말인가.

그 말을 끝으로, 아버지는 더 이상 버틸 힘이 없으신 듯, 그 자리에 풀썩 주저앉을 것처럼 휘청거리셨다. 황급히 다가가 부축하려 했지만, 아버지는 그런 내 손을 뿌리치고는 떠나버리셨다.

나는 마네킹처럼 굳어 있던 몸을 힘겹게 움직여, 아버지께서 꺼낸 편지들을 집었다. 손끝에 닿는 종이의 질감은 한없이 바래고 약해져 있었지만, 그 속에 담겨 있을 무게는 감히 짐작조차 하기 어려웠다. 아버지께서는 왜 이 편지들을, 이토록 오랫동안, 아무도 모르는 서랍 깊숙한 곳에 간직하고 계셨던 것일까. 그리고 왜 하필 지금, 내게 이것들을 던지신 것일까.

나는 마른침을 삼키며, 가장 위에 놓인 편지 한 통을 집어 들었다. 누렇게 변색된 봉투는 이미 여러 번 열어본 듯 귀퉁이가 닳아 있었고, 그 위에는 투박하지만 정감 있는 할머니의 글씨체로 '장생도라지 원장님 전상서'라고 적혀 있었다. 나는 떨리는 손길로 봉투를 열어, 곱게 접힌 편지지를 꺼내 펼쳤다. 편지지에 배어 있는 희미한 흙냄새와 함께, 지난 세월의 온기가 고스란히 전해져 오는 듯했다.

"원장님, 안녕하시지요. 지리산 아래 ○○골에 사는 김말순입니다. 원장님 덕분에 올가을에도 도라지 농사 잘 지어서 읍내 나간 손주놈 등록금도 대주고, 겨울 날 걱정 없이 따뜻하게 보냈습니다. 원장님 아니었으면 이 늙은이가 이 나이에 어디 가서 이만한 돈을 벌겠습니까? 남들은 도라지 농사 지어봐야 품만 들고 재미없다 말하지만, 우리는 원장님 덕분에 땅 파먹고도 자식들 공부시키고 사람답게 살 수 있게 됐으니까, 이 은혜를 말로 다 할 수가 없습니다. 부디 오래오래 건강하세요. 우리 같은 농사꾼들 생각해서라도 만수무강하셔야 합니다. 두서없는 글 읽어주셔서 고맙습니다."

편지의 마지막에는 삐뚤빼뚤한 글씨로 '김말순 올림'이라고 적혀 있었고, 김말순 할머니의 소박하지만 진심 어린 편지. 나는 떨리는 손으로 다음 편지 봉투를 집어 들었다. 그것은 김말순 할머니의 편지보다는 조금 더 두툼했고, 봉투에는 남성의 것으로 보이는, 힘 있지만 다소 거친 필체로 아버지의 존함이 적혀 있었다. 편지지는 값싼 갱지를 사용한 듯 누렇게 변색되어 있었고, 곳곳에 눈물 자국인지 물방울 자국인지 모를 얼룩들이 희미하게 남아 있었다. 나는 조심스럽게 편지를 펼쳤다.

"원장님께, 먼저 큰절부터 올립니다. 저는 몇 해 전, 위암 말기라는 청천벽력 같은 진단을 받고 모든 것을 포기한 채 죽을 날만을 기다리고 있던 ○○○의 남편되는 사람입니다. 그때 마지막 지푸라기라도 잡는 심정으로, 수소문 끝에 원장님의 장생도라지를 알게 되었고, 염치 불고하고 원장님께 직접 전화를 걸어 도움을 청했었지요. 그때 원장님께서는, 당장 돈이 없다는 제 말에도 조금도 개의치 않으시고, 오히려 '사람 목숨보다 중한 것이 어디 있겠느냐'며 가장 좋은 도라지 진액을 보내주셨습니다."

편지를 읽어 내려가는 내 손이 떨려왔다. 아버지께서 그런 일까지 하셨다는 것을, 나는 전혀 알지 못했다. 아버지께서는 단 한 번도 당신의 선행을 가족들에게조차 내색한 적이 없으셨던 것이다.

"아내는 원장님께서 보내주신 도라지를 먹고 정말 기적처럼 병세가 호전되기 시작했습니다. 병원에서도 고개를 젓던 아내가, 이제는 스스로 일어나 마당을 거닐고, 아이들에게 밥도 해 먹일 수 있게 되었습니다. 의사 선생님도 이런 경우는 처음 본다며 혀를 내두를 정도입니다. 이 모든 것이 다 원장님의 그 따뜻한 마음과 정성 덕분이라고, 저희 부부는 매일같이 감사하며 살고 있습니다. 원장님은 저희 부부에게 단순한 기업인이 아니라, 생명의 은인이십니다. 이 은혜를 어찌 다 갚아야 할지…."

편지의 마지막 구절은 이미 눈물로 번져 제대로 읽기조차 어려웠다. 나는 편지를 가슴에 끌어안고 한참 동안이나 소리 죽여 흐느꼈다. 아버지의 그 깊고도 넓은 마음을, 나는 왜 이제야 알게 된 것일까. 아버지는 단순히 좋은 제품을 만드는 것을 넘어, 사람을 살리고 희망을 전하는 일을 하고 계셨던 것이다. 그런데 나는, 그런 아버지의 숭고한 정신을, 고작 '수익성'이라는 차가운 숫자로 재단하려 했던 것이다. 부끄러움과 죄스러움에 얼굴을 들 수가 없었다.

나는 북받쳐 오르는 감정을 애써 추스르며, 다음 편지 봉투로 손을 뻗었다. 이번에는 조금 작은 크기의, 색 바랜 편지지였다. 봉투를 열자, 할머니의 것으로 보이는, 다소 서툴지만 정갈한 글씨체가 눈에 들어왔다. 편지지 한쪽 구석에는 아이가 그린 듯한 해맑은 도라지꽃 그림이 조그맣게 그려져 있었고, 그 옆으로 할머니의 간절했던 마음과 깊은 감사가 행간마다 절절하게 배어 나왔다.

"장생도라지 원장님께. 이렇게 글을 올리는 것이 혹여 누가 되지는 않을까 몇 날 며칠을 망설였습니다만, 그래도 이 감사한 마음을 전하지 않고는 도저히 견딜 수가 없어 이렇게 용기를 내어 펜을 들었습니다. 저희 집에는 눈에 넣어도 아프지 않을 손주 녀석이 하나 있습니다. 그런데 이 아이가 어릴 적부터 어찌나 기관지가 약한지, 환절기만 되면 밤새도록 기침을 해대고 숨쉬기조차 힘들어했습니다. 안 가본 병원이 없고, 안 먹여본 약이 없을 정도로 애를 썼지만, 좀처럼 차도가 없었습니다. 애미 애비는 돈 버느라 바쁘고, 이 늙은 할미는 속만 까맣게 타들어 갔지요."

편지를 읽는 내 눈앞에는, 밤새 잠 못 이루고 어린 손자의 등을 두드렸을 할머니의 초조한 모습과, 숨 넘어갈 듯 기침을 해대는 어린아이의 고통스러운 얼굴이 어른거리는 듯했다. 나는 나도 모르게 마른침을 삼켰다.

"그러던 중, 이웃집 할멈이 원장님네 도라지청이 그렇게 용하다고, 한번 먹여보라고 권해주더군요. 솔직히 처음에는 반신반의했습니다. 그저 도라지 달인 물이 얼마나 효험이 있겠나 싶었지요. 하지만 자식이라도 살릴 수 있다면 지푸라기라도 잡는 심정으로, 읍내 장터까지 나가 수소문 끝에 원장님네 도라지청 한 병을 구해왔습니다. 그리고 그날부터 하루 세 번, 꼬박꼬박 손주 녀석에게 먹이기 시작했습니다."

할머니의 간절했던 마음이, 그 한 자 한 자에 사무쳐 내 가슴을 울렸다. 아버지의 도라지가, 이처럼 누군가에게는 마지막 희망이요, 간절한 기도의 대상이 되기도 했다는 사실이 새삼 놀랍고도 경이롭게 느껴졌다.

"그런데 정말 신기하게도, 한 달쯤 지났을까, 손주 녀석의 기침이 조금씩 잦아들기 시작했습니다. 밤에 깨는 횟수도 줄어들고, 밥도 예전보다 잘 먹기 시작하더군요. 그리고 석 달쯤 지났을 때는, 언제 그랬냐는 듯이 기침 한번 하지 않고 밤새도록 편안하게 잠을 자는 것이 아니겠습니까! 쌕쌕거리던 숨소리도 고르게 변했고, 창백하던 얼굴에도 혈색이 돌기 시작했습니다. 동네 아이들과 뛰어놀며 웃는 손주 녀석의 그 해맑은 웃음소리를 얼마 만에 다시 듣게 되었는지…."

편지의 그 부분에 이르러, 나는 더 이상 참지 못하고 소리 내어 울음을 터뜨리고 말았다. 그것은 단순한 감동을 넘어선, 어떤 거룩한 경외감과도 같은 것이었다. 아버지의 그 우직했던 신념과 정직한 땀방울이, 이처럼 한 아이의 생명을 구하고, 한 가족에게 웃음을 되찾아주었다는 사실 앞에서, 내가 그동안 고민해왔던 모든 것들이 한없이 초라하고 부끄럽게만 느껴졌다. 내가 '비용 절감'과 '효율성'이라는 이름으로 포기하려 했던 것들이, 실은 돈으로 환산할 수 없는 이토록 소중한 가치들이었다는 것을, 나는 왜 그토록 어리석게 깨닫지 못했던 것일까. 나는 마치 속죄라도 하듯, 아버지의 서랍 속에 잠들어 있던 그 수많은 편지들을 밤새도록 읽고 또 읽었다. 한 통 한 통 읽어 내려갈 때마다, 내 가슴속에서는 뜨거운 눈물과 함께 깊은 회한이 파도처럼 밀려왔다. 그 편지들 속에는, 내가 그동안 숫자와 효율이라는 이름 아래 무심코 지나쳐버렸던, 혹은 애써 외면하려 했던 아버지의 삶의 진정한 가치와 무게가 고스란히 담겨 있었다.

모든 편지들을 제자리에 돌려놓고 나서야 나는 자리에서 일어설 수 있었다. 창밖은 이미 동이 터 밝아오고 있었지만, 내 마음속의 어둠은 이제 막 걷히기 시작한 참이었다. 나는 책상 위에 놓인, 내가 밤새도록 고심하며 작성했던 '경영 혁신안'이라는 이름의 그 위선적인 계획서를 집어 들었다. 그리고는 조금의 망설임도 없이, 그것을 갈기갈기 찢어 가장 가까운 곳에 있던 쓰레기통에 던져 넣어 버렸다. 아버지의 신념을 배신하고, 사람들의 진심을 외면한 채 얻는 성공이라면, 나는 차라리 깨끗하게 실패하는 길을 택하리라.

나는 떨리는 손으로 펜을 다시 집어 들었다. 그리고 깨끗한 백지 위에, 이전과는 전혀 다른 종류의 계획들을 적어 내려가기 시작했다. 그곳에는 더 이상 교묘한 원가 절감 방안이나 현란한 마케팅 전략 같은 것은 없었다. 대신, '품질 최우선주의 원칙 재확립', '계약 재배 농가와의 신뢰 회복 및 지원

강화 방안', '투명하고 정직한 고객 소통 채널 구축', 그리고 '장생도라지의 진정한 가치를 알리기 위한 장기적인 연구 개발 투자 확대' 같은, 어쩌면 너무나 원론적이고 이상적으로만 보이는 문구들이 하나씩 채워져 나갔다.

그것은 당장의 위기를 모면하기 위한 임시방편이 아니었다. 그것은 아버지께서 평생을 통해 지켜오셨던 '흙의 약속'이라는 정신을, 지금 이 시대에 맞게 어떻게 계승하고 발전시켜나갈 것인가에 대한 나의 진지한 고민이자 새로운 다짐이었다. 나는 그 계획들을 하나씩 적어 내려가면서, 마치 아버지와 함께 이 길을 걷고 있는 듯한 묘한 연대감과 함께, 알 수 없는 용기가 솟아오르는 것을 느꼈다.

물론, 이 길이 결코 쉽지 않으리라는 것을 잘 알고 있었다. 어쩌면 나는 이전보다 훨씬 더 큰 어려움과 고통을 감내해야 할지도 몰랐다. 하지만 이상하게도, 더 이상 두렵거나 절망스럽지는 않았다. 오히려 내 마음은 그 어느 때보다 평온하고 단단해져 있었다. 아버지께서 남기신 그 수많은 편지들 속에서, 나는 이미 그 모든 어려움을 이겨낼 수 있는 가장 강력한 무기를 발견했기 때문이다. 그것은 바로 '진심'이었다. 사람을 향한 진심, 흙을 향한 진심, 그리고 우리가 하는 일에 대한 진심. 그 진심만이 모든 위기를 극복하고, 사람들의 마음을 움직여, 결국에는 우리가 원하는 '상생'의 세상을 만들 수 있다는 확신이 내 안에 자리 잡기 시작했다.

나는 밤새도록 작성한 새로운 계획서를 들고, 시골집으로 향했다. 내 목소리를 들은 어머니는 깜짝 놀란 표정으로 방문을 열어주시고는 걱정스러운 눈빛으로 물으셨다.

"아니, 이 시간에 어쩐 일이냐? 회사에 무슨 일이라도 생긴 게냐?"

나는 어머니의 손을 잡고 조용히 고개를 저었다.

"아닙니다, 어머니. 그저… 아버지께 드릴 말씀이 있어서 왔습니다. 그리고… 용서를 구하고 싶어서요."

아버지는 여느 때처럼 창가에 기대앉아, 먼 산을 하염없이 바라보고 계셨다. 창가에 앉아 계신 아버지 앞에 조용히 무릎을 꿇었다. 그리고 차마 아버지의 얼굴을 바라보지 못한 채, 깊이 고개를 숙이고 어렵사리 입을 열었다.

"아버지… 제가… 제가 정말 큰 죄를 지었습니다. 아버지의 평생 신념을, 그리고 우리 장생도라지의 이름을, 제 어리석음으로 더럽히려 했습니다. 부디… 부디 이 못난 아들을 용서해주십시오."

내 목소리는 이미 울음에 잠겨 제대로 이어지지 못했다. 나는 준비해 간 새로운 계획서와 아버지의 편지 몇 통을 아버지 앞에 조심스럽게 내밀었다. 아버지는 아무 말씀 없이 나를 내려다보셨지만, 그 눈빛은 이전처럼 분노나 실망감보다는, 어떤 깊은 슬픔과 함께 알 수 없는 연민 같은 것이 담겨 있는 듯했다.

그때였다. 아버지의 거친 손이 천천히 내 어깨 위에 올려지는 것이 느껴졌다. 나는 깜짝 놀라 고개를 들었다. 아버지께서는 여전히 아무 말씀이 없으셨지만, 그의 눈가에는 희미한 물기가 어려 있었고, 입가에는 아주 옅은 미소가 떠오르는 듯도 했다. 그것은 마치, 길을 잃고 헤매다 돌아온 아들을 말없이 용서하고 보듬어 안는 아버지의, 그 깊고도 따뜻한 사랑의 표현처럼 느껴졌다. 나는 그 순간, 다시 한번 뜨거운 눈물이 솟구치는 것을 참을 수 없었다.

그날 오후, 나는 회사로 돌아와 긴급 임원회의를 소집했다. 그리고 그 자리에서, 내가 작성했던 이전의 '경영 혁신안'을 전면 폐기하고, 아버지의 철학을 바탕으로 새롭게 수립한 '장생도라지 회생 계획'을 발표했다. 그 계획에는 어떤 인위적인 원가 절감 방안이나 기만적인 마케팅 전략도 없었다. 대신, 품질 최우선주의 원칙을 재확립하고, 계약 재배 농가와의 신뢰를 회복하며, 고객과의 투명한 소통을 강화하고, 장생도라지의 진정한 가치를 알리기 위한 장기적인 투자와 노력을 아끼지 않겠다는 내용만이 담겨 있었다.

며칠 후에는 계약 재배 농가 대표들을 모두 회사로 초청했다. 그리고 그들 앞에서, 지난날 나의 어리석었던 판단에 대해 진심으로 사죄하고, 앞으로는 아버지의 유지를 받들어 그들과의 '상생' 관계를 더욱 굳건히 발전시켜 나가겠다고 약속드렸다. 농민들은 처음에는 어리둥절한 표정이었지만, 이내 내 진심을 알아채고는 뜨거운 박수와 함께 눈시울을 붉혔다. 그렇게, 장생도라지는 다시 한번 흙과 사람, 그리고 신뢰라는 가장 근본적인 가치 위에 새롭게 뿌리내리기 시작했다.

물론, 그 이후로도 우리 앞에는 수많은 어려움과 위기가 닥쳐왔다. 하지만 우리는 더 이상 흔들리거나 좌절하지 않았다. 우리에게는 아버지께서 남기신 '흙의 약속'이라는 분명한 이정표가 있었고, 그 약속을 믿고 함께하는 든든한 동료들이 있었기 때문이다. 우리는 그렇게, 비록 더디고 힘들지라도, 가장 정직하고 올바른 길을 향해 한 걸음 한 걸음 묵묵히 나아갔다. 그리고 마침내, 꺼져가던 장생도라지의 불씨는 다시 한번 **활활** 타오르기 시작했다.

그것은 단순한 회사의 회생이 아니었다. 그것은 아버지의 신념이 옳았다는 증명이었고, 흙과 사람에 대한 우리의 약속이 만들어낸 기적이었다. 아버지는 병석에서 일어나신 후, 예전처럼 현장을 누비시지는 못했지만, 회사가 당신의 신념대로 정직하게 성장하는 모습을 보며 더없이 평온한 미소를 지으셨다. 그 미소야말로 내게는 가장 큰 보상이자 위안이었다. 몇 해가 흘러 회사가 튼튼한 반석 위에 올라서고, 아버지께서도 마침내 마음의 짐을 내려놓으신 듯 편안해지셨을 무렵, 나는 그분과 함께하는 하루하루가 얼마나 소중한지를 깨달았다. 비록 아버지의 건강이 예전 같지 않음을 느끼는 순간들이 늘어갔지만, 우리는 함께 일군 결실을 조용히 음미하며 '흙과의 약속'을 더욱 단단히 다져나갔다. 그리고 마침내, 아버지께서 그토록 사랑하셨던 이 땅에 당신의 모든 것을 남기고 영원한 안식에 드시던 2025년의 봄이 오기 전까지, 나는 단 한 순간도 그 '되찾은 약속의 무게'를 잊지 않고 진정한 '상생의 길' 위에서 아버지가 남기신 뜻을 실현하기 위해 노력하며 성장해왔다.

흙에 남은 약속

 2025년 4월. 국화꽃 향과 뒤섞인 짙은 향냄새가 사흘 밤낮으로 빈소 안을 가득 채우고 있었다. 발인 날 아침, 동이 트기 무섭게 마지막 조문을 하려는 사람들의 발길이 다시 이어졌다. 밤새 하얗게 타들어 간 초처럼 내 정신도 희미하게 꺼져가는 듯했지만, 상주로서 흐트러진 모습을 보일 수는 없었다. 나는 마른세수를 하며 억지로 정신을 다잡고 다시 검은 상복의 매무새를 가다듬었다.

 빈소 입구는 이미 문턱이 닳을 정도로 수많은 조문객들로 북적였다. 아버지의 부고 소식을 듣고 찾아오신 낯선 얼굴의 조문객들부터, 아버지와 오랜 세월 알고 지낸 지역 사회의 원로들, 시청과 군청의 간부들, 그리고 농업 관련 단체의 임원들까지. 검은색 양복 물결이 끊임없이 밀려들었다가 빠져나갔다. 그들의 정중한 목례와 위로의 말을 기계적으로 받아넘기면서도, 나는 문득 아버지께서 평생 얼마나 넓고 깊은 관계를 맺으며 살아오셨는지를 어렴풋이나마 실감하고 있었다.

"지난번에 뵈셨을 때만 해도 정정하셨는데, 이렇게 갑자기 가실 줄은 정말 몰랐습니다. 아버님께서는 우리 지역 농업 발전에 큰 족적을 남기신, 실로 거인 같은 분이셨습니다."

까만 뿔테 안경 너머로 안타까운 눈빛을 보내는 이는 농협중앙회 지부장이었다. 그의 두툼한 손을 맞잡고 고개를 숙이는 동안, 아버지께서 농민들의 권익을 위해 그와 몇 날 며칠을 함께 밤새워 토론하던 모습이 희미하게 스쳐 지나갔다. 그때 아버지는 마치 젊은 투사처럼 목소리를 높이셨었다.

"허허, 이제 다음은 내 차례겠구먼. 자네 부친께서는 우리 진주 땅의 어른이셨네. 그 양반 덕에 나 같은 사람도 여태 버티고 사는 게지."

지팡이를 짚고 힘겹게 걸음을 옮겨 분향을 마친 백발의 노인은, 내 손을 잡고 주름진 눈가를 연신 훔치셨다. 그는 아버지와 평생을 이웃하며 지낸 죽마고우이자, 한때는 아버지의 가장 든든한 사업 동반자였던 분이었다. 젊은 시절, 아버지의 무모해 보이기까지 했던 '장생도라지'에 대한 꿈을 유일하게 지지해주고, 선뜻 자신의 땅을 내어주었던 고마운 분. 그의 탁한 눈망울 속에 어린 아버지와의 수십 년 세월이 파노라마처럼 펼쳐지는 듯했다.

회사 직원들은 교대로 빈소를 지키며 조문객들을 안내하고 접객실을 돌보느라 여념이 없었다. 그들의 충혈된 눈과 피곤에 지친 표정 속에서도 아버지에 대한 깊은 존경과 슬픔이 묻어났다. 특히 아버지께서 창업 초기부터 친자식처럼 아끼셨던 공장장은, 연신 눈물을 찍어내면서도 궂은일을 도맡아 하며 빈틈없이 장례 절차를 챙기고 있었다. 그는 내게 다가와 작은 목소리로 "대표님, 잠시라도 좀 쉬셔야 합니다. 안색이 너무 안 좋으십니다."라며 걱정했지만, 나는 그저 괜찮다는 손짓으로 답할 뿐이었다. 아버지께서 마지막 가시는 길, 상주된 도리로 어찌 편히 쉴 수 있겠는가.

수많은 위로의 말들이 귓가를 스쳐 지나갔다. "얼마나 상심이 크십니까.", "큰 별이 지셨습니다.", "이 지역 사회의 큰 손실입니다."… 그 말들 속에서 나는 아버지의 삶이 단지 한 개인의 삶을 넘어, 하나의 역사이자 공동체의 기억으로 남아 있음을 어렴풋이 느꼈다. 아버지께서는 당신의 삶을 통해 수많은 사람들의 삶에 크고 작은 영향을 미쳤고, 그들과 보이지 않는 신뢰의 끈으로 단단히 연결되어 있었다. 평생 흙과 사람을 믿고 살아오신 아버지의 철학이, 이제야 비로소 그 진정한 무게로 내게 다가오는 듯했다.

어느덧 발인 시간이 가까워지고 있었다. 빈소 밖에서 장례 지도사의 낮고 엄숙한 목소리가 간간이 들려왔고, 사람들의 움직임도 조금씩 분주해지기 시작했다. 마지막으로 아버지의 얼굴을 뵙기 위해 모여든 가까운 친척들이 영정 앞에 다시 모여 섰다. 그들의 흐느낌 소리가 향 연기처럼 피어올라 빈소 안을 채웠다. 나는 그들의 어깨를 가만히 다독이며, 그 슬픔의 무게를 조금이나마 나눠지고자 했다.

나는 일평생 아버지를 원망했던 적도, 이해하지 못했던 순간도 많았다. 아버지의 무모하리만큼 강직했던 신념과 때로는 가족보다 흙과 도라지를 우선시하는 듯한 모습에 반항심을 품기도 했었다. 그러나 지금, 아버지의 영정 앞에 서서 그의 삶이 남긴 궤적들을 되짚어보니, 그 모든 것이 결국 '사람'과 '신뢰', 그리고 '흙에 대한 정직한 약속'이라는 하나의 길로 통하고 있었음을 깨닫게 되었다. 아버지는 단 한 순간도 그 길에서 벗어난 적이 없으셨던 것이다.

빈소의 문이 천천히 열리고, 바깥의 눈부신 아침 햇살이 쏟아져 들어왔다. 아버지의 마지막 여정이 시작되고 있었다.

장례 지도사의 지시에 따라, 나와 아들, 그리고 가까운 친척 몇몇이 아버지의 관을 운구할 준비를 했다. 운구가 시작되려 할 때, 빈소 문이 다시 한번 열리며 마지막 조문객인 듯한 한 무리의 사람들이 들어섰다. 그들은 다름 아닌, 우리 회사와 계약을 맺고 도라지를 재배하는 젊은 농부들이었다. 그들은 작업복 차림 그대로, 미처 검은 옷을 갖춰 입을 경황도 없이 달려온 듯했다. 그들의 얼굴에는 젊은이다운 건강한 혈색과 함께, 아버지를 잃은 슬픔과 존경심이 교차하고 있었다.

"대표님, 저희가 원장님 마지막 가시는 길, 함께 운구해 드리고 싶습니다."

가장 앞서 온 젊은 농부가 내게 다가와 허리를 깊이 숙이며 말했다. 그의 손에는 아직 새벽밭의 흙이 묻어 있는 듯했다.

햇살이 눈부시게 쏟아지는 장례식장 현관을 나서자, 밖에서 기다리고 있던 더 많은 조문객들이 일제히 고개를 숙였다. 아버지의 관이 운구차로 향하는 짧은 길 양옆으로, 아버지의 마지막 길을 배웅하기 위해 모인 사람들이 침묵 속에서 슬픔을 나누고 있었다.

운구 행렬의 가장 앞에서, 나는 아버지의 영정 사진을 두 손으로 받아 들었다. 사진 속 아버지는 여전히 온화한 미소를 짓고 계셨다. 마치 '이제 됐다. 그만하면 잘 살았다'라고 말씀하시는 듯, 모든 것을 초월한 듯한 평화로운 표정이었다. 나는 그 사진을 가슴에 꼭 안고, 천천히 발걸음을 옮겼다. 한 걸음, 한 걸음 내디딜 때마다 아버지와 함께했던 수많은 시간들이 주마등처럼 스쳐 지나갔다.

아버지의 관이 운구차에 실리고, 육중한 문이 닫혔다. 그 순간, 짧지만 강렬했던 사흘간의 장례 기간 동안 애써 눌러왔던 슬픔이 다시 한번 북받쳐 올랐다.

아버지는 그렇게, 흙으로 돌아가셨다.

사흘 후, 아버지의 삼우제가 끝나자 그동안의 일이 모두 꿈처럼 느껴졌다. 파릇한 잔디로 덮인 아버지의 봉분에 마지막 큰 절을 올린 나는 검은 양복저고리를 벗어 팔에 걸치고, 잠시 한숨을 돌렸다. 눈부신 4월은 생기로 가득했다. 진주시 명석면 용산리의 산자락에는 이름 모를 봄꽃들이 노랗고 하얗게 피어 있었고, 어디선가 날아든 민들레 홀씨 하나가 내 뺨을 간지럽히며 스쳐 지나갔다.

그때, 조금 떨어진 잔디밭 한켠에서 아이들 특유의 부산스러운 기척이 느껴졌다. 다름 아닌 내 손주 녀석들이었다. 중학생인 큰놈부터 이제 막 초등학교에 들어간 막내까지, 아이들은 저희들끼리 옹기종기 모여 앉아 무언가에 열중하고 있었다. 어른들의 슬픔과 복잡한 예법이 가득한 장례식장의 답답한 분위기를 피해 저희들만의 작은 세상을 찾은 모양이었다. 나는 차마 아이들의 평화를 깨뜨리고 싶지 않아, 몇 걸음 떨어진 나무 그늘에 조용히 기대섰다.

녀석들은 검은색 상복이 불편한지 소매를 걷어붙인 채, 잔디밭 가장자리, 햇볕이 잘 드는 맨땅 구석에 둥글게 모여 앉아 있었다. 가장 큰 녀석은 제법 의젓하게 동생들을 지켜보는 듯했고, 호기심 많은 둘째와 막내는 연신 땅바닥에 코를 박고 있었다. 자세히 보니, 아이들은 작은 나뭇가지나 손가락으로 흙을 파헤치고 있었다. 흙덩이를 들춰보고, 손바닥 위에 올려 잘게 부수기도 하고, 코에 가져가 냄새를 맡는 시늉까지 했다. 마치 세상에서 가장 재미있는 놀잇감이라도 발견한 듯한 표정들이었다.

"어! 지렁이다!"

막내 손녀가 갑자기 작은 탄성을 질렀다. 녀석은 제가 파헤친 흙 속에서 꿈틀거리며 기어 나오는 붉은 지렁이 한 마리를 신기한 듯 바라보고 있었다. 다른 아이들도 일제히 그곳으로 고개를 돌렸다. 지렁이가 흙 위를 느릿느릿 기어가자, 아이들은 숨을 죽인 채 그 움직임 하나하나를 눈으로 좇았다. 무서워하거나 징그러워하는 기색은 전혀 없었다. 오히려 그 작은 생명의 몸짓에서 경이로움마저 느끼는 듯했다.

둘째 녀석은 한 발 더 나아가, 가만히 손을 뻗어 지렁이의 앞길을 막아보기도 하고, 풀잎 하나를 꺾어 살짝 건드려보기도 했다. 지렁이가 놀라 몸을 움츠리자 까르르 웃음을 터뜨렸지만, 그 웃음소리조차 자연의 일부인 양 맑고 경쾌했다. 나는 그 모습을 물끄러미 바라보며, 나도 모르게 입가에 희미한 미소가 떠올랐다. 저 아이들의 눈에는 지금 저 작은 지렁이 한 마리가 세상의 전부일 터였다.

문득, 아주 오래전 기억 하나가 가슴속에서 아련하게 피어올랐다. 내가 저 아이들보다 더 어렸을 적, 아버지의 투박한 손에 이끌려 처음으로 도라지밭에 나갔던 날의 풍경이었다. 그때 나 역시, 끝없이 펼쳐진 밭고랑보다 발밑의 흙과 그 속에서 꿈틀대는 작은 생명들에게 온통 마음을 빼앗겼었다. 축축하고 부드러운 흙의 감촉, 손가락 사이로 빠져나가는 검은 흙 알갱이들, 그리고 아버지께서 호미로 흙을 뒤집을 때마다 불쑥 나타나던 지렁이와 작은 벌레들.

아버지는 그때, 흙장난에 여념이 없는 내 옆에 쭈그리고 앉아, 아무 말 없이 나와 함께 흙을 만져주셨다. "이놈아, 흙은 살아있다. 우리가 먹는 모든 것이 이 흙에서 나오는 기다." 나지막하지만 힘 있는 아버지의 목소리가 귓가에 다시 맴도는 듯했다. 그때 나는 아버지의 말씀의 깊은 뜻을 다 헤아리지 못했지만, 아버지의 커다란 손과 흙의 따스한 온기만큼은 분명하게 기억하고 있었다.

아버지의 거친 손이 내 작은 손을 감싸 쥐고 흙 속으로 이끌던 그 감촉. 그때 아버지께서는 흙 한 줌을 내 손바닥 위에 올려놓으시며, "이것이 모든 생명의 시작이고 끝이다. 사람은 흙을 떠나 살 수 없는 법이지."라고 나지막이 말씀하셨었다. 그 말씀은 어린 나에게는 너무나 막연하고 어려운 이야기였지만, 아버지의 진지한 눈빛과 흙의 묵직한 무게만큼은 어린 내 가슴에도 깊이 각인되었던 것 같다.

지금 내 눈앞의 손주 녀석들은 누가 가르쳐주지 않았음에도, 마치 본능처럼 흙과 교감하고 있었다. 아버지께서 내게 그러셨듯, 나 또한 내 아이들에게, 그리고 손주들에게 흙의 소중함이나 생명의 신비를 살갑게 가르쳐주지 못했다. 도시의 바쁜 삶 속에서, 나 역시 아버지의 깊은 뜻을 잊고 살아온 시간이 더 많았다. 그런데도 아이들은 마치 오랜 기억을 더듬어내듯, 자연스럽게 흙과 풀과 작은 생명들에게 다가가고 있었다.

어쩌면 이것이 아버지께서 말씀하시던 '흙의 약속'의 또 다른 모습은 아닐까. 굳이 말로 전하지 않아도, 가르치려 애쓰지 않아도, 핏줄과 세월 속에 자연스레 스며들어 이어지는 그 무엇.

할아버지의 삶이, 아버지의 삶이, 그리고 나의 삶이 알게 모르게 아이들의 여린 마음에 작은 씨앗 하나를 심어 놓았던 것은 아닐까. 그리고 지금, 그 씨앗이 저렇게 햇살 좋은 잔디밭 한켠에서 조용히 싹을 틔우고 있는 것은 아닐까. 나는 속으로 가만히 중얼거렸다.

'흙은 저렇게 세대를 넘어 말을 건네는구나.'

****

아버지의 삼우제까지 모두 마치고 나니, 집안에 무거운 정적만이 내려앉았다. 마지막까지 남아 집안 정리를 돕던 가까운 친척들과 동네 어른들마저 돌아가시고, 장례 내내 묵묵히 곁을 지켜주었던 아들과 딸이 거실로 들어섰다. 의사로 일하는 아들 녀석과 교사인 딸아이. 기특하게도 둘 다 이미 각자의 삶에서 제 몫을 다하며 살아가고 있었다.

한참 동안이나 우리 사이에는 아무런 말도 오가지 않았다. 창밖에서 불어오는 밤바람 소리만이 희미하게 들려올 뿐이었다. 이윽고, 아들 녀석이 깊은 한숨과 함께 어렵사리 입을 열었다. 그 목소리는 잔뜩 가라앉아 있었고, 조심스러움이 역력했다.

"아버지… 저희도 이제 할아버지의 빈자리를 어떻게 채워야 할지, 그리고 아버지의 짐을 어떻게 나눠야 할지… 며칠 동안 동생이랑 많은 이야기를 나누었습니다."

녀석은 잠시 말을 멈추고 내 눈치를 살피는 듯했다.

"그래서… 여쭙고 싶습니다. 혹시… 아버지께서 저희에게 회사를 이어가길 바라시는 마음이 있으신지요? 아버지께서 할아버님의 일을 도우셨던 것처럼, 저희도 그래야 하는 것은 아닌지… 그런 생각이 들어서요."

아들의 말은 마치 돌덩이처럼 내 가슴을 쿵 하고 내리쳤다. 전혀 예상하지 못했던 질문은 아니었지만, 막상 이렇게 직접 아이들의 입을 통해 듣게 되니, 숨이 턱 막히는 듯했다. 내가 위기 속에서 아버지의 회사를 맡겠다고 나섰던 그 시절, 그때의 내 모습이 아이들의 진지한 눈빛 위로 겹쳐 보였다.

"아빠… 오빠 말이 맞아요. 저희가 지금껏 각자의 길을 걸어왔고, 또 그 길에서 나름의 보람을 느끼며 살고 있는 것도 사실이에요. 하지만 할아버지와 아빠께서 평생을 바쳐 일궈오신 저 '장생도라지'의 가치를 생각하면… 그 무게를 저희가 어찌 외면할 수 있겠어요. 할아버지 장례를 치르는 동안, 정말 많은 분들이 찾아와 할아버지의 삶을 기리고 위로하는 모습을 보면서, 저희가 알던 것보다 훨씬 더 큰 의미가 담긴 유산이라는 것을 깨달았어요."

딸아이의 말은 내 가슴을 더욱 아프게 파고들었다. 아이들은 이미 '장생도라지'가 단순한 사업체가 아니라, 한 사람의 평생의 신념과 수많은 사람들의 삶이 얽힌, 살아있는 유산임을 느끼고 있었던 것이다. 그것은 내가 아이들에게 한 번도 강요하거나 가르치지 않았던 부분이었다. 그럼에도 불구하고, 아이들은 아버지의 삶과 죽음을 통해 그 무게를 스스로 감지하고 있었다.

나는 여전히 아무 말도 하지 못했다. 무슨 말을 해야 할지, 어떤 표정을 지어야 할지 알 수 없었다. 머릿속에는 수만 가지 생각이 폭풍처럼 휘몰아치고 있었다. 내가 회사를 맡았을 때, 아버지께서는 어떤 심정이셨을까. 기쁨이었을까, 아니면 아들을 험한 길로 밀어 넣는다는 미안함이었을까.

이 아이들의 미래를, 내가 감히 어떤 방향으로 이끌어야 한단 말인가. 의사로서, 교사로서, 각자의 자리에서 사회에 봉사하며 살아가는 아이들의 삶 또한 충분히 가치 있고 의미 있는 삶이었다. 그런데 그 모든 것을 내려놓고, 이 험난한 사업의 길로 들어서라고, 내가 과연 말할 수 있을까.

"천천히 생각해보자."

****

아이들이 돌아간 후, 나는 생전에 아버지께서 사용하신 서재의 문을 열었다. 서재 안은 아버지가 살아계실 때와 조금도 달라지지 않은 모습이었다. 창가에는 아버지께서 아끼시던 난 화분이 여전히 푸른 잎을 자랑하고 있었고, 책상 위에는 돋보기안경과 쓰다 마신 만년필이 가지런히 놓여 있었다. 책장에는 빼곡하게 꽂힌 농업 관련 서적들과 빛바랜 상장들이 아버지의 치열했던 삶을 말없이 증명하고 있었다. 나는 천천히 책상 의자에 앉아, 서재 안을 가득 채운 아버지의 흔적들을 가만히 둘러보았다. 묵은 종이 냄새와 희미한 흙냄새, 그리고 아버지 특유의 체취가 뒤섞여, 마치 아버지가 바로 곁에 계신 듯한 착각마저 불러일으켰다.

서랍 안에는 이런저런 잡동사니들과 함께, 빛바랜 노트 몇 권과 낡은 업무 수첩들이 뒤섞여 있었다. 표지가 너덜너덜해진 노트도 있었고, 누렇게 변색된 종이 뭉치도 있었다.

첫 번째로 집어든 것은 가장 두꺼운 업무 수첩이었다. 겉표지에는 '장생 도라지 연구 개발 일지'라고 적혀 있었다. 한 장 한 장 넘길 때마다, 아버지의 굵고 힘 있는 필체로 기록된 도라지 재배에 관한 수많은 실험 결과와 아이디어들이 빼곡하게 나타났다. 토양의 종류에 따른 도라지 생육 비교, 새로운 거름 배합 비율, 병충해 방지 방법, 심지어는 새로운 도라지 품종 개발에 대한 구상까지. 그 속에는 단순한 기록을 넘어, 더 좋은 도라지를 길러내고자 했던 아버지의 치열했던 고민과 열정이 고스란히 담겨 있었다. 어떤 페이지에는 실패한 실험 결과에 대한 깊은 탄식과 함께, '그래도 포기하지 말자. 흙은 정직하다'라고 스스로를 다독이는 듯한 글귀도 적혀 있었다.

나는 다음으로 빛바랜 노트 한 권을 펼쳐 들었다. 그것은 일기장인 듯했다. 첫 장에는 '내 인생의 가장 큰 선물, 가족'이라는 제목과 함께, 우리 가족 사진 한 장이 붙어 있었다. 내가 아직 어렸을 적, 아버지와 어머니, 그리고 동생들과 함께 도라지밭 앞에서 찍은 흑백 사진이었다. 사진 속 젊은 아버지의 얼굴에는 지금의 나보다 더 짙은 고단함과 함께, 가족을 향한 깊은 사랑이 어려 있었다.

일기장을 넘기던 내 손이 어느 페이지에선가 불현듯 멈췄다. 그것은 IMF 외환위기로 온 나라가 휘청거리고, 우리 회사 역시 존폐의 기로에 섰던 그해 겨울의 기록이었다.

"오늘, 영춘이가 내 손을 잡아주었다. 이 미련한 애비의 무거운 짐을 함께 지겠다고, 제 인생을 걸고 돌아와 주었다. 염치없는 줄 알지만, 눈물이 났다. 이보다 더 큰 힘이 어디 있을까. 고맙다, 내 아들아. 너는 나의 가장 큰 자랑이다."

아버지의 글씨는 그날따라 유난히 떨리고 있었다. 나는 그 짧은 문장들을 몇 번이고 되읽었다. 아버지께서는 단 한 번도 내게 직접 이런 말씀을 해주신 적이 없었다. 늘 무뚝뚝하고 엄하게만 대하셨고, 내가 회사를 위해 어떤 성과를 이루었을 때조차 "아직 멀었다. 더 정진해야 한다"는 채찍질이 전부였다. 그런데 이 빛바랜 일기장 속에서, 나는 평생 한 번도 들어보지 못했던 아버지의 진심과 마주하고 있었다.

살아생전에 따뜻한 말 한마디 건네주시지 그랬냐는 야속한 마음과 함께, 그 묵직한 사랑의 깊이에 가슴이 먹먹해져 왔다. 아버지는 표현이 서툴렀을 뿐, 언제나 나를 믿고 의지하셨던 것이다. 그리고 그 믿음이 있었기에, 나는 그 모든 어려움을 헤쳐 나올 수 있었던 것인지도 몰랐다.

몇 장을 넘기자, 손주들이 태어났을 때의 기쁨 또한 서툰 글씨로 적혀 있었다.

"새 생명이 찾아왔다. 내리사랑이라더니, 이토록 예쁘고 귀할 수가 없다.

이 아이들이 살아갈 세상은 부디 지금보다 더 평화롭고 풍요롭기를. 언젠가 이 아이들의 손을 잡고 저 도라지밭을 함께 거닐며, 흙이 우리에게 들려주는 생명의 이야기를 나눌 수 있는 날이 오기를 간절히 소망한다."

아버지의 소박한 꿈이었다. 손주들과 함께 밭을 거닐며 '흙의 이야기'를 들려주고 싶다는 꿈. 그 꿈은 아버지의 투박한 글씨 속에 보석처럼 박혀 빛나고 있었다.

며칠 전, 잔디밭에서 흙장난을 치던 손주들의 모습이 떠올랐다. 아버지의 그 꿈은, 시간과 세대를 넘어 이미 다른 방식으로 이루어지고 있었다.

노트의 다음 페이지에는 아버지께서 한평생 고민해 오셨던 회사 운영에 대한 단상들이 이어졌다. 그 속에는 단순히 사업적 성공을 넘어, 직원들과 농민들, 그리고 지역 사회와 더불어 성장하고자 했던 아버지의 진심이 고스란히 담겨 있었다. '기업이윤은 반드시 사회에 환원되어야 한다. 특히 흙을 기반으로 성장한 기업은 그 뿌리가 된 농민들을 잊어서는 안 된다.', '정직한 제품만이 소비자의 신뢰를 얻을 수 있고, 그 신뢰가 곧 기업의 가장 큰 자산이다.' 아버지의 투박하지만 단단한 철학이 담긴 문장들은, 마치 살아있는 육성처럼 내 귓가에 울리는 듯했다.

또한 아버지께서 차마 실행에 옮기지 못했던 듯한 빛바랜 사업 계획서 한 장이 접혀 있었다. '장생도라지 생태공원 조성 계획(안)'. 그 제목 아래에는 도라지밭과 연계한 자연 학습장, 지역 농산물 직판장, 그리고 방문객들을 위한 작은 쉼터 등을 구상한 스케치와 메모들이 빼곡했다. 아마도 아버지께서는 단순히 도라지를 생산하고 판매하는 것을 넘어, 사람들이 자연

속에서 도라지의 가치를 직접 체험하고, 농촌과 더불어 살아가는 즐거움을 느낄 수 있는 공간을 만들고 싶으셨던 모양이었다. 하지만 현실적인 어려움과 여러 가지 여건들로 인해, 그 꿈은 결국 이 서랍 속에서 빛바랜 종이 한 장으로 남아버린 것이리라.

나는 소리 없이 눈물을 훔치며, 아버지께서 남기신 글들을 하나하나 가슴에 새기며, 책상 위에 놓인 아버지의 낡은 만년필을 조심스럽게 집어 들었다. 아버지의 체온이 아직 남아있는 듯, 차갑지만 묵직한 온기가 손바닥으로 전해져 왔다. 나는 그 만년필을 쥔 채, 한동안 말없이 서서 아버지의 빈자리를 바라보다 집을 나섰다.

뉘엿뉘엿 지고 있는 석양을 뚫고 도착한 곳은, 수십 년의 세월이 흘렀음에도 불구하고 내 기억 속 모습과 크게 다르지 않은, 지리산 자락의 그 오래된 도라지밭이었다. 나는 마치 성스러운 공간에 발을 들여놓듯, 조심스럽게 밭 안으로 들어섰다. 발밑에서 느껴지는 촉촉하고 부드러운 흙의 감촉이, 마치 아버지의 따뜻한 손길처럼 느껴졌다.

밭 한가운데쯤 이르러, 나는 가만히 쪼그리고 앉았다. 그리고 두 손으로 축축한 흙을 한 줌 가득 움켜쥐었다.

"영춘아, 이 흙을 봐라. 흙은 절대 거짓말을 하지 않는다. 네가 정직한 땀을 흘린 만큼, 반드시 그대로 돌려주는 것이 바로 이 흙이다."

아버지의 낮고 힘 있는 목소리가 마치 바로 귓가에서 들려오는 듯했다. 그때는 그 말씀의 깊은 뜻을 다 헤아리지 못했지만, 평생을 흙과 씨름하며 살아온 지금, 나는 그 말씀이 얼마나 무겁고도 진실한 가르침이었는지 절절히 깨닫고 있었다.

나는 전화기를 꺼내 들고 아들에게 전화를 걸었다.

"아버지, 아직 안 주무시고 뭐 하세요?"

"아니다. 그냥… 잠시 바람 쐬러 나왔다."

"무슨 일 있으세요?"

"잘 듣거라. 의사로서, 지금 있는 그 자리에서 환자 한 사람 한 사람에게 진심을 다하고, 그들의 아픔을 나누면서 살아가야 한다. 회사를 물려 받아야 하는게 아니라, 장생도라지의 정신을 물려 받으면 그걸로 충분하다 이 말이다. 알아듣겠나?"

'장생도라지'는 회사가 아니다. 그것은 바로 '흙의 약속'으로 대변되는 정직과 신뢰, 그리고 사람과 생명을 존중하는 그 마음가짐, 그 진정성 그 자체인 것이다.

"항상 가슴 속에 새기고 살겠습니다. 걱정 마세요."

아들과의 통화를 마치고 휴대폰을 내려놓았을 때, 나는 마치 오랫동안 어깨를 짓누르던 무거운 짐을 내려놓은 듯한 후련함을 느꼈다. 그래, 이것이 정답이었다. 삶의 어떤 자리에서든 가슴속에 인간을 향한 진정성을 품고 살아가는 것, 그리하여 세상에 따뜻한 온기를 전하겠다는 마음. 그것이 바로 '흙의 약속'이었으리라.

나는 오늘도 흙을 밟으며, 아버지의 걸음을 따라 걷는다.

흙의 약속

자전적 소설

초판 1쇄 발행일 | 2025년 8월 21일
지은이 | 조대호
펴낸곳 | 킹콩출판 (경기도 용인시 기흥구 보라동 390-71)
　　　　T.031-285-7220 / E-mail : lee-jam26@daum.net

값 15000 원
03800

ISBN 979-11-991794-0-0

* 본서의 무단 복제 및 전재를 금합니다.